点亮鱼灯

陆盛 著

天津出版传媒集团

百花文艺出版社

图书在版编目（ＣＩＰ）数据

点亮鱼灯 / 陆盛著. -- 天津：百花文艺出版社，
2025. 4. -- ISBN 978-7-5306-8995-0

Ⅰ. I267

中国国家版本馆 CIP 数据核字第 2025E9K336 号

点亮鱼灯

DIANLIANG YUDENG

陆盛 著

出 版 人：薛印胜
策划统筹：汪惠仁 张 森
责任编辑：沙 爽 **封面设计**：蔡露滋
出版发行：百花文艺出版社
地址：天津市和平区西康路 35 号 **邮编**：300051
电话传真：+86-22-23332651（发行部）
　　　　　+86-22-23332656（总编室）
　　　　　+86-22-23332478（邮购部）
网址：http://www.baihuawenyi.com
印刷：天津新华印务有限公司
开本：880 毫米×1230 毫米 1/32
字数：190 千字
印张：9.25
版次：2025 年 4 月第 1 版
印次：2025 年 4 月第 1 次印刷
定价：58.00元

如有印装质量问题，请与天津新华印务有限公司联系调换
地址：天津东丽开发区五经路 23 号
电话：(022)58160306
邮编：300300

拨动生活的琴弦

◎ 葛安荣

不同的乐器琴弦拨出不同的音符,高亢或低沉,激昂或舒缓,密集或零散,都是精妙的音乐呈现。

生活犹如无形的乐器,它的琴弦在人的心中,在流淌的情结中,拨动的是过往惦念、多维情感以及精神意义和乐趣品味。

《点亮鱼灯》拨动了散文作家陆盛的生活琴弦,一串串动听的弦音由此而生。《点亮鱼灯》书写出绚丽多姿的生活原色。作者伫立故乡的湖泊沿岸,仰望故乡的苍茫夜空,有洮湖望月的诗意,也有繁星点点的写实。走在家乡的旷野上,感受轻风吹拂,吮吸湿漉漉的气息,一切是那么温馨安宁、清浅素雅。

作者心中的鱼灯熠熠闪亮,从江南水乡到繁荣都市,一种被物化的鱼灯自带文化光芒,闪闪发亮。

用《点亮鱼灯》作书名,可见作者用心、用情所在。鱼灯是作者家乡的"非遗",它的形状、它的形式、它的故事,显示出制作技艺和那个时代的审美价值。水乡的现代生活,其文化背景和经济特征发生了深刻的变化。生活中的物品,涉及文化娱乐的可谓琳琅满目,为什么一盏古老的鱼灯仍然让人们心心念念？它的存在价值值得关注和思索。鱼灯不再可有可无,它已经渗入百姓的心中,它所蕴含的文化积淀不可忽略。

用《点亮鱼灯》作为书名,又单独开篇。作者由物及人,由远而近,由现实情景到旧时风貌,层层叠加,相辅相成,让熟悉鱼灯的读者有亲切亲近的感觉,为对鱼灯陌生的读者打开一扇窗,看到鱼灯作为"非遗"的独立存在的审美价值。

鱼因水而活,鱼灯因水而生。鱼灯犹如一件乐器,拨动的是生活情感。鱼灯有琴弦,如水流动,跳动着生活的浪花和水珠。

《点亮鱼灯》分五个相对独立的章节。第一部分是"乡愁如画",不仅仅写长荡湖,也写养育作者家乡的乡村,写与鱼灯同在的古老的丝弦锣鼓,写家乡的生态与环境,写家乡的变化……这些作品融会了作者对家乡深深挚爱的情感和思考。乡情、乡风,在作者笔下徐徐铺展,有熠熠生辉,有赞美吟颂,有长歌和短曲,同时也透露出见解和劝谏。所有这些,体现了作者的希望和期待。家乡在发展中、繁荣中,需要更多的关注和思考。"欲穷千里目,更上一层楼",作者笔下的家乡显出勃勃生机和辉煌前景。这些作品的底色温暖而光亮,有着积极意义。诚然,作者写家乡具有写实的能力,他能写出原汁原味、古韵新貌,他对家乡熟悉的程度,读者从文字叙述中可以领略。

"青春回味"是《点亮鱼灯》的第二个章节。青春生活不仅仅在苏南,也在北方。作者广泛取材,把军营生活等写入"青春回味"。军营生活是新鲜的、独立的,是作者的亲历。作者有军营的体验和感悟,因而选择叙述的角度精巧,善于抓住拨动心弦的那片刻、那场景、那个人,力求情和景交融,人与事链接,真实而客观地呈现军营生活。军营生活有艰苦,有甜蜜和快乐,有短暂的忧虑,更有不变的坚定和自信。作者写出了军人的本色、青春的本色、男儿的本色。无论是风雪漫天还是春风艳阳,无论是军号声响起还是围炉话人生,都有满满的青春味道。

青春也是一把琴,琴弦上飞出年轻的歌。

"往事如风"作为全书的第三个章节,与"点亮鱼灯"呼应,无疑不可缺失。鱼灯是旧物,往事是旧时记忆,内在意义一体。父亲的往事、老师的往事、亲友的往事等等,作者无不真情叙述。写父亲则是从特殊的账本导入。如何在老生活中发现新的点子,成为写旧时生活的瓶颈。作者面对熟悉的素材并非简单地照搬、如实地记叙,而是选取父亲一个具有鲜明个性的闪光点,这样就形成别具一格的特点,让人读到老素材、老人物中的新写法、新意义。可见作者在写往事中的人物时,也经过了一番深思熟虑。父亲,永远是写作的对象。怎么写父亲,写父亲的什么,成为写作者的思考。朱自清的散文也写父亲,他写的是父亲的背影,把背影写得刻骨铭心、感人肺腑,因而《背影》一文盛传不衰,成为散文的经典。或许受散文大家的影响,作者写一位老师,同样抓住特点,写出了个性鲜明的人物。

"异域采露"是全书的第四章节。常说"月是家乡明",但作者写出了"他乡月也明",异域也有月,异域的月亮一样明亮。作者写异域的开放意识在文字中得到体现。他写异域透明、善意、温和,也体现他对风土人情的一种包容和发现。

异域也是一把琴。作者呼吸着新鲜的空气,弹奏出美妙的乐曲。虽然,同一异域,或景或人或风光,难免出现"百地一面,百人一貌"的情况,但需要尽可能写出一些独异的东西。异域采露与游记差不多,想写得好很难。我们需要拓宽阅读游记散文的视野,读经典,读大家的游记,从中得到启迪;不仅要写出美丽的风光和人物,也需要具有哲理的思辨和力量,写出沉甸甸的分量。

"人间百味"为《点亮鱼灯》的收尾一章。所选入的文章"杂"而不乱,"杂"而有道。生活有万般姿态,酸甜苦辣皆在其中。《点亮鱼灯》选入的作品有变化,有亮点,并非一个腔调、一个姿势。作者把生活中的种种感受记录下来,一份柔软的牵挂,一份善意的评判,一份坚定的表达,一份真诚的传递,都蕴含于人间百味中,在人间百味中显现或传递。

拨动生活的琴弦,这一刻如此美好,生活原来丰富精彩。

作家陆盛以点亮鱼灯为基调,书写脚下的土地和人,传递出一曲曲真善美之歌!

生活如一潭流动的活水,因为有了文学的描述,获得了奔腾跳跃的加分。生命的琴弦,需要我们热爱,需要我们不断拨动,才能发现每一天都是新鲜而有活力的……

《点亮鱼灯》,拨动的是生活的琴弦。

(葛安荣,中国作家协会会员,一级作家。曾获紫金山文学奖、《钟山》文学奖、江苏"五个一工程奖"等。)

目录

第一辑

乡愁如画

乡愁是一幅画不完的画，一首写不完的诗。

乡愁的色彩赤橙黄绿青蓝紫，绚丽多姿。

乡愁构织绵绵记忆，故乡的生命之水潺潺不休……

点亮鱼灯

千年暗室，一灯即明。

这句话展现给我的不是宗教的意象和启示，而是我心中的湖，具体说，是我故乡的长荡湖和夜晚湖上漂浮的鱼灯。相比于它五十公里以外的太湖，长荡湖不算大，不招摇，外乡人很少知道。不过它的确是湖，八十六平方公里的水域，横卧在金坛这片九百七十五平方公里的土地上，不管是远望还是俯视，多少有些开阔——无论视觉感受还是个人内心体验，皆是如此。长荡湖连接长江，是流淌着的湖。对我来说，它像湖，像河，也像海，一眼望不到边的那种。对我来说，所有干净的水，都是一样的，没有亲疏。

我喜欢与水有关的风景，也喜欢与水有关的文字。秋水文章不染尘。对了，就是这样的感觉。一个人的文字是有他的气息或者气质的。漂泊在外的从军生涯，我依然喜欢读书。我读梭罗的《瓦尔登湖》以及怀特的《再到湖上》，总是觉得那些闪烁着浪花的文字和自己有某种内在的联系。我想象那不是瓦尔登湖，而是我家乡的长荡湖。我觉得它们也是有灵犀的。世上所有的山都是坚硬的，水都是柔软的。仁者不一定爱山，智者也并非都乐水，但至少可以肯定——有了梭罗,瓦尔登湖才得以被世人所知,才可以不朽。有了怀特,才给我灵感——有机会去怀念家乡金坛的长荡湖曾给我的美好年华。写一段与水有关的文字,抚摸最初的自己,抚摸那些从脚下溜走的时光。

我的故乡在长荡湖西岸芦荛场。我总是喜欢一个人去湖边看云,不管它飘在浩渺如烟的湖面是轻盈,是浓重,还是寂寥时的严肃阴霾,它都只属于我一个人。不管它在空旷的天际是飘逸,是辽远,它都飘不出我的胸臆。尽管它偶尔能飘出我的视线,飘到群山起伏的洮湖彼岸,飘到渔民的窗前,装饰别人的村庄和渔民们湛蓝色的梦,可是我一闭上眼它们就回来了,回到我的心里。我能清晰地分辨出它们的模样——像兔子,像绵羊,像孙猴子和猪八戒……我有时候甚至傻傻地想,哪片云是孙悟空的,哪片云是猪八戒的。我仿佛能看见他们站在洁白的云端变幻着模样。

在年少的日子里,我就用这样的幻想打发时光。

长荡湖的水很清澈,清澈得有些神奇。它也会像孙悟空那样变法术。无论是早起的朝阳、晚归的余晖、西天热烈多情的晚霞,还是安静如少女的明月、遥远神秘的黄昏星,抑或湖面掠过的野鸭、鹭鸶和天鹅,都是三三两两的——它们的倒影在湖面清晰可见。

在湖畔的垂杨下,慵懒地坐在柔软的草甸子上听风,或者躺在柔软的草甸子上看云,是我那段日子的全部内容。

这是我的世外桃源。

当然,我也有喜欢热闹的时候,那就是看长荡湖的鱼灯。

我离开故乡前,村上每年都会有灯会,关于鱼灯的。月夜的村庄，五彩斑斓的灯光跳跃飞舞，浩浩荡荡甚为壮观。最动人的是，孩子们的欢呼和母亲们的呼儿唤女，声声牵挂。它是一个村庄的心跳和延续，是让游子热泪盈眶的稻草燃烧的烟火气息。

还有湖上的鱼灯，在漫无边际的黑夜里，总会给人安慰和欣喜。

对我来说，长荡湖是不朽的，因为它有无数个传说，让它充满了神秘。

长荡湖的鱼灯，是其中一个。

相传若干年前，长荡湖中的渔民游动捕鱼，以船为家，一家老少挤在小木船上。公元1221年，陆氏先人从溧阳金庄徙居到金沙（金坛的前称）长荡湖西岸，定居在堆放芦苇、菱草的地方，后来陆氏先人把这里定名为"芦菱场"，村名沿用了七百余年。

先前陆氏先人在长荡湖里捕鱼、捉虾，只是用简单的鱼叉、赶罾、鱼罩等工具，结果收效甚微。当时，溧阳周老翁到芦菱场走亲戚，周老翁在"张簖"捕鱼方面很有办法。"张簖"也叫竹簖，它是将毛竹小片用草绳或棕绳编织而成的"竹簿"，像个篱笆，但比篱笆坚实而细密。只要把"竹簿"围串在湖水中，用竹桩固定着，鱼进入装有倒须的"笼罐"就出不来。隔日清晨，人们把"笼罐"提出水面，收获鱼虾。陆氏先人便向周老翁求教捕鱼的办法，他很爽快地将捕鱼技巧一一传授。巧得很，当年捕鱼量颇丰。

授人以鱼，不如授人以渔。

为了感念周老翁，村民们每年春节正月十八夜晚都要进行祭拜，从正月初一至十七每到天黑时分，儿童们手提自家扎糊的鱼灯，自觉地奔向空旷的场地，先展示一下扎灯和糊灯的手艺，然后表演一些简单的动作。"打转子"表示雌雄鱼儿在水中繁殖的场景;"对角串阵"表示鱼儿从低水位向高水位跳跃的形态;还有形似"鲤鱼跳龙门"等各种不同的动作。接着,儿童们聚集在一起唱唱民间小调《正月里闹元宵》《紫竹小调》《采棉花》等,后来这些民间小调成为鱼灯的主题音乐和主打歌曲。

年复一年,鱼灯一年比一年丰富,一年比一年精彩,老百姓越来越喜爱鱼灯,越来越喜欢调鱼灯的喜庆氛围和欢快的景象。村民们情绪高涨,呼声连连,希望成立鱼灯队,于是陆顺富带领大家组建了一个小型鱼灯队活跃在乡村。陆顺富生于1851年,卒于1910年。他既是芦荙场陆氏家族中名望很高的族长,又是传说中芦荙场鱼灯队的引领人,是他第一个点亮了芦荙场的鱼灯。

有些孩子别出心裁地把制作的莲花鱼灯放在水中许愿,鱼灯在湖上,飘飘忽忽地,引得不少鱼儿向灯光聚拢、跳跃,呼呼啦啦,黑夜中的湖面生机勃发。孩子们的愿望也在湖面上闪烁着光泽。

鱼灯一亮,便是百年。

中华人民共和国成立后,芦荙场鱼灯队的口碑传遍了周围的相邻各村,那些有钱的大户人家,为了讨个"子孙满堂,年年有余"的好兆头,特来村里邀请鱼灯队上门拜年祝福。

腊月二十六夜幕刚刚降临,我一吃完晚饭,便早早地站在路边不断地伸着脖子张望着远方。不一会儿,敲锣打鼓的声音由远及近,一支浩浩荡荡的队伍出现在人们眼前。长长的鱼灯队伍在锣鼓的引领下,仿佛一条金色的长龙来回游弋,人群中色彩各异的鱼灯星星点点、错落有致,煞是好看。我不停地穿梭于鱼灯的队伍中,虽然反反复复被管事的人拽出队伍,但我还是屁颠屁颠乐在其中地混在队伍里面。这时,管事的人大声嚷嚷:"大家让一让,要甩火连星了。"这是调鱼灯的高潮部分,让我印象最深,也很好奇。为了弄清"火连星",我还专门请教了鱼灯队的远房姐夫,才知道制作过程:用稍粗一点儿的铁丝扎成比篮球大一点儿的呈网状球体,其眼孔似黄豆大小,并做一个门,然后装进燃烧过的木炭并用铁丝扎紧就行了。为了安全起见,"火连星"手一般走在鱼灯队伍的第一位和最后一位,由两位壮劳力掌握。当鱼灯调到一半时,操作手便选择一个开阔地段进行表演。当"火连星"手加快到一定速度时,只见装有木炭的"火连星"在操作者手中灵活地甩舞,发出"呼呼"声响,火星四溅,闪烁的光环好似天女散花,很是精彩。

那一夜,我兴奋得彻夜难眠……

诚然,烟火的生命只有那短短的几十秒钟,但是烟火给人们带来很多欢乐。

在以后的日子里,只要听到调鱼灯,我就偷偷地跑去凑热闹。记得有一次我紧随队伍到庙圩村调鱼灯,结束回到家时已经晚上十一点多钟了,身上还溅满泥浆。

转眼,到了来年正月初三的晚上,这时弯弯的月亮刚刚斜挂在天空。在村庄静谧的夜色中,身影影影绰绰,一片繁忙景象。我在门口来回踱步,此时的心早就被鱼灯勾去了。忽然,天空传来"嘭"的一声,奶奶告诉我调鱼灯的人开始集合了。我兴致勃勃来到村球场,亲眼目睹了少男靓女身着彩服,提着各种漂亮的鱼灯会集于此,男女老少五十多人。其中有六对鱼灯,还有很漂亮的四把伞、四个长方体的牌灯、火连星、两把铁铳、大锣、大鼓。不一会儿,鱼灯的领队大手一挥,顿时锣鼓喧天。现场气氛高涨,人们精神抖擞,一派欢腾热闹的景象瞬间呈现……

孩子们喜欢把鱼灯放置在湖上,湖上倒映着摇曳的微光,把漫长的黑夜一点点融化。

时光流逝,鱼灯依然。我从少年变成青年,从一个学子变成了一名军人,驻守在祖国的东北边疆。

鱼灯承载了故乡的印记,承载了故乡芦荟场的牵挂。故乡的先祖是有大智慧的,他们终于能让水与火相融,成为这片湖泊独特的风景,成为游子心中独特的记忆和永不磨灭的光亮。

我复员回来,到了故乡已是黑夜。

一个有风却少了月色的夜晚。我故意选择水路,坐着斑驳的机帆船从湖上回来。我没有在风和日丽的日子,没有在旭日东升铺满朝霞的清晨,也见不到水鸟在宁静的水影里飞翔,看不见渔人洒向天空的网;在有风的黑夜里,也看不见芦花像伊人雪白的信笺在纷飞。

这才是长荡湖本来的模样。

我再到湖上,身上都是光阴走过的痕迹。五年的军营生涯,用历史来衡量,不算长,但在人的一生中,不算短。五年时光绝不会让人苍老,但绝对会让一个人成熟。

五年,此时和彼时,此岸与彼岸,仿佛横亘了几个世纪。在黑夜的湖上,我抚摸不到昨日的时光,如此遥远,只有模糊的鱼灯在记忆里闪亮。腊月的风吹过我的脸庞和衣襟,我感觉到裹在湖风里的一丝寒意。长荡湖的风本该如此,比陆地的晚风要多些寒意,多些空旷和深邃。

湖上的黑夜,除了星星点点、若明若暗的渔火在闪烁,再也没有其他的装饰。这样的时刻,世界是静止的,心灵也是静止的。

快到岸了。

一枚小小的鱼灯在湖边微弱地亮着。一个少女弯着腰,双手轻轻拨动着水花。鱼灯在她的手中慢慢绽放,向湖中漂去。

我看着湖面摇摇晃晃的鱼灯,说,真好!

少女似乎从梦中惊醒,抬头怯怯看了我一眼,起身走了。

我说,你的鱼灯。

她回头说,送给你了。然后笑着,逃进了夜色里。

我看着漂到脚下的鱼灯,伸出手,却舍不得去触碰它。它只要亮着,在这湖面,就属于每个游子,属于每个夜晚。这鱼灯把长荡湖的夜色装扮得五彩斑斓。

我看着少女离去的背影,鱼灯闪烁,它承载了一个少女的梦,也承载着我思乡的沉重。

湖上的黑夜是生命的颜色。我们从黑夜里走来,又回归于黑夜。鱼灯闪亮的地方是我生命的开始或归宿。微弱的灯光也可以把漆黑的夜照得很亮很亮。

我在湖上,夜色像回音壁。风是传递消息的信使,长荡湖是驿站。我把我的消息传递给自己,告诉自己我在远方的消息。人生有两个我,一个在此岸,一个在彼岸;一个在白昼,一个在黑夜;一个是躯体,一个是灵魂。长荡湖的黑夜真是奇妙,还有长荡湖的鱼灯,以及那个陌生的少女。

长荡湖的夜色无与伦比。我默默地聆听黑夜,聆听长荡湖的晚风,似乎听到曾经那个追逐鱼灯的少年欢快的呼喊。

一灯即明。

长荡湖鱼灯对我来说是一句隐在夜色里的禅。

回到故乡,再读《瓦尔登湖》,再翻开《再到湖上》,才发现我已翻开一个充满阳光的季节,读属于自己的日子。尤其在我流浪远方的时候,在东北从军站岗执勤的时候,在行军荒山野岭、滚落山崖、遍体鳞伤的时候,在想念故乡的时候,故乡的云、故乡的湖和故乡的鱼灯,让我内心充满温暖。

鱼灯不是乡愁里闪烁的泪花,鱼灯是怀旧的,是滋养灵魂的乳汁。

不说乡愁。

我知道怀旧不见得是什么好事情,但对于一个热爱大自然的人来说,怀旧却是滋养心灵的补品。人一旦怀旧,心就会变得柔软,就会接近最真实的自己。我知道我不是怀特,无法去寻那份昨日的美好和浅紫色的忧伤;我不是梭罗,我的文字也无法让美丽的长荡湖及鱼灯声名远播;但我可以做到的是,让每个看到我文字的人感受长荡湖,感受到大自然对我们的恩惠。倘若,你们感到了美好,那么我的长荡湖就已不朽了,不朽的还有月夜下,湖上点亮的鱼灯。如果你们觉得它只不过是一个波澜不惊的湖泊、一枚微茫的鱼灯,那么只能说我的文字过于平庸。于是长荡湖的水和长荡湖的鱼灯,成了我文字的永恒记忆。

点亮鱼灯,点亮的不是灯,也不是乡愁,是生命的光。

沉醉东浦

　　村子里，一会儿琴声飘逸、高山流水、古朴圆浑、荡气回肠，一会儿丝竹声声、曲调流畅、优优雅雅、幽深邈远，一会儿又锣鼓喧天、铿锵有力、粗犷雄浑、热情奔放……这是省非物质文化遗产丝弦锣鼓的经典之作。从此，这个村子声名鹊起……

　　这个村子因东、南、北三面绿水环绕，雨季时只有西端露有一块旱地，向东眺望，水天一色，故而得名东浦。东浦村位于金坛区指前镇西南部，毗邻溧阳市别桥镇，始建于元末明初，迄今有着七百多年的历史。

　　说到东浦，三十年前我们就是"老相识"了。记忆中，二十世纪八十年代中期，我退伍后到指前供销社工作的第二年，上级部门为了支持农业，要求属地供销社在东浦村建立供销分站。为此，从筹建、开业到日后的管理，我都参与其中。

　　二十世纪九十年代初，我调到外地工作后，再也没有去过东浦村。岁月如梭，一晃三十年过去了。在我的印象里，东浦村土路多，石板路少，晴天满身灰，雨天一身泥，环境卫生脏、乱、差。如今，有人说东浦村是常州"最美乡村"，其自然景观、风土人情、田园景色十分诱人。由此,想去东浦的欲望与日俱增,重回故土的心思一直跳跃不停。

深秋的清晨,我匆匆出门,开车沿着233国道向东浦村驶去。汽车穿过轻雾,越过运河庄店大桥向西前行,很快到了村口。为了不打扰宁静的村庄,我停好车,徒步朝村里走去。此刻,一片云烟裹着村子,村巷里行人稀少,显得有点儿冷清,但是,幽静而又干净的村子仿佛一幅静谧的立体画。当我穿过晨曦浸润的村巷,有一种久别重逢的感觉,更有一种新鲜的视觉。不久,东方露出了鱼肚白,朝霞冉冉升起,照亮了大地,照醒了村庄。村巷里的行人渐渐地多了起来,有遛弯的,有晨练的,有下地干活的……村西,地势高爽、开阔。数棵八米来高的松树生机勃勃、傲然屹立,似乎一个个威武的卫士,镇守着这块村地。

柏油马路从村中穿过,路北是休闲公园及篮球场,有花草、树林等;路南是健身广场,旁边矗立着一块巨石,上面苍劲有力的三个红色大字"知青园"显得格外醒目。东北侧是用花岗岩建成的抗日战争纪念碑,碑文中记载了抗战勇士和东浦人民三次抗击日寇的战斗经历。此时,我肃立在碑前,脑海中不停地浮现出炮火连天的战斗场面,仿佛听到了抗击日寇的枪炮声,听到了抗日勇士的杀敌声,感受到了用鲜血浸透的这片热土,更加敬重和崇拜那些为国捐躯的抗日勇士……

漫步在幽静的公园中,树林里鸟儿在树枝上无拘无束地跳来跳去,叽叽喳喳唱个不停。空气中飘荡着花草的清香,混杂着黑土地的芬芳。晶莹的露珠挂在草尖上,格外耀眼。没走多久,皮鞋上的尘土被露珠洗得荡然无存。绿树、红叶、花草交织着,尽显斑斓秋色,泛黄的树叶似黄色的小花在空中飘逸。我刻意迈着轻盈的步子,生怕惊扰了小鸟和树叶。公园的正北面又是另一番风景,望着具有乡村特色的围墙和墙面——不,应该称音乐文化长廊,其顶端青砖黛瓦,长廊上图文并茂介绍着京胡、四胡、笙、箫、笛、锣、鼓等十多种乐器。我终于明白,东浦人传承了几百年的丝弦锣鼓,蕴含了多少浓浓乡愁和厚重的历史记忆。绕着长廊踱步,我仿佛听到了生命悠远的音乐篇章,听到了改革开放的喜庆锣鼓,听到了振兴乡村、建设新农村的进军号角。

穿行在村巷,游荡在一片记忆中,寻找着当年的印记。然而,村庄变了,一切都变了,变得多姿多彩。沿着主巷向村南走去,巷道很宽,水泥路面通往各家各户,两边白墙黛瓦的楼房及建筑,高高低低错落有致,一幅美丽的乡村画卷徐徐展现在我的面前。咦!又一个绿色地面、条线分明的塑胶篮球场赫然在目。绕过球场北端,一条小河近在咫尺。踏上敬老桥,桥上建有两个对称的"长寿亭"和"夕照亭",两边护栏上雕刻着各种图案。小桥虽然不是很宽,但曲折中多了几分江南水乡的韵味。站在桥中央,四周的风景尽收眼底。浅绿的河水静静地荡漾,码头上几个妇女一边洗衣服一边谈笑风生。顺桥而出,依着河岸而建的栈桥长廊让人忽然觉得来到了另一个世界。长廊古色古香,给这个村庄增加了几分灵动。长廊通透、微微曲折,结实的廊柱呈褐色,廊顶飞檐翘角,尽显中式韵味。两侧是供人休闲的长椅,长廊的东侧长着不同的树种。我临廊而坐,感受到难得的清净。此刻,一阵丹桂清香扑面而至,猛吸一口入心入脾,顿感畅快淋漓。也许平时在喧嚣的都市待久了,清净已变成奢侈。今天能置身于这世外桃源之境地,听一听梦中水乡的声音,去寻找自己心底那些被忽略的梦,是多么酣畅和惬意。

九点多钟,在村民的指点下,我来到七十多岁的原村党支部书记吕书洪家。老支书很是开心,热情地介绍了这么多年来东浦村的发展经历及变化情况。他告诉我,东浦村获得了许多荣誉,诸如省文明村、省和谐社区建设示范村、省级传统村落、常州最美乡村……

离开老书记家已经是中午了。这时,村庄里弥漫着熟悉的饭香。

下午,沿着大迈河朝村现代数字化渔场走去。秋天的大迈河,静静地躺在大地的怀抱里,河水清清,缓缓地向东流淌,河面上鱼儿不时地掀起小小的水花。两岸河床,零星簇拥着小片芦苇,其腰细叶尖,凛然而立,深深扎根于淤泥之中,似哨兵驻守。芦苇随着秋风摇曳,频频地展示那轻盈的舞姿。说到芦苇,我对它倒是情有独钟。因为从小在长荡湖边长大,湖边滩涂上的芦苇为我少儿时期增添了许多乐趣。我和玩伴曾经用鲜嫩的芦苇充饥;曾经穿梭芦苇丛中捉迷藏,玩游戏;曾经用芦苇的秸秆和叶子做成哨子,玩得十分开心。不过,我更喜欢秋天的芦苇,它泛黄抽穗包裹着红、黄、绿相间的花絮,秋风拂过,花絮如同爆燃的烟花绚丽多彩,把秋天点缀得更加迷人。

进入渔场,跳入眼帘的阡陌交通的池埂和道路,若干个大小池塘星罗棋布。走近池塘边,平静的水面映出蓝天白云的美姿,一阵秋风划过,水面泛起层层涟漪,荡漾着粼粼波光,这又是一幅秋天的江南水墨。池塘的北侧是渔场的管理中心,虽然不是很大,但整个渔场全部采用智能、数字化现代管理模式,渔场的日常管理一键搞定。

走出渔场十多分钟,太阳已经偏西,秋阳没有了夏天那种燥热的脾气,反而显得柔和清透,天空中多了一层淡淡的黄晕。不一会儿,东浦村的田野秋色让我美美地享受了一场视觉盛宴。

此刻,千亩水稻"丰产方"的稻谷低垂着金灿灿的穗子,翻滚着碧波金浪。秋风徐徐送来醉人的稻香,使整个田野的空气里稻香四溢,处处飘荡着丰收的味道。

此刻,落日的余晖洒满大地,彩霞染得大地五彩纷呈,照得村庄色彩斑斓。田埂、河岸不时地闪出勤劳的村民手拿农具、肩挑担子回家的身影。

此刻,村庄的上空炊烟轻盈缭绕,上升、扩散,像绒线一样条条分散缠绕,似断非断,似连非连,好像又是一幅晚秋的油画。

我不是诗人,但是东浦村徜徉在乡村的秋色里,就像一首诗,是那样温馨、迷人,又是那样充满魅力、富有生机。

我想,自然界让人怦然心动的美景很多,但是,东浦村阡陌如诗、田园如画的美景在我眼中却是别有韵味。

我想,一个人只要用心去感知身边的美,那也许正是你想要的宁静一隅,何必舍近求远去他乡找寻?

我想,东浦的乡村美景,既不堵车,又不用买门票,还能大饱眼福,体验乡风民俗,我们何乐而不为……

转眼,天际边仅有的一点儿余晖也消失不见了,夜色渐浓。我该和东浦村说一声再见了。不过,我很自信地告诉你们:在这里,蔚蓝的天空、金黄的稻田、清凉的秋风、碧绿的清水、迷人的月色,会让你变得神清气爽,让你忘记疲惫和心中烦恼;在这里,小桥流水、粉墙黛瓦、绿荫环绕,会让你涤去心中的尘埃,让你沉醉;在这里,环境优美、恬静幽雅的自然景观和丝竹之声,会让你流连忘返。如若不信,不妨和我一起走进东浦⋯⋯

相约钱资湖畔

俗话说,春雨贵如油。春分前后,老天爷很是大方,春雨一场接一场,淅淅沥沥、断断续续地下个不停,将大地染得更绿了,也让钱资湖畔的春色更浓了。

钱资湖原名钱资荡,不大不小,位于常州市金坛滨湖新城区南逸。何为"荡"?即为浅水型湖泊,深度不到二米,东西长约五千米,南北宽约六百米。前几年通过新城区的开发与建设,钱资湖畔已成为周边市民休闲、散步、赏景、健身、亲近大自然的又一个生态公园。

清晨雨歇,我来到了钱资湖公园,此时万物复苏,春天舞步翩跹,尽显优雅的风采。美丽幽静的湖面上飘荡着淡淡的雾气,钱资湖犹如一幅水墨画在我面前层层铺展开来……

首先映入眼帘的是北岸东端"爱情园"的标志造型。它由两个不锈钢圆形相交而成,圈住了一对喜庆的俊男靓女。我猜想,这大概是设计者的"前奏曲",表明这里是谈情说爱的圣地,让两个相爱之人圆圆满满,永不分离!不过,我有点儿不解:为何设计师也赶时髦,非得模仿电影、电视剧里的爱情,来吸引人们的眼球?

后来也就释然了。起什么名字并不重要,关键在于景点的设计与内涵。进入园区,几处独具匠心的造型让我理解了设计者的良苦用心。其一,东侧湿地一片蒲草绽放出绿绿的新叶,迎风摇曳。空气中微微的甜味,弥漫着淡淡的清香。蒲草被古人视作坚贞爱情的象征。设计者的巧妙构思与寓意,可谓恰到好处。其二,椭圆形的人工未名湖虽然不大,只有近千平方米,却有几分灵气,内外圈水系层次感极强。一条石板路通向湖中心的休闲观景厅,在厅内面对四周宁静、优雅的环境,让人有种心如止水的感觉,这种环境恰是男女幽会的好去处。其三,十二个白色倒U门洞以不同角度、不同位置穿插交错其中,寓意男女双方通过看似简单,其实需要双方经历道道"门槛"的磨合,方能守住"阵地",才能白头到老。这也是设计者的初衷,要让相爱的人有着坚强与执着、责任与担当吧。其四,园区的另一侧是一座小山包,走在柔软的草坪上心情格外舒坦。山包的顶部是一棵高大的香樟树,树冠直近十米。而树荫下就是两颗碰撞的心海誓山盟的地方……

　　沿着"爱情园"走走停停,穿小径,过门洞,进亭台,有种人在园区走、宛如画中游的感觉。先前的不解与疑问顿时烟消云散。

　　步入"沁芳园",马鞭草、薰衣草、月季花、蔷薇花、格桑花……真可谓花团锦簇、争相竞艳、清香弥漫、芬芳诱人。这时,成对的鸟儿发出悠扬悦耳的啁啾,湖面上波光粼粼涟漪荡漾,花草溢出沁人心脾的芬芳,让我感到无比惬意。

　　沿着幽静的小道漫步,新绿的柳枝随风扭动着妩媚的身姿,路边的草坪里,小草静静地等待与我相约。没走多久,红、白、粉的樱花争相盛开,成为湖畔最唯美的点缀。我随着游人穿梭在樱花树间,真真切切地享受了一场浪漫的樱花雨,弄得身上沾满了许多各色的花瓣,打理了半天才算恢复如初。而不远处的桃花似乎不甘落后,也争芳斗艳展露出美丽的一面。

出了"沁芳园",坐在湖岸边的石块上小歇,沐浴着和煦的春风,感到特别舒爽。突然,我的目光停在身旁那株翠绿的小草上。小草长在圆润光滑、排列完好的鹅卵石的缝隙中,盛开着洁白的花,这不能不让我为之震撼。小草顽强地绽放着生命之花,又是何等的坚强。而这种坚强不正是我们当代人需要学习的吗?种子随风飘落在缝隙里,小草无法选择,但小草在如此环境之下坚强地生长,这也是一种选择。其实在现实生活中,有太多太多的人缺乏小草的坚强,缺少小草的精神……

起身正要离开,湖中忽然又冒出两只野鸭子,一会儿自由自在地游来游去,一会儿嬉戏着你追我赶,一会儿又钻进湖床边的芦苇中消失不见了。

穿过润澳花园大酒店,登上横跨南北的钱资湖大桥。大桥总长九百二十八米,桥面宽三十九米,双向六车道,是金坛历史上第一座大跨度系杆拱桥。据了解,大桥的拱形竟然和"爱情园"的设计理念有相似之处,蕴含牛郎织女"鹊桥相会"的设计思路,由主副拱与桥身形成半圆,于水中倒映形成满月之状,配以绚丽的灯光,成为金坛新的地标和滨湖新城区之景观。

站在拱形中央放眼眺望,顿感视野开阔,心旷神怡。远看,鳞次栉比的高楼大厦和川流不息的汽车一目了然,气势磅礴的在建高铁犹如一条巨龙穿过云层;近看,蓝天白云下的湖面金光四射,湖的周围阡陌纵横交错、绿色环抱……

此时此刻,欣赏着钱资湖畔的美景,亲眼目睹滨湖新城一年一个变化,一步一个脚印,让我感慨万千。

二十世纪九十年代末湮灭的记忆又浮现在脑海中。那年暑假,我曾经带着儿子来钱资湖学游泳。当时,钱资湖杂草丛生,几棵不起眼的树孤独地立在湖边,岸边零星的几栋土坯房在风雨中摇摇欲坠,湖面上不时地漂浮着许多脏兮兮的杂物。面对如此环境,只能望湖兴叹,败兴而归。

2013年后,区委、区政府精心规划,加大对钱资湖的整治力度,分别以"爱情园""沁芳园""紫薇湖""乐活园""泛舟湾"五个主题,斥巨资先后打造了集生态、绿色、环保、休闲为一体的钱资湖公园。如今,徜徉在钱资湖畔,一年四季都能带给你意想不到的视觉享受,让你沉醉其中,让你流连忘返。

也许有人会说,钱资湖比起烟波浩瀚的太湖不足为奇,比起杭州的西湖也逊色不少。但是,我告诉你:钱资湖有着与众不同的典雅,有着令人陶醉的意境,有着回味无限的魅力……

来到"泛舟湾",这里却另有一番风景。湖边大片的芦苇吐着青绿,高高低低、蓬蓬勃勃,在春天里泼洒着生命的力量。岸边小桥流水,处处松树郁盛,傲立挺拔。也许设计者是用松树来表现金坛人顽强向上、不屈不挠的精神风貌和昂扬斗志。再往西,绿油油的麦苗和成片的油菜撑开了千千万万个嫩黄的小花伞……

时间不知不觉地从身边溜走。我意犹未尽,独自一人踏着春阳舒缓的节拍游走在春天的画卷里。这里一草一木清新可亲;这里景色迷人人自醉;这里能够荡去我心中的尘埃,洗涤我的心灵。

电胜河变奏曲

江南水乡金坛的河流有许多,但是让我有记忆、有回味、有思念的注定是位于金坛区华阳南路西侧,河水不是太深、河面在十六米左右的电胜河。它每年在寒冬慢慢地注入我心田,以温暖和煦的方式告诉我春回大地,万物复苏,然后如一条绿色的飘带穿过城市的喧哗与热闹……

这几年我居住在电胜河附近,由于工作原因,常常沿电胜河岸边的健身步道向南行,时间长了,熟悉打招呼的人也多了起来。

2017年初冬的傍晚,我从维也纳国际酒店的北门出来,向电胜河东岸的马路走去,刚刚踏上桥面,一阵马达的轰鸣声引起了我的注意和好奇。我朝电胜河北面望去,只见不远处的河道上一队人马正在干活:有的在打捞漂浮物,有的在操作挖泥机,有的在清理河道两边的树叶、杂物等。突然,我看到两张熟悉的脸庞,心想这不是老朱他们父子吗?没过多久,老朱的儿子发现我正在注视他们,便扯着嗓门和我打招呼。这是我第一次见到他俩在电胜河上干活。也许是缘分,也许是巧合,从那以后,隔三岔五我们总会碰到一起聊上几句,时间长了倒成了朋友,我也从中了解了电胜河的过去和现在,而这一老一少也被我称为"上阵父子兵"。

"上阵父子兵"里的父亲朱雨平,六十多岁,身体很健壮,也很健谈。儿子朱志俊,四十来岁,头脑灵敏,干活是一把好手。

时间回到四年前,电胜河的环境属于典型的脏、乱、臭。当时,老百姓这样说:"电胜河内脏又臭,垃圾多得让人愁,蚊虫苍蝇到处有,过路人群捂鼻走。"虽然这几句顺口溜有点儿夸张,但当时电胜河确实对环境造成极大的影响,老百姓叫苦不迭。2016年下半年,区委、区政府就电胜河的现状及时采取了果断措施,并成立了由环保、水利、建设等职能部门参加的专项整治领导小组,副区长兼电胜河河长周文俊亲自指挥,完善规划、硬化措施、管理到位,分期分批实施电胜河生态环境的整治建设方案,而朱雨平、朱志俊父子从整治电胜河环境开始,一直参与工程项目建设及河道的管护工作……

前些日子在老朱家,我又聊起电胜河生态环境的话题,父子俩很是开心和自豪,并先后介绍了电胜河生态环境的日常管理。其中,电胜河由原来的三天巡查一次改为现在每天巡查;原来河中漂浮物(垃圾)的处理时间从二十四小时缩短为现在八小时。目前,电胜河的管护可以用四句话概括:"巡查常态化,维护专业化,施工机械化,管控数字化。"2019年电胜河被评为五星级河道,此荣誉金坛只有两个。现在父亲朱雨平仍然是管护队队长,儿子为队员。听完他俩的介绍,我深深地感谢这"父子兵"的执着和坚守。当我起身道别时,老朱队长还专门向我推介了电胜桥以北的风景。回家的路上,老朱的推介使我产生了浓厚的兴趣和早日成行的欲望……

春末的早晨,我走出小区,迎着初升的太阳,快步向电胜河畔走去。此时大街上已经是喇叭声声,汽车明显地多了起来,来来往往的行人络绎不绝,城市又恢复了往日的繁忙和喧嚣,可谓春满人间。不过与之不同的是,人们的脸上多了一道"风景",蓝的、白的、黑的等各种各样的口罩……

　　一支烟的工夫,电胜河就在眼前,我按照计划,过了峨嵋桥后向北行。沿着青砖铺成的人行道没走多远,小广场上几十个叔叔阿姨踩着节拍打着太极;旁边树上几只不知名的小鸟叽叽喳喳唱着赞歌,欢快地在树枝上跳来蹦去;长条木凳上大爷大妈正在呼吸着新鲜的空气,这让我感到春天的早晨美极了。越过电胜桥继续向北,又是另一番景象:视野里,银杏、广玉兰、香樟、枫杨等树木和其他植物拥有不同的层次变化。一对头发花白的老夫妻手牵着手在鹅卵石铺成的小道上踱步,显得那么恩爱。一阵风吹过,树叶哗哗作响,仿佛在演奏一首喜庆、欢快的进行曲。当然,树林中的各种野花也没闲着,而是微笑着向人们点头致意,绿荫下的小草更是忘情地扭动着身体,跳起欢快的舞蹈迎接游人的到来……我沿着河坡小心翼翼地向河边石头驳岸靠近,杨柳挥舞着臂膀仿佛在说:"朋友,你来见识一下我们在阳光和水中的绝活吧。"这时,当我稳稳地站在驳岸的石头平台上时,目光被河面上的美景吸引了,只见河边树丛的倒影在一弯一曲地闪动,有时像是醉汉,有时又像在跳芭蕾舞,煞是迷人。突然,倒影中激起一朵朵浪花,水中的鱼儿欢快地嬉戏追逐,一眨眼工夫不见了踪影,水面上倒影依旧……

　　我是电胜河南区景观的常客,北区我以前只是路过,因此,对于几座桥的名字还真没留意。踏上电胜河桥(桥名是看了才得知的)中央向河的南方远望,两岸好像静静地卧着两条绿色长龙,让人感到无比惬意。下桥过了柏油马路,一座很有特色的建筑进入视线,心想住在这里倒是不错的选择。可是,到了正门一看,谁能想到这么漂亮的酷似别墅的房子竟然是公共卫生间? 于是,我毫不犹豫地进去体验了。还别说,卫生间里面干净整洁无异味,感觉和宾馆差不多。走出卫生间,我感慨颇多。习近平总书记2017年年底倡导的"厕所革命",金坛区政府能够立竿见影,雷厉风行,从小处着眼,从实处入手,做到了民生小事大情怀,确实值得点赞。

很快到了电胜河北区游园,岸边少了茂密的树林和高大的树木,但是各种盆景让我目不暇接,可观之景与南区相比毫不逊色,依然让我感到畅快淋漓。更开心的是,目睹了多年不见的睡莲在水中亭亭玉立地绽放白仙子的美姿。接着漫步在幽静、曲折的栈桥,欣赏河面的美丽风光,面对着缓缓流淌的河水,忽然发现电胜河的水如同一个温和恬静的少女,是那么轻盈、乖巧。我从兜里摸出一块特地准备的鸡蛋大的石头,扔向波光粼粼的河面,随着"扑通"一声,河面漾起层层涟漪,让我陶醉其中,让我心驰神往……

继续沿着电胜河岸边前行,向着源头进发,边走边欣赏,刚走了几分钟,看到一位中年男子钓到一条约三百来克的鲫鱼,高兴得眉开眼笑。而我有点儿自嘲,人家悠闲自在,享受快乐人生,而我却毫无意义地追寻电胜河的源头,是不是有点儿犯傻? 不过想想也释然了,各人有各人的活法。不久,我赶到了源头——原来是丹金溧运河边的中桥。此时此刻,我恍然大悟,印证了苏东坡的名句:"不识庐山真面目,只缘身在此山中。"

我伫立在源头静静地望着电胜河两岸的风景，其美难以言喻，真是感慨多多。这四年，金坛人民奏响绿色生态环境的变奏曲；这四年，昔日的臭水沟，变为美丽的景观河；这四年，迷人的风景令人流连忘返……

　　我曾到三峡目睹过壮观的长江，我去太湖看过烟波浩渺的湖面，但在我眼中，电胜河美在生态环境，美在温文尔雅，美在默默无闻，美在江东福地特有的灵气……亲爱的朋友，如果你来金坛走"绿野仙踪"路，可游茅山景点，看长荡湖风光各有胜地。若要看城市的小河，千万不可忘了俊美的电胜河。唐代诗人刘禹锡说过："山不在高，有仙则名。水不在深，有龙则灵。"电胜河以小而美吸引游人的脚步。

　　当我离开电胜河时，一种留恋之情油然而生。我在想，电胜河滋润了金坛城区的绿色，承载了金坛城区的发展历史；我在想，电胜河谱写了生态环境的新篇章，吹响了金坛实现"高、富、美"的前奏曲；我在想，江南以水而著称，金坛以水显灵。

　　电胜河美在春天，美在四季。

　　电胜河的水终日潺潺流动，徜徉在城市的美景中，我总是感觉我居住的城市像是一首诗。城市的星空、公园、街景、霓虹灯……一切都是那么亲切与美好。也许我们会远行，但是不管走多远，我的思绪都会随着河水涌动……

怀念一棵树

不可否认，在离开老家的几十年间，我从未忘记村上那棵树，我对它有一种难以割舍的情结。每次回老家只要一有时间，我会静静地来到树下仰望着它，或者在树下发呆。是的，仅仅是静静地待着，树叶在我的头顶，葳蕤着，荫翳着。暖风拂面的初夏，风从树叶间吹过，沙沙沙，像是在和我对话；深秋，有风寒凉，落叶纷纷，片片树叶飘落，像是从我童年寄来的信笺。

我用手抚摸着那粗糙苍老、裂皱深邃呈灰褐色的树身，我从内心深处表达对时间的思考，对我在这片土地上过往的眷念与喟叹。时间在树干上刻下了痕迹，也在我的心里留下了痕迹。

怀念一棵树，其实也是怀念时间的流淌，以及时间流淌的姿势。怀念一棵树，就要在心里刻下它的名字——白果树。

也许有人不以为然，也许有些人觉得不就是一棵树，就算是一棵白果树，哪至于如此矫情？但我记住了它的点点滴滴，记住了它的好。它也见证了我的出生，见证了我从少年到壮年，以及现在的慢慢老去……

十年树木，百年树人。这样说来，好像树和人是能够相提并论的,树和人是平等的。我倒是觉得树和人是不平等的。老家村北的这棵白果树历经百年,见证了太多的物是人非,见证了世事的沧桑变幻。据说白果树可以千年不朽,可又有谁见到千年不死的人呢?人世曲折喧哗,而树木矗立不语。这也是不同的风骨。

春天,它冒出的叶芽,一个挨着一个,把光秃秃的树枝染成绿色,随风一起摇摆,为春天又多添了一幅美丽而充满生机的画卷。

夏天,它绿荫如盖,似一把巨伞撑在村北的上空,为村民提供了一个天然的休闲亭,人们一波接着一波,享受着它给予的清凉。

秋天,它的叶子渐渐变黄,风儿一吹,犹如蝴蝶在空中飞舞,将地面铺成一块金色的地毯,踩在上面沙沙作响,仿佛在吟唱秋天的歌。

冬天,它面容安详,不满不藏,坦露所有。它失去了蓊郁,没了喧哗,也没了果实,却依然昂首挺胸地顶着风霜雨雪。

有人要问那棵树的大名,答案便是郭沫若的一篇散文——《银杏》。文中开头写道:"银杏,我思念你,我不知道你为什么又叫公孙树,但一般人叫你是白果,那是容易了解的……"

读着郭沫若开门见山、直抒胸臆、真真切切、流露情感的散文,仿佛一缕清香扑面而来……于是,村上那棵银杏树(我们当地人习惯称白果树)始终在我脑海中萦绕。

我的老家紧邻长荡湖西岸,是一个有着八百多年历史的村庄。据有关文字记载,那棵白果树是清朝时期的同治丙寅年(1866),村上土地庙里观音堂的一位名叫"大久"的和尚栽下的。

如今白果树历经一百五十多年岁月沧桑,从不言语,犹如一位仙风道骨的隐士,安静而沉稳地站立于芦家场村的北首。

它粗壮、高大、挺拔。树高约十八米,躯干需要两三个成人合抱,树冠面积约二百平方米。

回首往事,白果树下是我童年的乐园,一年四季给了我无穷的乐趣:有时和几个小伙伴手拉手围着树转圈;有时在树荫下玩耍、做游戏,如打纸片、跳白果等。每到秋天,面对笑弯腰的树枝,我还会和小伙伴们"守株待兔",期盼着白果的掉落。

白果的种类有几种,我所见的多是两头尖尖的,形状没有规则。而老家这棵白果树结出的白果却与众不同,形状圆圆的,光滑无比,握在手中、放在兜里都很舒服。

那时村上小伙伴先从跳白果玩起,而后又玩猜白果(单双数),再到"丢白果堂"。

何谓"丢白果堂"?即在场地上挖一个直径约五六厘米的小圆坑,深度不超过二厘米,坑的两侧用砖夹角相切成人字形,然后以规定的距离画一条横线,以线为点;手握一把白果,在正中央向夹角小坑里扔,白果掉在小坑里有几个就赢几个;每人每次拿出的数量根据人数多少而定,一般每人两到三个;丢白果的顺序以"剪刀、石头、布"定先后。那时候,全村的玩伴对这种玩法的痴迷程度,用一个"疯"字形容毫不为过,夜里做梦都在喊进了"五个、六个"。不过,丢白果堂很需要技巧,用力轻了丢不进坑里,用力重了白果就会反弹。为此,用力必须恰到好处。在当时,二哥是丢白果堂的高手,常常赢了很多白果与我一起分享,不过,第二天还调侃我昨晚说梦话赢了多少……

白果除了玩之外,有时我们还会拿几个丢在灶膛里煨,听到"啪"的一声,迅速取出便可享受美味了。

至此，我幼小的心灵里便埋下了白果树的种子。

当然，真正让我对白果树刮目相看，源于一次长荡湖之行。

二十世纪六十年代，我正上小学，暑假里遇到了少见的干旱，长荡湖瘦了许多，水位浅浅的，水已经发浑，湖床上一些小低洼塘暴露无遗，正适合捕鱼和摸蚌蛤。

一天下午，大哥一手拎着竹篮，一手提着抄鱼网兜，二哥挎着筲箕，带着我这个"小尾巴"，经由湖滩向湖心走下去三千多米才达目的地。此刻，尽管骄阳似火，烤得我们满头大汗，但哥仨仍旧乐此不疲。一个挥动着抄鱼网兜，一个埋头摸着蚌蛤，我则在干裂的湖床上不停地奔跑。不一会儿，大哥首战告捷抄到一条鲫鱼，二哥也不示弱，很快摸到一个手掌大的湖蚌，我大呼小叫，高兴得连蹦带跳……

不知不觉太阳已经西斜，大哥便招呼回家。由于离村庄已经很远，家的方向难以辨别，于是，我边走边问大哥我们家在哪个位置。这时，大哥指着西边像蘑菇云的大树告诉我，那棵白果树就在我们家的北侧，以后在长荡湖或其他地方，只要朝着村上那棵白果树的方向走，当树越来越清晰，家就越来越近了……我这才明白白果树还有如此作用。

其实，年少的我只知道无忧无虑地玩耍，哪里晓得白果树早已成为长荡湖西岸的老百姓、渔民、船户心目中的航标。人们凡是到湖里劳动作业、捕鱼、航行等等，都以芦家场村那棵高大的白果树为航标，有了它，就能确定北边由大浦港入运河，南边由白石港入运河，这样便可顺利返航。

之后，村上那棵白果树始终在我的脑海里串联起两个词语：

树与航标。

航标分为海上、江上和内河。村上那棵白果树虽然长在岸上，也不像正规航标那样带着灯光，但它却亮在老百姓的心中，真真切切起着航标的作用。老百姓看到它就能明确航向，看到它仿佛看到了家。由此，老百姓每天都这样入湖、出湖，每天都这样驾轻就熟地往返……

人们常说：与人相处，日久生情。

于是久而久之，我对白果树的情感也与日俱增。

然而，大千世界不是所有人都懂得感恩，懂得村上那棵白果树的价值与意义。有人总是想方设法"惦记"着，并且找出种种理由侵害它，甚至剥夺它的生命。

那是二十世纪五十年代末，由于缺少燃料，有人盯上了白果树。一天上午，随着锋利的锯齿在树干上来回推拉，锯声仿佛白果树那凄惨的哭泣之声，不一会儿，树身被锯开一个小口子。也许是白果树的愤怒与抗争，突然"啪"的一声，锯条断了……在场的村民一部分劝阻，一部分不顾一切迅速赶到公社向主要领导报告情况。当领导听完汇报后，立即责令大队干部停止乱砍，从而使白果树免遭厄运。

1966 年突发几十年不遇的洪水，位于长荡湖西岸的芦家圩危在旦夕。这时，村上的干部又打起白果树的主意，准备锯掉主干四周的树枝，用作湖边打桩拦洪保护围堤。村民获知后，急忙告诉公社驻村干部，这位干部及时出面制止，才使白果树躲过一劫。

再后来，我陆陆续续知道了有关白果树遇到的一次又一次险境与劫难。

岁月沉淀,直到 1996 年白果树终于有了正式"户口"。常州市有关部门将这棵树登记注册,并挂上了号牌予以保护之后,再也没人敢打它的主意了。

　　诚然,进入新世纪以来,大江南北的公园里、马路边、寺庙等处白果树随处可见,但是村上那棵白果树依然在我心中。在当地老百姓眼里,它不仅是一座灯塔、一个航标,更是一种精神。

　　这种精神就是坚毅与不卑不亢,就是坚守与默默无闻,就是坚持与不屈不挠。而且,这种精神深深地影响着我的生活和工作,潜移默化地沁入我的五脏六腑,沁入我的灵魂,然后慢慢地融化……

　　我喜欢村上那棵白果树,它让我多为老百姓点亮去路和归途。

　　我怀念那棵白果树。

　　怀念一棵树,也是怀念故乡的方向,怀念自己人生的来路。那棵白果树,像一座灯塔,在乡土中隐逸,也在乡土中绽放。它向我诉说的,我都能听懂,而我跟她诉说的,它也能理解。哗哗哗——它在给我讲述我的童年呢!

洒墨点彩绘蓝图

——记东浦村党总支书记吕建民和总支一班人

这个村有着七百多年的历史。

这个村曾有"金坛南门外第一大村"之称。

这个村被省、市有关部门冠以"最美乡村"之称号。

这个村因"三河"环绕，每到雨季，站在西部向东瞭望水天一色而得其美名——东浦。

东浦村位于指前镇西南部，毗邻溧阳市别桥镇。2008年，东浦、金岗、陆家、芦庄圩四个村委合并而成新的东浦村委。全村总面积十点二平方公里，人口四千余人，党员一百二十九名。

东浦村从前是一个极其普通的江南村落，既没有秀丽的青山，也没有任何旅游景点。走在村里，晴天一身灰，雨天一身泥，环境卫生脏、乱、差……但是，十多年来，村党总支书记吕建民带领党总支一班人凭着共产党人的勇于担当，凭着执政为民的工作理念，凭着一身正气的工作作风，硬是闯出了一片新天地，使东浦村走上了小康富裕之路、生态绿色之路、幸福发展之路。

深秋的江南，连续两天被淅淅沥沥的秋雨洗刷，空气显得格外清新、凉爽。一天上午，为了采访吕书记，笔者踏上东浦这片故

土,一幅幅美不胜收的乡村画卷徐徐地呈现在眼前:

这里,实施土地流转以后,成为全区打造现代农业科技基地的典范,让你目不暇接。

这里,成片的稻谷低垂着金灿灿的穗子,翻滚着层层金浪,整个田野稻香四溢,让你沉醉其中。

这里,省重点农业科技项目——智能数字化渔场,实现从放、养、管、包装等操作全部实行智能化,让你大开眼界。

这里,白墙黛瓦的建筑,干净整洁的村巷,小桥流水以及古色古香的栈桥长廊,让你置身于世外桃源。

这里,丝竹声声、琴声飘逸、曲调流淌的丝弦锣鼓,呈现传统的民间音乐大餐,让你流连忘返……

一

吕建民,土生土长的 70 后,中等身材,憨厚、亲和。也许是经历了农村工作的艰辛和磨炼,稍黑的肤色让他看上去要比实际年龄大。2007 年 8 月当了几年村会计的他,走马上任村党总支书记。从会计到书记的角色转变,使这位中年人又多了几分坚毅和果断。东浦村的地域面积和人口在当地属于中等水平,其特征是自然村较为分散,村里除了土地、劳力再没有其他资源,而且还负债一百七十万元,可以说是一个穷得叮当响的穷家,这让吕建民深感自己重任在肩。然而,这位受过党组织教育和熏陶的中年汉子,头脑深处早已牢牢地记住了一个共产党员的责任与担当。

上任初期,他带领党总支一班人走村访户,跑遍全村辖区,了解到全村许多农户的农田和蟹塘不是效益低下，就是连年亏本，老百姓苦不堪言。于是，吕建民及时组织召开党总支领导班子会议，统一思想，步调一致，大胆地提出"转思路、找出路、谋发展"的现代高效农业的理念，做足做好"土地文章"，想方设法引导农民脱贫致富，开动脑筋实施发展集体经济的新举措。

群雁高飞头雁领。2008年年初，在党总支一班人的共同努力下，东浦村争取到了全省"万顷良田"建设工程项目。从此，拉开了村庄整治和土地流转的试点大幕。然而，土地是农民的依靠，是农民的命根子，因此，"万顷良田"建设工程迎来了最大的难题——搬迁。

村民问："楼房建好没多久，怎么补偿？"

村民问："我家才装修好的新房，儿子结婚怎么办？"

村民问："我家日常的开支全靠门前的果园，谁给我补偿？"

也有的村民问："房子拆了我们住在哪里？"

搬迁，使村民忧心忡忡。

搬迁，一件件、一桩桩棘手的问题接踵而至。

搬迁，矛盾重重，困难不言而喻。

身为当家人的吕建民没有被困难压倒，没有因困难屈服，而是一马当先、以身作则，带领村干部不分昼夜、废寝忘食地深入每家每户做好宣传、解释和调查摸底工作，同时将动迁方案、住房安置政策、各家各户的实际数据公布于众，自觉接受群众监督……

这期间，有人问吕建民做工作为什么这么认真，为什么这么拼命三郎，而他只是憨厚一笑说道："不为什么！如果我不认真，就不是一个合格党员；如果不拼命，就更不是一个称职的书记。"

榜样的力量是无穷的。东浦村第一期"万顷良田"建设项目,三千亩土地流转,三百多农户的搬迁、安置工作得以顺利展开;2011年又如期完成了"万顷良田"的二期工程,再次搬迁、安置三百九十多户村民。

　　此刻,笔者在东浦"万顷良田"的田野中漫步,走着走着遇到了满脸绽放着丰收喜悦的江南春米业有限公司总经理单爱娟。她指着一片金黄的稻田十分高兴地说:"这些年来公司的快速发展、产销两旺,全靠党的惠农好政策,全靠村党总支的土地流转好思路,全靠村吕书记为我们排忧解难的好作风。这不,今年又是一个好收成!"望着明媚的阳光、净蓝的天空,吮吸着稻谷的芬芳,一幅丰收的秋景画面定格在我的脑海中,让我深感欣慰和自豪。写到这里,笔者想起这肥沃的土地是指前标米的产区。二十世纪初,因其粒圆饱满、雪白透亮、香气四溢,享誉海内外;1951年指前标米曾经和茅台酒同获巴拿马国际博览会金奖。后来出于各种原因,指前标米失去了往日的辉煌……如今东浦村"万顷良田"不仅让指前标米雄风再起,而且又培育了另一种金牌大米——苏牌大米。2019年苏牌大米荣获"寻找江苏最为好吃的大米"金奖。2020年指前标米荣获第四届华西杯"江苏好大米"十大品牌。苏牌大米、指前标米双双走出金坛,飞出常州,飞向国际。

二

　　东浦村被九里湾河、前迈河、后迈河三条河流环绕,它们生生不息地滋润着这片故土,哺育着东浦村代代子民,承载着东浦村的记忆。

临近中午,笔者有意放慢脚步,一个人静静地游走于东浦这片热土,被这接地气的美所感动,被这翻天覆地的变化所震撼。而这眼前的美更让前来游玩的人兴奋不已、赞不绝口。倘若提起"最美乡村"的建设,村民无不赞扬以吕建民书记为领头雁的党总支一班人。

是的,他们是开拓者,他们是践行者,他们是大功臣。

他们紧紧抓住省级规划建设"特色样板示范村"的有利时机、科学扎实地对村庄的风格、布局、功能、美化、亮点等进行一系列的规划和设计。

他们不忘初心,牢记使命,历经曲折,把一个普通的江南村落打造成"宜业""宜居"的美丽家园。

他们秉承"富而思洁,富而思美"的理念,积极采取行之有效的措施进行环境整治,彻底解决村庄脏、乱、差的老大难问题。

当然,环境整治最棘手的难题莫过于拆除违章建筑,老百姓总是阻力重重,抵触情绪很大。怎么办?支部会上,吕建民说:"拆除违章建筑,我们要和老百姓讲清道理,再难也要去克服。因为我们是党员,党员就要敢于担当,敢于迎着困难上……"2014年全村先后清理乱堆、乱放四百多处,清除垃圾五千多吨,拆除违章建筑一千多平方米;2015年加快推进路、绿、水为主要内容的村基础设施建设,硬化和拓宽村庄道路、巷道五千多米,铺设污水管网近一万米、雨水沟二千三百多米,新建一百吨污水处理设施,新建公交站台和凉亭四处,新建古色古香的沿河休闲长廊一处,新建塑胶篮球场八百平方米、塑胶健身广场五百平方米及配套健身器材,增加公共停车场六百平方米;2017年又一次对村容村貌进行升级改造,拆除所有垃圾箱,投放七十个垃圾桶,并聘用八名保洁员,落实了长效保洁管理制度。如今,东浦村配套建设了农民休闲公园、公共服务中心、卫生室、农资超市、图书室、文体广场、知青园、景观栈桥长廊……一幅最美的江南水墨画展现在东浦大地。同时,东浦村创办了居家养老服务站,每年为全村七十岁以上老年人购买"老年人"意外险,为全村八十岁老年人发放慰问金。

穿行在村中,笔者看到东浦村人脸上都是悠然自得的神情,处处洋溢着幸福、舒适的笑容,而那真实、心满意足的笑容里含着十分甜蜜的味道。

让我们听一听六十九岁的村民虞小洪为当今东浦村创作的诗:

"三面环水村中央,蓝天白云水一方,有竹有木百花香,村庄道路宽又广,树要鸟儿把歌唱,地上人们喜洋洋。"

这是老百姓的肺腑之言,也是东浦村的真实写照。

三

习近平总书记"小康不小康,关键看老乡"这一重要论述,深深扎根于全国农民的心底,也为东浦村党总支一班人指明了方向。

东浦村人多地少,自然资源相对贫乏,除了农业、养殖业,再没有其他的支柱产业,部分农民由于土地流转,一度成了无业游民。这种状况,严重制约了农民增收致富的前进步伐。如何摆脱困境,成了党总支一班人的头等大事。吕建民抱着让全村农户尽快脱贫致富奔小康的信念,带领党总支一班人千方百计拓展农民增收渠道,主动与有关部门及企业上下对接,使村里一千二百多名有一技之长的剩余劳力得以安置;同时,积极利用村里涉农企业和专业合作社的优势,着重解决了六百八十名"三无"村民的就业问题。对于重点困难户,村党组织专门安排落实二十六名有技术、有本事的党员开展结对帮带工作,带动困难户共同致富。2016年六组党员朱建国利用自己的水产养殖技术,结对帮带了三个养殖户,使他们全部脱贫致富。十一组党员司马明生在传授河蟹养殖技术的同时,主动慷慨解囊,帮助两个结对帮带对象解决了资金和销售两大难题。近几年来,村党总支通过结对帮带工作,有二百九十三个种植、养殖户迈上增收致富之路。

整合资源、盘活存量、壮大集体经济一直是吕建民思考的问题。2013年吕建民带领党总支一班人对辖区内的芦庄圩一块高低不平的废荒地动起"真格的"。这块废荒地百分之八十是低洼地,十年九涝,其余是分布八百多座坟墓的乱坟岗,当地老百姓称之为"禁地"。俗话说:万事开头难!刚开始,冷言冷语接踵而至,有人说:"这块地荒废了这么多年了,你们逞什么能?"有人说:"这是祖坟,不能动!"

然而,党总支一班人不信这个邪,所有工作先从党员做起,然后再按党员的分工,责任到人,落实到户。就这样凭着共产党人的信念,凭着共产党人的担当,凭着"为有牺牲多壮志,敢教日月换新天"的大无畏精神,党总支一班人使这块荒废了多少年的土地变废为宝,成为东浦村的聚宝盆。2017年在党总支的牵头下,东浦村成立了常州第一家股份制土地合作社。写到这里,笔者为东浦村党总支一班人点赞,为东浦村的党员点赞。

2018年吕建民在调研全村农民种植、养殖收益时,得知这块地部分农户广种薄收后,又带领党总支一班人,围绕农业增效、农民增收和高效绿色农业可持续发展目标,开拓创新将这块地提档升级,联合有关部门规划、合作投资数亿元,建设现代化、智能化、数字化的渔场。为了抢时间、赶工期,吕建民带领党总支一班人从通知农户到土地流转、搬迁几十户村民仅用一个多月的时间……该项目为江苏省三个农业类重大项目之一,规划面积六千五百亩。目前,一期一千一百亩已建成投入运行,成为标准最高的国家级河蟹良种繁育基地。

漫步渔场,笔者为这里大手笔的宏伟蓝图和高科技的现代农业而由衷赞叹。望着池间的阡陌、星罗棋布的池塘,渔场仿佛成了一个精致的键盘、一个符号、一个数字,轻轻一动,就敲出了渔场的整个放养与管理,敲出了农业的兴旺,敲出了农民的希望,敲出了更多的财富……

冬去春来,年复一年。东浦村党总支一班人通过几年的积极努力,使农民收入和集体经济双丰收。2018年村级集体经济收入二百四十万元,农民人均可支配收入两万七千二百零二元,2019年村级集体经济收入四百二十九万元,农民人均可支配收入三万五千一百元。

四

文化是乡村振兴不可缺少的载体。传统文化、民间艺术、乡村文明更是美丽乡村建设的灵魂。村党总支一班人深深感到:在东浦大地上,乡村不但要富裕,还要美丽,更要记得住乡愁。如果少了传统文化,乡村也就失去了生机和灵性,失去了乡情和韵味。于是,村党总支在建设美丽乡村中始终把文化传承和文化建设融入其中,紧紧围绕传统文化、乡风、民风,扎实有效地推进精神文明建设。

丝弦锣鼓是东浦村的传统文化,起源于清嘉庆年间,至今已有二百多年的历史。这个传统的民间艺术因其质朴的风韵和深邃的历史文化成为当地一张亮丽的名片。二十世纪五十年代末,丝弦锣鼓第四代传人曾为建国十周年赴金坛等地演出,后来因多种原因而失传。2009年,村党总支将传承、挖掘和恢复丝弦锣鼓的工作摆上重要议事日程,专门成立了领导班子。然而,所有资料已经失传五十年,原来的当事人都相继离世,寻找谈何容易,难度可想而知。这时,吕余兵和几个老党员自告奋勇地担起恢复和挖掘非物质文化遗产丝弦锣鼓的重任。他们忘记了年龄,忘记了休息,四处奔波,不辞辛劳地查询和寻找……功夫不负有心人。2010年他们终于从村里吕小龙家找到木刻板工尺谱,并在老党员吕金国等人的努力下,使得失传半个多世纪的丝弦锣鼓曲谱重新恢复。2013年,丝弦锣鼓被列为常州市非物质文化遗产。然而,东浦人始终没有停止前进的步伐,又一次召开党总支领导班子会议,专题研究如何让传统文化向更高目标迈进。当列席会议的村老年协会负责人提出配置乐器及设备等需要资金时,吕书记毫不犹豫地说:"传统文化是我们村的根,我们这一代人有责任传承、有义务保护。所以,这个钱不能省。"由于党总支领导班子的高度重视,使民间艺术之花开得更加绚丽多彩，丝弦锣鼓 2015 年被列为省级非物质文化遗产。如今村子里隔三岔五，一会儿琴声飘逸、高山流水、古朴圆浑、荡气回肠，一会儿丝竹声声、曲调流畅、优优雅雅、幽深邈远，一会儿锣鼓清脆、悦耳有力、粗犷雄浑、热情奔放……美妙动听的音符让全村男女老少度过了一个个美好的日子。

为了让党旗在乡村治理中飘扬，村党总支立足党建、引领发展，坚持"做好事情，关键在党"的治村理念，从党员入手，发动党员宣传乡村振兴战略和党的惠农政策，将美丽乡村建设和"四德"（爱德、诚德、孝德、仁德）教育结合起来，将社会主义核心价值观和道德情操观结合起来，将"道德讲堂"和"讲和茶"结合起来，让文明乡风、民风进户入耳。"讲和茶"是东浦村党总支解决村民杂事、难事和矛盾的又一亮点。村民遇"事"走进村文化活动中心的"讲和茶"场所，把"事"放在桌面上，谁对谁错，由德高望重的党员或者长者，本着"一碗水端平"的原则甄别裁判，失理者当面道歉，得理者礼让一步，以茶为媒，一笑泯恩仇，双方握手言欢。这种公正有道的"讲和茶"得到了村民的信赖和认可，并在东浦村广为流传。当然，这个村在党总支的组织下，先后开展了"文明新风户""遵纪守法示范户""敬老爱幼光荣户""邻里关系和谐户"等各项具有新时代内涵、凝聚人心的评选活动，更为"最美乡村"注入了新的活力。

近年来，东浦村先后投入一千多万元，新建了文化陈列室、文化活动中心、道德讲堂、文化长廊、抗战纪念碑、体育广场、农家书屋、农民学校等。

五

东浦村先后获得江苏省文明村、省卫生村、省生态村、省和谐社区示范村、省特色样板示范村、省村庄环境整治工作先进集体、省万顷良田示范基地、省民主法治示范村、省传统村落以及常州"最美乡村"等各种荣誉。

是呀！东浦村党总支一班人——

他们是出色的好管家，把昔日负债一百七十多万元的贫穷落后村变成一个收入近三百万元的先进村。

他们是出色的演奏家，把原先四个村委合并后的不同音符，共同奏起一曲乡村振兴、绿色发展之凯歌。

他们是出色的书画家，把地处边缘的东浦村画成一幅静如桃花源的"常州最美乡村"图……

也许有人会说，吕建民任村支书已经十多个年头，如今属爷字辈的人，也用不着整天东奔西颠地忙于工作自找苦吃了，完全可以在家享受天伦之乐。但是，习近平总书记"撸起袖子加油干"的金句激励着吕建民一路前行、一如既往地忙碌和操劳着村里的大事小事。

只争朝夕，不负韶华。如今，新农村、新生活、最美乡村建设更加激发东浦人的智慧和勇气，推动东浦人步入一个新天地。吕建民和党总支一班人率领众乡亲通过自身努力，走出了过去多少年想走而没走成的路径，展望未来，他们又开始编织东浦村一个又一个美好的梦。

离开东浦村时，吕书记十分谦虚地告诉笔者，成绩只能代表过去,将来要把东浦村建成特色乡村旅游景点,打造"江南水乡"旅游品牌、"指前标米"品牌、"丝弦锣鼓"文化品牌和闻名全省乃至全国的现代农业科技基地,让村民过上富足的小康生活,进一步提升村民的生活质量和幸福指数……

秋高气爽,稻浪滔滔,未来展示在东浦人面前的必将是一幅新时代更加秀美壮丽的宏伟蓝图。

东浦,金坛的明珠,指前的骄傲。

读湖

又下乡了。

一场大雨使早晨的空气清新了起来,朝霞正喷薄而出,我站在僻静的湖岸边,面对湖中的小岛和浩渺无际的湖水,感到一种清醒和自由。说实话,打记事起,老家的湖岸,我一遍遍地丈量过,对它极其熟悉。无数个白天或夜晚,我手捧着湖边的日月星辰,翻检着湖边细碎的时光。

不一会儿,阳光以一种最明亮、最间接的语言和湖水攀谈,湖水显得格外兴奋,在不停地晃荡,闪烁着耀眼的金光。鱼儿摇头摆尾在湖水中游来游去,冷不丁蹦出水面和阳光亲密照面。清风拂过,密匝匝的小草身披绿衣一会儿向左,一会儿向右,不停地摇摆;野花吮吸着甘露肆无忌惮地绽放;湖岸边的杨柳使劲地舞动着柳枝;树上的鸟儿也不示弱,叽叽喳喳唱起动听的歌曲……

我自小在湖边长大,水使我感到分外亲切。倘若我的性格里有明亮的成分,那是水的启示。是的,那清澈透明的水,那浅绿的水始终在我心中荡漾。

沿着湖岸漫步,遇见一帮钓客,每个人都神情专注,有一种默契的安静。他们两眼瞄着湖面，准确地说应该是盯着浮漂，生怕大鱼从眼皮底下溜走。不远处，有几个小岛，岛上绿意葱茏，长满了各种植物，好似一个个令人向往的小天堂。

此时此刻，最渴望的，就是坐着船在湖水中漂来荡去，登小岛、进芦荡、赏湖景是非常惬意的事。一路从从容容地、自由自在地行驶，看到什么地方好，就在那里停泊，等尽兴了再走。

一念及此，几十年前的景象忽然间一幕幕涌上心头。

二十世纪七十年中后期的夏天，我高中毕业回到生产队劳动，就像出笼的小鸟，快乐极了。一有空便划着小船进入湖中，看着清澈的水中绿色的苦草将湖水染成绿色。小鱼儿优哉游哉地在眼前嬉戏，水、草、鱼的完美组合，构成一幅水下自然景观图。

苦草，我们当地人习惯称之为面条草。顾名思义，它的形状长长的，宽度一厘米左右，像面条一样。

苦草属于沉水型水生植物，根茎生于泥中，整个植株沉入水中，具有发达的通气组织，利于进行气体交换。因此，清洁湖水，水草功不可没。然而，在那个物资匮乏的年代，农村经常利用高温天气，用苦草来沤肥。

一天上午，生产队为了积肥造肥，队长让我回家准备一下，马上与几个人下湖干活——捞水草。就这样，副队长领着我们几个年轻的男劳力，扛着专用工具，开着挂浆船一路欢歌向湖中驶去。我立在船头，清凉的湖风迎面扑来，感觉舒服极了。

近湖已经没有苦草之类的水草，于是挂浆船驶向湖心。副队长好像戴了"探草镜"似的，没多大一会儿，将船开进一大片密密麻麻的水草区域，只见水草一个个伸长脖子，不停地四处张望。这一下我们来了劲头,副队长当即分工:由他带着一人在水中用工具"舞"(其实就是割),我和另外一个人负责捞;其他两人,一个人负责稳住船身,一个人负责码垛。

干了一会儿,太阳已经挂在头顶,副队长召唤着大家吃中饭。几个人狼吞虎咽地吃着各自带来的食物,很快填饱肚子。这时,不知谁起了头,我们几个人唱起"洪湖水,浪打浪",歌声在湖面上飘荡,可开心呢!

几个小时后,水草堆满中舱似小山。我们在欢声笑语中返回……

转眼六年之后,我从部队回来,第一时间就去长荡湖报到。可是,显见长荡湖瘦了许多,有种陌生感,整个湖面被切割成若干个一块一块的水域,无数根木桩、竹桩就像刺一样,扎满长荡湖全身。后来我从人们口中听到得最多的一句话——围网养鱼和围网养蟹。毫无节制的养殖、开发,也带来了人们不想看到的恶果,湖水混浊不堪,水草几乎不见踪影,就连螺蛳也粉身碎骨;加之无序地发展餐饮业务,以致各种生活垃圾统统排入湖中……

长荡湖伤痕累累,不堪重负。

长荡湖流泪了,母亲湖愤怒了。

震惊之余我迷茫了,每当我来到湖边,看着一片连着一片的围网沉思,内心深处发出呐喊:救救母亲湖,守护生态环境。

令人欣慰的一天,终于在2013年到来。金坛市政府出手动真格的,拆除所有围网,拔掉一切木桩、竹桩,弃田还湖,吹响了治理长荡湖,还母亲湖妩媚、清丽、辽阔和原生态的进军号,恢复它的姿容和美景……

经过治理，长荡湖又笑了！

岁月更迭，如今长荡湖绘就了一幅绚丽的图画，变成诗情与人文融合的地方。

走着走着，湖边公园近在咫尺。滩涂变成绿茵茵的草坪，走上去柔柔的。有人说，在湖边，面对着敞开怀抱的长荡湖，如果不去玩一玩水，简直是罪过。我没有犹豫，光着脚丫下湖了。还别说，很久没裸脚走路，踩在鹅卵石上行走有点儿硌脚，但水下的腿、脚却是透心凉，异常爽。

湖比海显得温顺多了。湖水荡漾在视线里，软化了我的心田，使我忍不住去抚摸，去亲近。微风掠起，细浪轻轻地涌来，吻着双腿又轻轻弹回，真是舒坦。

夏天的长荡湖像一个宾馆，小鱼、小虾、螃蟹和野鸭子住在里面快乐地生活。好在这几年长荡湖虽然忙碌，但没有发过脾气，仿佛它是沿岸村子里的一员。

眼前的湖浪看似扭扭捏捏，一旦发威还是令人生畏的，特别是与台风一唱一和时，对人类的伤害就更大。于是，无论春夏秋冬，我总是祈祷着风调雨顺……

此后，上岸继续读湖。

一路南行至长荡湖最南侧，驻足在一片宽阔的芦苇荡旁边。那一抹抹绿、一簇簇绿、一片片绿，散发着格外的活力与魅力，让我心旷神怡。实话实说，面对七色——赤、橙、黄、绿、青、蓝、紫——我钟情于绿色。绿色，生机盎然；绿色，意境唯美；绿色，犹如碧玉；绿色让我安心、舒心、放心；绿色，让我心境静谧透明。

漫步于碧波荡漾的芦苇荡边，整个身心仿佛都浸润了苇叶清香。身在此中，我的心情也灿烂起来，不由得触景生情，想起了芦苇荡西侧的后漊自然村。想当年，这个村庄正是靠着芦苇生生不息，披星戴月，凭着勤劳的双手编织出一系列的致富梦想，从而走出贫穷，走向未来。想着想着，几个影子在头顶闪过，抬头望去，几只白鹭已经融入蓝天，没等我回过神来，又传来窸窸窣窣的声音，只见不远处好几只野鸭子正奔跑着……

此刻，芦苇牵动着我的记忆，牵动着我的心灵，牵动着我的情感。望着翠绿，闻着幽香，听着鸟鸣，我醉了。

阳光似乎猜透了我的心思，变为碎金，将片片苇叶照亮。此情此景，我感受到一种从未有过的静美和畅快。这就是乡野的、绿绿的、原生态的环境之美，这就是人与物之间的平衡之美，更是故乡之美。

我在湖边走走停停，风从耳边吹过。我想到了自己的过往，我曾是在湖边玩耍的少年，我曾是在湖边奔跑的青年，我曾是在湖边踌躇的中年，我是在这个湖边漫步的即将老去的人，我的脚步越来越沉重，湖水的波浪和风却从未改变，我读的不是湖，我读的是我自己呀。我突然心绪凝重，不是悲伤，不是窃喜，是对时光的顿悟。我已沧桑，而时光不老，湖水不老，风依然年轻。时光，在静静地流淌，就像这湖水，它和长江相通，浩渺绵长。

我已经不是那个少年，这眼前的湖水，也不是少年时期的湖水。它们已经流淌出了我的世界，早已奔赴大海，消失了踪迹。我感受到湖水带着我飞奔，我感受到时间带着我日夜不息，我的头发一点点斑白，我泪流满面。

放飞心情

　　暮春的一天,我和几个 50 后老同学闲聊,有人说当下最想放飞心情,快快乐乐、轻轻松松地玩一天。一石激起千层浪。众人叽叽喳喳,你一句他一言,提议搞一次有山有水的短途乡村之旅。结果一拍即合,我成了"放飞心情"行动小组的总策划人,之后,便开始了寻山、找水、觅村庄、选地儿的行动。

　　当然,选择乡村旅行放飞心情,找找乐子,既是一道考题,也是一道难题。有人提了几个方案,但都因某种原因而被一一否决。某日清晨,我突然灵光一现,脑海里蹦出一个地儿——柚山。对呀,那里的山、湖泊、树林、芦苇荡、田野、村庄、园林、水街等每一处都是一幅美丽画卷,令人流连忘返。

　　其实,小时候就听说隔湖相望的长荡湖东侧的柚山有山有水,很有名气。俗话说:靠山吃山,靠水吃水。在那个年代,柚山的名气主要是柚山的石头,四邻八乡的老百姓砌房造屋所需要的石头,都来源于柚山。因此,青山、石头、长荡湖的水造就了柚山独特的风景……

　　尤其是近几年来,柚山村积极利用当地资源优势,强化和改善人居环境,传承生态文化和乡村文明,紧紧围绕"生态建村、文化强村、旅游富村"的新农村建设目标,勇于开拓富民强村之路。如今柚山村生态环境秀美,村民安居乐业,特色旅游生态发展前景良好,成为新农村建设的示范村,成为中国最美乡村,深受游人的青睐。

初夏,阳光晴暖,轻风拂面,草木旺盛,遍地烂漫。告别春的萌动,迎来夏的生长,满眼鲜绿,我的心情也随之明亮起来。

某日上午,我们一行十多个同学相约来到柚山。说来也怪,我们这个小群体以往每次同学相聚,不是缺了这个,就是少了那个,嘿,这次柚山之行却是意想不到的完美,一个不落。

我在想,此次柚山旅行是不是夏天的热情相邀?是不是青山绿水的召唤?是不是柚山美丽景色的吸引?或许是,又或许不是。但是,有一个共同点,那就是每个人都想放飞心情。

抵达的第一站——宕口景点。走近宕口边,隔着栅栏望着一池碧水,绿得让人咋舌,静得让人奇异,仿佛正在做一个清澈透明的梦,梦见自己拥抱蓝天白云,梦见四周花草树木也进入梦乡,梦见岸边的游人总是醒着、忙着,总是络绎不绝……

边走边看,意外地看到路旁一位老乡正在菜地锄草,便上前搭讪问道:"这菜地上化肥吗?"老乡爽朗地回道:"这菜都是无公害的,不施化肥不打药,原生态。"

走着走着,我惊奇连连。这不,村口的池塘着实让我大饱了眼福,绿色将池塘盖得满满的。按常理,荷花一般开在仲夏或盛夏,可是初夏的季节里,大自然仿佛有意安排我们与荷花相约。池塘中荷叶有的手拉手、肩并肩,有的交头接耳窃窃私语,有的出水高,像婷婷的舞女的裙。荷香飘溢,入心入脾,荷花开得像西瓜瓤,像红玛瑙,还有半遮半掩、羞羞答答的花蕾正含苞待放。池塘里的荷叶、荷花随着那轻轻的夏风翩翩起舞,为柚山村又增添了几许夏的独特和夏的风味。

家住常州的老同学感叹道:"还是乡村好啊,空气新鲜,干干净净还带有一丝清香,好像用清水洗过一样,在城区可是享受不到这样的待遇啊。"

漫步村庄,环境优美,底蕴悠然,既有旖旎的自然风光,又有独特的古今人文建筑。轻柔的阳光,为游人送上一幅幅光影斑驳的黑白画作,透过枝叶间隙,在墙面上铺陈开来。

村西一侧的小河正和我们打着照面,河水静静地流淌,明净的水面上倒映着蓝天白云、房屋、树木,就像一幅美丽的风景画。驻足桥上,你会发现河中的太阳比太阳本身更闪亮。河的两岸,散落着许多各样的花,有的一簇簇,有的一片片,它们争先恐后地和游客打着招呼,很调皮的样子,笑嘻嘻地好像见了我之后再去见别人。河堤上笔直入云的松树不仅列队接受游人的检阅,而且生出一条清凉的林荫大道。步履缓缓,让人多了几分清凉和惬意。河西岸的田野里,收割机在一个劲儿地唱响,唱出了丰收的喜悦,唱出了一粒粒碎金般的麦子,唱出了农民的致富之路。

登山是柚山之旅的主要任务,虽然我是故地重游,但是每一次攀登都带给了我不同的激情。特别是二百二十八级台阶,对青壮年而言根本不足为奇,但作为50后的我在不经意间一气呵成,真的有种胜利感和自豪感,心情格外的愉悦和痛快。

登高望远,看着满山葱绿,看着朵朵白云,看着湖水荡漾,看着湖面浩浩荡荡,顿时有心旷神怡的感觉。

那一刻,我消除了疲惫,忘却忧愁与烦恼。

那一刻,我的心情随风轻舞,品味属于自己的那份宁静。

那一刻,我呼吸着纯净的气息,使心灵得到涤荡。

那一刻,我目视着花儿绽放,使快乐蔓延。

站着、看着、听着、陶醉着,让我想起了一个梦。

两天前的晚上,我做了一个梦:我独自一人住在长荡湖中小岛的山上。小岛四季如春,山不是很高,但风景如画。最为奇特的是山上既有温泉也有冷泉,相隔不到十米,随便享用。我自由自在地过着田园生活,自己种菜、干活、读书、休闲、划船、听音乐……仲夏的上午,天空飘着细雨,淅淅沥沥落在脸上,让人感觉舒爽、润滑、亲切,用舌头舔了舔,还有一丝丝的清甜。但小岛四周雾气弥漫,根本看不清长荡湖的真容。我着急呀。好在夏天的雨来得快,去得也快,午后已是雨过天晴。我随即下山划着小船驶离小岛,然后放任风对小船的吹拂,使小船来回地荡漾,而我则躺在座位上,迷迷糊糊地沉醉在美妙的幻想里,直至小船驶进沙滩才将我惊醒。揉了揉眼睛,原来是一场梦。这时,窗外传来噼里啪啦的下雨声,起身推开窗户,清新、湿润的气息扑面而来,我猛吸几口后便打开手机,在"讯飞语记"里新建了一个文档,然后又躺回床上,继续我的梦。

那新建文档的标题为《放飞心情去柚山》。

第二辑

青春回味

青春季节，如朝霞灿烂，如正午火热，充满生机与活力。

青春年华，脚踩大地，仰望蓝天，让理想高高飞翔。

青春回眸，情景依旧，那年那月历历在目……

再到吉林

吉林是我的第二故乡。

我对它念念不忘。

二十世纪七十年代末的隆冬时节，我这个十九岁的乡下人坐了三天三夜的火车，终于在新年钟声即将敲响的时候，来到吉林省军区某部当了一名战士。

我所在的部队营房位于某山区的半山腰，车子在漫天飞雪中进了营区……第二天整个山区铺上一层厚厚的雪毯，轻柔、松软，一片洁白，晶莹耀眼。北风刮起，万树银花，洁白的雪浪此起彼伏，如此壮丽无比的景色让我感觉好美。

不久，到吉林市区办事，第二天正值周末。老乡战友热情地推介当地风景，我第一次听说了松花江两岸的雾凇是多么的奇特，多么的美丽，搞得我心里痒痒的。

松花江是吉林的母亲河，满语即"天河"。冬天的松花江格外美丽，呈现在眼前的是一幅幅画卷。特别神奇的是，无论天气多么寒冷，松花江水依然奔腾不息，浩浩荡荡穿过吉林市城区……

隔日上午八点来钟，羞羞答答的阳光时隐时现。

步入松花江岸边，眼前的一切让我惊喜万分。雾凇缭绕，千姿百态，一片晶莹，绽放着迷人的风姿，仿如仙境一般。十点多钟，太阳公公不再害羞，光芒四射，将松软、洁白的雾凇变成片片雪花，飘飘洒洒地飞舞，慢慢地散落下来，落在我的头上，落在我的脸上，也甜甜地落在我的心里……

吉林，无论一年四季的任何时节，都是一个令人神往倾心的地方。尽管我只在此待了短短的四年，却让我度过了最难忘、最美好的时光，也让我深深地爱上了这片土地。为此，退休后这些年，我几乎每年都去一次。

一

盛夏。吉林省吉林市。

战友相邀去北山公园玩。

我说，北山公园还是三十多年前冬天去的。

战友道："今非昔比啦……"

下午，小车戛然停在一个古朴、大气的门楼下，抬头一看，"北山"两字赫然在目。

北山公园位于江城腹地德胜路上，有"千山庙会甲东北，吉林庙会胜千山"之美誉。山水相依，面积较大。九孔卧波桥将湖分为东西两半，山上古庙成群，属于典型的寺庙风景园林。当然，北山不是很高，但峰峦叠翠，站在山顶仍有"一览众山小"的感觉。俯瞰城区楼群耸立，大街上车水马龙，江水蜿蜒流淌……

走进公园，游客三三两两，不是很多。我努力寻找着当年的记忆,感觉既熟悉又陌生,记忆中只有桥、溜冰场(其实是冬季湖面结了冰)。印象最深的是当年公园内堆着很多大大小小的雪人,惟妙惟肖。当时的场景,我还让摄影师拍照留念,可惜保管不善,照片早已模糊不清。至于其他的景物,已经没印象了。

站在卧波桥放眼眺望,极致的景色尽收眼底,用"美不胜收"来形容一点儿不为过。

我伫立湖边,头顶蓝天,望着荷叶绿油油一片覆盖了湖面,阳光洒在荷叶上泛起亮波,红绿相间的荷花似亭亭玉立的少女跃出水面,让人顿感神清气爽。一阵轻风夹带着荷花和荷叶的清香扑鼻而至,给人一种少有的惬意……说实话,在东北、在吉林市能一饱荷花的眼福,深感足矣。

战友介绍说:"改革开放后公园变化很大,景点越往里走越多、越好看。早在二十世纪九十年代末,市政府先后引资或投资兴建了鸟语林景区、冰雪大世界、荷花观赏、九龙广场、水禽区等多个项目。"

我们过桥、穿亭、进园、钻林、上山……

如果说公园内的景观让人流连忘返,那么北山寺庙群的美则更多在于它的内涵。

走走看看,不远处山上的一个"佛"字即刻将我们从惊叹中拉回现实。那里是闻名遐迩的集佛、道、儒等传统文化于一体的寺庙群,但见绿树成荫,花草簇拥。关帝庙、药王庙、坎离宫、玉皇阁,其建筑错落有致各有特色;庙内人物雕像千姿百态,神态各异,栩栩如生。

太阳西斜,余晖抹尽北山,将它染得五彩纷呈。我们在群庙中漫步,扑面而来的佛教文化气息,以特有的形式,传承着人类精神的信仰,守护着自己的一方净土,以一颗平常心融入另一个精神家园。看着高僧心无杂尘地坚守着自己的信仰,每天跪在佛祖的面前祈祷、祈福,听着木鱼的敲打声和诵经的声音,我有了大彻大悟的感觉。

说到"念经拜佛"四个字,它早已在我的脑海里打下了深深的烙印。因为母亲在世时是一个不折不扣的在家居士,我从小就看着母亲烧香、拜佛、念经。当时我不懂,也不理解。成年后,母亲告诉我:"拜佛只是一种精神寄托。关键在于一个人要与人为善、从善积德、多做好事。"母亲还告诫我:"人要学会放弃,什么该要,什么不该要。该是你的东西跑不掉,不是你的,绝对不能贪……"时间久了,我才懂得修佛的真谛:人生慈悲、心有所依、行有所矩、言有所据……

回想着母亲的话语,我感到少了妄想,多了清净,没了烦恼。

望着寺庙群,深感中华文化的博大精深和历史文化的源远流长。此山非山,而是中华大地一个不可多得的瑰宝。

再次与北山公园结缘,不仅得到了美的享受和历史文化的熏陶,更受到了一次精神上的涤荡。

二

每一次到吉林市,总是忘不了松花湖。

松花湖位于丰满区南郊的丰满发电厂上游,江湖相连,其形状为山谷狭长之状,是吉林省最大的人工湖泊。

上午,阳光明媚。

三十多分钟的车程在不经意间就过去了。进入景区游客服务中心,偌大的石块上"青山绿水松花湖"的字体格外醒目,另一侧是大禹治水的大型雕塑。让我十分惊讶的是,湖岸边整齐排列着数十只装饰了长长火炮的游船,威武雄壮,犹如一支整装待发的炮艇编队。

景区游客如织,但秩序井然。我们在十多分钟后登上"炮艇",向五虎岛开拔。此时此刻,站在船头,我仿佛又成了一名战士,威风凛凛地注视着前方。

"炮艇"乘风破浪在湖中前行,两边涌起朵朵浪花。凉风习习,暑气消尽。越往前,周围群山绿意越浓,可谓湖光山色、明媚秀丽。一会儿我登上游船的顶层,放眼两岸,岛屿星星点点,形状各异,犹如出水芙蓉在碧水中朵朵绽放。湖区群山环抱,层峦叠嶂,一山更比一山高,一幅幅真真切切的水墨画接连不断地呈现……此情此景,著名诗人贺敬之在游松花湖时用诗句作出了最好的描述:"水明三峡少,林秀西子无,此行傲范蠡,输我松花湖。"

看着绿水青山,风景这边独好。

说实话,在城市住久了,如果离开喧嚣的都市生活,来这里吮吸着大自然的气息,呼吸着新鲜的空气,该是多么清静和畅快。

看着想着,五虎岛的影子越来越清晰了,目睹游客上上下下一片热闹的景象,我真有点儿迫不及待。

岛上草木疯长,花开争妍,迎接游客的是葱郁的林木和带着笑脸的山花。刚步行不久,五只形象逼真的老虎也悠闲自在地迎接四方来客。

五虎岛,顾名思义,有着五只老虎神话般的故事。相传,远古时代,有一条恶龙在此兴风作浪,残害百姓,当地人民叫苦不迭。于是,有人向长白山的山神求援,山神派一只老虎下山与恶龙搏斗,终因不敌而退回山中;又唤来四只猛虎一起同斗恶龙,结果恶龙大败南逃至石龙壁前,遇山崩死于石龙壁下;五虎也因伤势过重而相继死去,遂形成了现在的五虎岛,故岛屿形状犹如五虎嬉戏于湖水上。

岛上除了踩沙滩、观美景、玩刺激等游乐设施外,还有休闲长廊供游客漫步,有珍稀名贵动植物可供观赏。离开五虎岛时已是中午,我们一行在湖区附近的农庄又美美地享受了一顿湖鲜和山珍野味。

三

大巴车在高速路上疾驰,我的心早已扑向长白山……

时间在不知不觉中流逝,车子很快进入安图县二道白河镇地界。车上,一位老者用不太标准的普通话问导游:"听人说你们这里有粉红色的松树?"我思忖着,这树种我还真没见过。导游笑着说:"我们东北人管它叫美人松,其实就是长白松,它的特点是具有傲霜迎雪的刚劲风格。"顿了顿,导游卖着关子说道:"这美人松有许多传说,等到了目的地再讲。"众人一片哗然,我有点儿不屑,随即打开手机搜索了一下"美人松",屏幕上立刻排列出太多太多的赞美。其中有段话是这样写的:"在朝霞或者黄昏景色的衬托下,一棵棵松树像仙女下凡,翩翩起舞,多彩多姿。有的像仙鹤展翅,有的似舞女献花,有的似嫦娥奔月,有的像美猴王倒海翻江⋯⋯"

没多久,大巴车将我们带到停车场,下车后导游领着众人向目的地走去。他边走边口若悬河讲起美人松的传说:很久以前,二道白河镇原本是一个小村子,村里住着一个木匠和他年轻漂亮的妻子桃松⋯⋯丈夫临危不惧与黑龙殊死搏斗,直至遇难。妻子桃松在丈夫死后只身一人勇斗黑龙。尽管衣服被烧光了,她靠着的松树也被烧掉了厚厚的皮,人们亲眼目睹这样美丽圣洁的女神和松树融为一体,树越长越高,树枝越长越美,如同一位美丽少女。从此,人们都叫这种树为"美人松"。后来听当地人讲,美人松的传说有很多版本,但谁也无法考证。

故事讲完了,众人听得津津有味,意犹未尽。忽然,眼前出现了一大片树林。导游用手一指:这就是我们此行的目的地——美人松林区。此刻,我们恍然大悟。

走进松树林,但见树木郁郁苍苍、枝繁叶茂,让人顿感清凉幽寂。抬头仰望着高大挺拔、生机勃勃的美人松,这片阳光下的松树林是我见过的最壮美的景色。我想起陶铸的散文《松树的风格》,文中写道:"每一个具有共产主义风格的人,都应该像松树一样,不管在怎样恶劣的环境下,都能茁壮地生长,顽强地工作。永不被困难吓倒,永不屈服于恶劣环境。每一个具有共产主义风格的人,都应该具有松树那样的崇高品质,人们需要我们做什么,我们就去做什么,只要为了人民的利益,粉身碎骨、赴汤蹈火,在所不惜;而且毫无怨言,永远浑身洋溢着革命的乐观主义的精神。"作者从松树引申到人,又从松树的品格引申到人的写照。松树是一种象征,而松树的风格也是一种象征。诚然,松树的精神、松树的品格正是我们现代人不可缺少的。难怪《松树的风格》有如此魅力,让我们百看不厌。

整个下午,我们在"美人松""美公园""美环境""美花园""美森林"的"大合唱"中,享受美的旋律。

四

清晨,第一缕霞光铺满二道白河两岸,河水静静地流淌,水面波光激滟,闪着金光。

早餐后,大巴车穿行在丛林与河谷间,向长白山瀑布驶去。很快我们来到长白山瀑布的脚下,只见群峰竞秀的山间挂着银白色的水柱,从六十八米高处直泻而下,响声不绝于耳,犹如巨龙吐珠,浪花飞溅。飞瀑砸下,成了一个深深的水潭,成了松花江、图们江、鸭绿江的源头。

我们正兴致勃勃对着镜头留下美好记忆时,长白山的天气就像小孩的脸说变就变,刚才还是艳阳高照,转眼工夫,居然下起雨来,我的心仿佛被雨弄湿,而众人的心似乎也乱了。大家纷纷议论:有人说,上天池要碰运气,并非你想看就能如愿以偿;有人说,山顶的天气变化莫测,如果山下已经下雨,那天池上基本也是雨雾皆有,无法看到;也有人说,都不是绝对的,往往也有例外。大家七嘴八舌,众说纷纭,谁也说不清道不明。

十点多钟,车子来到长白山游客服务中心,雨点仍在飘落。也许是导游的职责所在,也许是导游为了安慰众人,他拿着自带的扩音器说道:"大家不要着急,吉人自有天相,或许到了北山口就会雨过天晴……"

坐上景区交通车,向北山口驶去。山道弯弯,车速缓慢,随处可看到限速标志。车子虽然七拐八拐,但越行前方越亮,不一会儿雨竟然停了。长白山就是这么灵动,常常给人欣慰和惊喜,让我们与天池结缘。

车子很快到了登顶中转处,众人迅速租了御寒的羽绒服,又分别坐上越野车,向山顶的天池驶去。

说到天池,它是我心中最美丽的向往。在家时,早就听人说天池给人一种美丽、纯洁、神圣的感觉。因此,只要想到它,我恨不得插上翅膀飞向天池。

天池位于长白山峰海拔两千四百多米处。听人说若干年前长白山经过数次的火山喷发,之后火山口形成了椭圆状凹陷,时间久了,就积水成了湖,也就是现在的天池。

越野车经过七十二道弯到达了山顶,众人拾级而上,已经有熙熙攘攘的人群拥挤在天池边,想要一睹为快。

我挤进人群,瞪大了眼睛看着天池和雪峰。天池周围,群山环抱,白云在山峰中缭绕缠绵着,而天池就像一块碧玉镶在群山之中,熠熠生辉。天池水蓝而幽深,无法用准确的词汇予以描述。天池湖面平静,仿佛一面镜子,看不到一丝波澜,峭壁山岩在水中倒映。天池美得纯净,美得超然……看着近在咫尺、碧蓝澄清的池水,很想与之亲密接触,捧上一口喝一喝,但是为了不打破池水的平静,我放弃了所想。

五

长白山的美人松造就了一个耿直、豪爽、不屈的民族,松花江的水养育了一方人宽广、善良的品性。

一天早上,我进了一家早餐店,刚进门就传来一个亲和柔雅的声音:"早上好,欢迎来我店用餐。"只见一位中年妇女(后来得知是店主)脸上挂着两个小酒窝微笑着迎接我们,让人倍感亲切。我打量了一下店堂,足有百来平方米。早点品种很多,除了包子、稀饭、豆浆、牛奶,还有烧卖、青团、麻糕等。小菜的种类也不少,有酸豇豆、萝卜干、榨菜、泡菜等。吃完早餐结账时,意外发现收银台旁边立着一个告示,上面写着:环卫师傅免费用早餐。此刻,我又一次看了看店主,敬佩之心油然而生。

我和她攀谈起来,问:"这个告示一年大概要少收多少钱?"

她淡然回道:"也没多少,也就一万多元吧,没什么!我们只是尽点微薄之力。"

接着她又说:"这样的告示也不止我一家。"

离开早餐店,我在沉思:虽然只有一万多元,但体现了一个城市的国民素质,也体现了一个普通市民的爱心。当然,这也让我对这个城市又多了一份好感。

店主的善举让我想起了在部队当兵时遇到的一位老兵。

他是一位退伍战士,回家后在某战备物资储备库当了一名大客司机,而我部守卫的点正是这个储备库。记得当年几十个新兵出了站台,正是他开车送我们到了山区的部队驻地,于是我第一时间认识了他。

他中等身材,为人随和,乐于帮人,不善言表,部队官兵很喜欢他。我们值勤时经常看到他一会儿开大客,一会儿开送水车,一会儿又加入运物资的队伍,忙得不亦乐乎。当时部队驻地生活条件十分艰苦,生活用水都是靠汽车送到山上。每到冬季极寒天气,气温零下三十几摄氏度,这给送水上山的车增加了风险和难度。好多次,车子开到半山腰,尽管轮胎装了防滑链,但还是打滑。加之当时通信不畅,无法及时通知救援人员,于是他只身一人苦干了数小时,硬是凭着随身带的铁镐一镐一镐砸出一条通道。当送水车开到部队驻地时已是半夜。他毫无怨言,第二天又默默地回到工作岗位上……这就是我认识的东北汉子——一个普通的吉林老兵。

六

吉林是我的第二故乡。这里有我心仪的名山大川,有着厚重的古文化和淳朴的民风,有着松花江的魅力,有着长白山的精神……用我的拙笔无法描绘出它的全部,但是我对这片土地、这个民族、这一方人感到亲切、喜爱,也感到骄傲、自豪,更感到美的享受和一次精神上的朝圣。

离开吉林前的夜晚,我站在松花江岸边,望着四周鳞次栉比的高楼,望着星星点点的万家灯火,望着江水永不停息地奔向远方,我在祈祷,我在祝福……

温暖的味道

　　盛夏,江城吉林市飘溢着清香,淡淡的,微微的,嗅一嗅,便落到心里。

　　城市刚刚苏醒,行人不是很多。偶见老人在沿江岸上边说边走。

　　一辆环卫车绵延着动听的音乐,缓缓地从我身边驶过……

　　一股油炸的香气直扑鼻翼,路边十多个人排队买早点。一位大爷弯腰对老伴窃窃私语。老伴坐在轮椅上,说等等吧,不急,有时间哩! 这时,排在前面的一位年轻小伙子转身问道:

　　"大爷买啥早点?"

　　"两根油条。"老者回道。

　　小伙子跑到最前面,拿了两根油条送到老者手中,然后又排到队伍后面,老者连声道谢。

　　我的心弦被拨动了。一位女服务员将我领到里间座位,我趁战友没到的间隙,在店堂内转悠。店堂足有百来平方米,早餐品种很丰盛。也许是经营有道,也许是价格适中,也许是服务到家,店堂内已经三三两两坐了许多人。临街窗口供应油条、包子、小笼包、烧卖、大饼等各种点心,里间则供应稀饭、豆浆、豆腐脑、营养粥、面条等，而且小菜的品种也很多。我边转悠边观察，陡然发现大门右侧的收银台旁边立着一块告示牌：环卫师傅免费用早餐。告示牌不大，白地红字却十分醒目。

一位身着黄马甲、头发花白的大叔进门就吆喝：

"老板娘，我带了包子，给点开水就行。"

"王师傅，我这里不是有包子吗？"

"你们做生意也不容易……"

"你们环卫师傅起早贪黑很辛苦的。来吧，杯子给我……"

听着两人的对话，我感到一种理解和包容的情感在交流、融合……

我和老板娘攀谈起来，问道："老板娘，因为这个告示牌，你一年大概要少收多少钱？"

老板娘淡淡回道："也没多少，一万多点。"接着又说："竖这个告示牌的也不止我们一家。"

我疑惑地看着老板娘。

离开早餐店，大街上人、车络绎不绝，城市又一如既往地开始喧闹起来。

我心里却想着那块告示牌。

半年之后，吉林的几位战友邀我到原部队看一看。

雪在夜幕降临时不期而至。据说这是入冬后的又一场雪，丝毫没有初雪的矜持。雪漫天飞舞，越下越大，将江城变成一个童话般的冰雪世界。

晚上，站在窗前看着江城朦朦胧胧的灯火，许多年前的往事在脑海里一幕一幕地呈现。想到了四十多年前在部队的军营生活，想到了在大街上扫雪的场面，想到了在松花江畔散步的情景……这一件件、一桩桩仿佛就在昨天，那么清晰可见。是的，这里有我青年时代的成长记录，这里有我的青春梦想，这里有我深深的记忆……为此，不管春夏秋冬，到了江城我总是要到松花江岸边走一走，看一看，嗅嗅这座城市的味道。

第二天早晨雪住天晴，然而西北风还在呼呼地吼叫，刮在脸上犹如刀割。

我全副武装，用棉衣、棉裤、棉帽、棉手套将整个身子裹得严严实实，踩着积雪向松花江岸边走去。

望着银装素裹的松花江沿岸，望着树上挂满的银条，望着依然奔流不息的松花江水，我想：松花江两岸的冬天美就美在一片洁白，美就美在松花江的水不管天寒地冻总是不停地流淌，美就美在松花江这个名字。

马路上行驶的汽车压在路面上发出咔嚓咔嚓的声音，路边几个身着黄色羽绒服的环卫工人正在干活，围脖上沾了一层白霜，像路边的雾凇一样晶莹透亮。路旁，大部分商家还没营业。这时，不远处传来《北国之春》的歌声，我循着声音看去，原来是一家醒目的早餐店……

马路上人声鼎沸，穿着不同服装的"杂牌军"挥动着铁锹、铲子、扫把等工具清扫着积雪。我被这热火朝天的情景感染了。一位中年汉子推着三轮车，车上旧棉被裹着保温桶，他一路走一路吆喝："免费的，大家来吃包子……"

太阳钻出云层，江面上水雾慢慢消散。很快，松花江畔热闹起来。

我一边走，一边寻找老战友约好的早餐店。走着走着，在一家饭店的门厅处，我又看到了一块告示牌：环卫师傅免费供应工作餐。半年前的情景重现……我撩开门帘，屋内弥漫着浓浓的香气。一位服务员朝我微微一笑说道："先暖一暖！"

　　没多久，服务员送上一碗热气腾腾的疙瘩汤，让我感到江城的冬天温暖如春……

　　江城的生活、江城的市容市貌都有了深刻的变化，但有一种味道没有变。是善良，是淳朴，是人情味，依然那样浓烈和真挚。

　　江城的味道留在我的记忆里，在心里飘溢……

当兵给了我排"雷"的勇气

离开部队已经三十多年,今天依旧很怀念军营生活。因为曾经的岁月给我带来了终生的记忆,并一次次引导我如何做人,如何做一个好人。

八一建军节前夕,我千里迢迢来到了原部队驻地,那熟悉的军号声一下子打开了我记忆的闸门。

1978年12月26日下午两点十分,丹阳火车站一列标有"军运"的火车一声长鸣,喷着浓浓烟雾徐徐离开站台,向着北方飞驰而去。我和数百名金坛籍新兵在"咣当""咣当"的车轮声中度过了漫长的三天三夜,终于在29日傍晚来到吉林省军区某部队,成为一名战士。

吉林的天气本来就冷,而我则被分到了常驻长白山脉的连队。山上的天气更是冷得出奇,冬天晾在门外的衣服即刻成了冰棍。我们训练时呼吸的不是空气,而是汽化的冰。刺骨的寒风刮在脸上犹如刀割,一会儿工夫睫毛就挂上了冰霜……然而,正是这样的恶劣环境历练了我;正是部队的艰苦生活磨炼了我的意志,造就了我无畏无惧、坚强不屈的性格;正是部队的经历让我懂得了担当和奉献的真正含义,也给了我战胜困难的勇气。

那是 1998 年 11 月底的一天上午,组织上一个电话把我叫到领导办公室,市政府分管领导的第一句问话让我迷惑不解。

"陆盛,你当兵最大的收获是什么?"

我随口答道:"锻炼了意志,理解了担当,学会了坚强。"

"好!我要的就是你这句话。"领导说道,"××单位兑付老百姓的集资款出现严重问题,为了确保一方平安,组织上决定派你去排雷。"

我惊讶地复述着:"排雷……"

后来得知,××单位欠老百姓的三千多万元集资款,由于诸多原因一直无法兑现,这给社会带来了许多不安定因素。尤其是临近春节的关键时期,也不知道这颗"雷"什么时候会炸。组织上为了及时处理和化解××单位与众多集资人的矛盾,先后派了两位同志处理此事。然而,由于矛盾错综复杂,这两位同志没多久就不干了。

于是,被当地老百姓称为"陆大胆"的我走马上任了。

转眼到了腊月二十二日,年味越来越浓,街道两旁小商小贩的吆喝声和老百姓购年货的嘈杂声此起彼伏。然而,××单位的办公室及走廊挤满了一百多位索要集资款的老百姓,他们嘴里不断地高呼着"还我救命钱""还我血汗钱"的口号,还将我这个"头儿"里三层外三层围堵得严严实实。现场群情激愤,虎视眈眈,吵闹着要我这个"头儿"给个说法,否则就一闹到底,大有不达目的决不罢休的味道。不一会儿传来"啪"的一声,陶瓷茶杯被摔得粉碎,紧接着办公桌上的座机电话也被砸得四分五裂。总之,能摔的物品无一幸免,地上一片狼藉,"战事"可谓一触即发……同事们好心劝我一走了之。但是,我丝毫没有当逃兵的念头,而是以一种毫不畏惧和永不退缩的军人气势,毅然站到桌椅上,坦然地面对着众人的怒目,始终以真诚的态度,动之以情、晓之以理地劝说老百姓不要有过激的行为。同时,为了取信于民,我以敢于担当的勇气和胆识,当场向老百姓作出郑重承诺:"保证在腊月二十八日筹集八十万现金按比例兑付。"

当兵的人一诺千金。因此,未来的几天里,我四处奔波,忙得焦头烂额。为了多筹备一点儿兑付资金,我义无反顾地将自家的房产抵押贷款二十万元应急。

由于我信守承诺,老百姓看到了希望。于是,在短短的两年内我想方设法、广开思路、开源节流,并积极利用现有的土地及闲置资产,大胆地开发房地产,建造商业门面房和商品房一万多平方米,有效地消化和处理了老百姓的集资款两千七百多万元,从而完成了排"雷"任务。

在那寂静的山上

二十世纪七十年代末,我们"江苏新兵"第一次在部队过春节。一天下午,感觉年味意犹未尽时,突然,司号员的集合号在头顶炸响,很快老兵、新兵列队就绪等待命令。

"新兵经过两个月的训练,今天正式下到各班,从明天开始新兵上岗执勤……"连长那铿锵有力的话语在操场上空久久回荡。

不用说,我们这帮新兵从此要和老兵一起训练、学习、站岗、生活了。我和杨冬青被分到了二排四班。班长杨军保领着我俩回到班里。这时,屋里的火炉正旺,火焰呼呼地往火炕里蹿,炉膛里噼噼啪啪响个不停,整个房间暖暖的。过了一会儿,副班长孙昌华抱着一摞柴火回到班里说:"陆盛,你明天白天排在十点到十二点上岗,晚上排在十二点到两点。杨冬青白天排在下午四点到六点,晚上排在夜里四点到六点。"

我问道:"我白天、晚上都由谁带班?"

"白天是我们班长,晚上是我。"

听到副班长的回话,一时间我的内心开始激动、期盼、好奇、紧张、担心……

我所在部队属于内卫部队,长年驻扎在山区,主要任务是确保守卫目标的安全,说白了就是站岗执勤,每天二十四小时周而复始,两小时一班轮流上岗。

连队的站岗执勤点分为三个,白天一岗一人,晚上除了连部自卫岗哨一人外,东山洞口库区岗哨和西山洞口库区岗哨每班都是两个人。同时,白天和晚上有班长或副班长带班巡查三个岗哨,发现情况可以及时处置或报告。

傍晚,雪花不知疲倦地飞舞着,落在冰天雪地上,寒风裹挟着雪片横扫着整个军营。

山沟里天黑得早,夜幕已经冷瑟瑟地降临,军营的灯光亮起,上下岗执勤战士不时地传来拉枪栓的验枪声……

雪整整下了一夜。早晨,太阳啄破黑夜的蛋壳,探出半个头来羞羞答答地向大地张望。步出军营一看,营房屋顶罩上了一层厚厚的雪,山上白茫茫一片,光秃秃的树枝挂满了亮晶晶的银条,风儿掠过,银条哗啦啦地落下来。

上午九点四十五分,我肩挎半自动步枪开始了有生以来的第一次站岗。按照带班班长的安排,我沿着道路向西山洞口库区深一脚浅一脚踩着积雪走去,耳边不时地响起"咯吱""咯吱"的声音。

抬起头,洞口矗立在半山腰,四周一片雪白,仿佛一张白纸上画了一个句号。

上岗之后,我待在避风的岗亭里扫视着整个库区。可是,山上实在太冷,尽管时不时跺跺脚,尽管太阳已经高挂,但是面对零下近三十摄氏度的低温,阳光显得苍白无力。我后悔没有听从班长的提醒："上山要穿大衣！"自认为白天不会太冷。可是，后悔又能怎么样呢？世上从来就没有卖后悔药的。于是，我走出岗亭，不停地在洞口库区来回地跳着，走着。

或许班长早就料到我会挨冻，没多大工夫，"嘎巴""嘎巴"的踩踏声由远及近，定神一看，班长手腕上搭着一件大衣朝岗亭方向走来。我快步迎上前去接过大衣，不好意思地说道："班长，谢谢你！"班长大手一挥笑眯眯地回道："没事，没事。快穿上！"此刻，我心里感觉无比温暖。

班长，75年的湖南籍老兵，一米八的个子，高高的鼻梁，眼睛很大，说起话来湘味很浓。

我俩一直在洞口库区来回走动，一边走一边唠嗑。班长告诉我，站岗执勤是连队的主要工作，也是每个战士最基本的职责之一。站岗虽然单调、辛苦、寂寞，但这是每个军人的使命和责任。我们连队无论春夏秋冬还是风霜雨雪，无论白天还是黑夜，每天二十四小时站岗执勤都雷打不动。班长还告诉我一个道理：山上站岗执勤非常艰苦，但能够坚定自己的理想信念，能够锻炼人的坚强意志，能够培养人的战斗精神，能够在军旅生涯中磨砺成长。临走，班长又提醒我白天视野开阔，可以适当待在岗亭里，但晚上站岗千万不要待在岗亭里，要选择不易被人发现的暗处观察四周动静……

夜色深沉，月色朦胧，军营里黄灿灿的灯光下只有树木静静地站着。战友们回到各自的营房，有的托腮静坐，有的隔窗凝视着远处，有的脑海中思绪万千。

熄灯号已经响过，可是窗外的风依旧呜呜地咆哮着，我躺在炕上辗转难眠,过了很久很久,我才迷迷糊糊地进入梦乡。正当梦得最欢的时刻,突然,耳边传来轻轻的拍打声,我揉了揉眼睛,穿好衣服不动声色地下炕,蹑手蹑脚地完成了束腰带、扎子弹袋、背枪等一系列动作。紧赶慢赶还是慢了半拍,副班长先我一步走出房间,我也紧跟着向哨位集合点走去。副班长作了岗位分配,我紧了紧大衣便和76年湖北籍刘老兵两人一起,向东山洞口库区的哨位走去。

一出营房,寒冷便从四面八方拥围而来,瞬间把我从屋里、从被窝里带出来的那点温暖刮得干干净净,浑身上下只剩寒冷。走在山道上,刺骨的寒风在耳畔狂笑,笑得我直打寒战。

不一会儿,我俩接了岗向洞口走去。我一边走一边唠叨着,说晚上可比白天冷多了。刘老兵满不在乎地说道:"我们刚来时也和你们一样,感觉山上太冷了,但过一段时间也就适应了。"刘老兵十分健谈,加之两个人也投缘,一边巡逻一边说话很是开心,不知不觉站完了我晚上的首班岗。

也许是我和刘老兵唠得不亦乐乎的缘故,下山回来,从嘴里、鼻孔里喷出来的团团热气已经凝成了一层层霜花儿,冻结在帽子前沿的四周。副班长看到我俩这副模样,调侃道:"你俩站岗站出这么多白胡子。"

隔了几天,连队将出黑板报的任务交给了我。一块近六平方米的黑板,从收集、整理、编排内容到"刻"上黑板等整套活儿,都要由我一个人搞定。按照以往惯例,凡是出黑板报的时候,无论白天还是晚上,只要和连部值班员说一下便可以不上岗,但我没那样做,而是坚持站好每一班岗。至于黑板报内容的编写,我都是利用晚上或中午休息时间完成。为了配合连队的站岗执勤教育,我利用黑板报这一宣传工具,会同连部编写和完善了连队自卫哨兵与库区哨兵岗位职责、哨兵行为规范、哨兵交接班制度以及执勤中需要注意的一系列问题。同时,每一期推出"我为祖国站好岗"的专栏,将连队站岗执勤中涌现的好人好事写上黑板报。

长白山的冬天实在漫长,漫长得让我觉得时间是不流动的。雪花一场接着一场纷纷扬扬,远山苍茫,近山也苍茫。我们上山站岗总是踏着深过膝盖的积雪上上下下。

冬天,最冷、最累、最寂寞的工作要数连岗。所谓"连岗",就是白班连着夜岗,或者夜班连着白岗。说白了就是连续站四小时岗。记得有一次,我站完夜里的末班岗,又连着站起了新一天的首班岗。上夜岗的战友回营房了,我一个人睁大了眼睛看着天越来越亮。山上,没有一丝动静和声音,只有洁白、纯净、清冷。山下,营房上空已经升起缕缕炊烟,它们交织、缠绵着在山间飘荡。

我的视线时刻盯着库区的每个角落,注视着洞口的动向,不停地巡逻。没过多久,军号声在山谷的上空回响,接着又传来战友们那震天动地的"一、二、三、四"的早操声……

此时此刻,虽然站的时间久了,手脚酸麻发凉,但是东方的第一轮阳光却时刻温暖着我的心田。写到这里,让我想起著名作家迟子建说过的一句话:"寒冷也是一种温暖。"那一次连岗我连续站了近五个小时,晚来接班的战友告诉我炊事班出了一点儿意外,说是刚到炊事班的战友做饭失手了。

熬过漫长的冬天,迎来生机盎然的春天。山上绿色葱茏,野花烂漫,小溪潺潺。经过冬眠的动物,已经"重新获得生命",正肆无忌惮地在山间游荡，在丛林中上蹿下跳。就连小松鼠也明目张胆地在人们面前张着粉红色的小嘴，施展着滑翔的绝活儿。

东北的春天来得慢，却走得快，转眼进入夏天。一天夜里十点多钟，月亮躲了起来。天空阴沉，看不到一颗星星，山上偶尔有小鸟、小虫的叫声。我和75年湖南籍老兵在东山库区洞口执勤。老兵带着我抄近路向另一个库洞走去，当我俩穿过丛林走到一片小山岗时，老兵突然一把拽住我轻轻说道："有情况！"顿时，吓得我的心脏登时紧缩起来。两人迅速蹲下，很快传来断断续续"沙沙"的声音，我大气都不敢喘，静静地辨着声音的方向，心里想着前两天听战友说，这里半夜里有人扔土块，找了半天就是不见踪影，难道真的闹鬼不成？可是，万一碰到"鬼"怎么办？我们枪里又没有子弹啊！但又想，我俩都有刺刀怕啥？这时，老兵和我耳语了几句，我立马会意，端着枪轻轻地从另一边向有动静的地方包抄过去。此刻，打在树叶上的声音越来越大，我大喝一声："谁？出来！"但对方没有一点儿反应。老兵似乎明白了什么，迅速吩咐我用手电筒照着，然后两边夹击。我俩端着枪小心翼翼地扒拉着，很快发现小山包的草丛一旁埋伏着一个全身长满又短又密的刺的家伙，它一动不动，眼睛贼溜溜的像黑豆粒似的，旁边是一个没有修好的"家"——它的洞穴，还有刚刚扒拉出来的新土。老兵告诉我这是刺猬，刚才的动静都是它整出来的。此刻，我才松了口气。随后老兵用脚轻轻碰了一下，小东西立马缩成一个球。于是，我俩索性将"球"滚到另一个山包……

时间到了第二年的下半年，我从教导队训练回来，便担任了二排四班班长。直到四年之后的一天晚上，我站完最后一班岗后离开部队……

　　几天前的晚上，我做了一个梦，梦见部队的平房变为楼房，上山的道路变成柏油马路，库区布满监控摄像头。我背着冲锋枪上山站岗，登上瞭望台，瞬间整个库区一览无余。猛然，一阵清风拂过我的脸庞，感觉是那么熟悉，那么亲切，那么舒畅。走到库区，那崭新的岗亭仿佛对我行注目礼，另一侧的桦树仿佛见到了老朋友不停地晃动，像是和我搭话。我开心地笑啊笑，突然醒了。我问自己，干吗要中断美梦呢？可是，再想捉住那梦的时候，梦却早已飞走了。

　　躺在床上的我在想：在部队站岗执勤的时光只是我人生中的一段插曲，它虽然过去了四十多年，但是在那寂静的山上，我曾经站过岗，看过日出，数过星星，听过鸟语，读过夜幕，攀过山崖，踩过碎石，钻过丛林……于是，我翻身下床拿起笔，记下在那寂静的山上，在我的心底早已刻下的那有关站岗的一道道深深的印痕。

军营里的青春年华

一

1978年12月26日下午三点，我怀着美好的憧憬，穿上梦寐以求的军装，登上一列标有"军运"的火车。半个小时后，火车一声长笛，冒着浓浓黑烟驶离站台。火车过长江，跨黄河，穿隧道，一路向北飞驰，将村庄、田野、桥梁、城市远远地甩在后面。我这个临时被封的最小的"官"——班长，铺位恰好挨在闷罐车门的旁边，首当其冲享受起排头兵的"待遇"。火车飞奔，无孔不入的寒风冻得我们这批南方兵直打哆嗦。好在过了济南，部队首长不知从哪儿弄了几条毛毯，总算可以挡风御寒了。尽管这样，偌大的闷罐车厢内还是显得空荡而又阴冷。车过唐山后走走停停，车厢里的温度更低了。原来，不知何时外面飘起鹅毛大雪。我不由得感慨，南方的雪总是下得扭扭捏捏，而北方的雪却是纷纷扬扬，下得那么洒脱、自然、尽情。不知谁说了一句，车轮滚动的声音似乎与两天前的声音不大一样。这时带兵连长用夹带着四川腔的普通话调侃道："告诉你们，前两天的车轮声似乎在说白面、大米，这两天似乎在说苞米、高粱。"当时我们不明就里，也没在意，以为只是随口一句玩笑话。直到后来连队为我们举行新兵欢迎会，才知道连长火车上那句调侃话的真实含义。原来连长想告诉我们这批南方兵，部队的生活比较艰苦，不可能像南方那样每天都能吃上白面、大米。到了东北，部队只有节假日才能吃上白面、大米，平时大都以苞米、高粱米为主……其实，南北方车轮声的差异与气候、温度有关。

火车经过几天几夜的奔跑，终于在 12 月 29 日的傍晚停在了吉林火车站。车门"吭"的一声被打开，一股寒风迎面扑来。一位年轻军官手持电喇叭吆喝着："所有新兵到站台上集合点名……"

我被分到了六连。我们一行二十九人紧随接兵的李连长穿过地道，来到另一个站台。连长招呼大伙朝绿皮火车走去，无意间我看到了车厢外悬挂着一块指示牌：吉林—通化。不一会儿，他大手一挥："上车！"

我倚靠在座位上，听着列车播音员甜美的声音和催眠般的轻音乐，没多久便进了梦乡。

我被分到吉林省军区的边防部队。连长让我当了连部通信员，除了负责连部的一些公务外，每天要到山下二十多里开外的镇邮局取包裹、信件。一天下午，我骑自行车返回途中，天空中乌云密布、狂风大作，天色逐渐变得阴沉，没多大工夫，黄豆大的雨点倾泻而下，仅有的雨衣包着物件绑于车架，山道上也找不到避雨的地方，我只能冒雨骑行。由于风大雨急，下坡途中车把一歪，连人带车摔了个底朝天，一下子将我惊醒。定了定神，原来是一场梦。

车窗外，飞舞的雪花像千百只蝴蝶似的扑向窗玻璃，轻轻地撞一下又飞到另一边。没过多久,广播里传来"磐石站到了,请下车的旅客抓紧时间下车"的提示音。

磐石县城是个小站,没走几步便到了出站口。我们刚要出站,一位身着"两个兜"(干部服装为四个兜)军装的年轻人扯着嗓子喊:"连长——连长——"之后,连长向我们介绍:"这是连部通信员小吴,现在跟他走!"

几分钟后,我们又坐上一辆绿白相间的大客车。

夜色朦胧,漫天飞雪。挡风玻璃上的雨刮器十分卖力地干活,发出"吧嗒""吧嗒"的声响。汽车已经开了半个多小时,与县城擦肩而过,还在继续前行。我寻思着连队驻地会在哪里,乡村?山里?

又过了一个多小时,路况越来越差,车身不断颠簸、摇晃,弄得大伙儿晕头晕脑。我猜想,部队驻地在山里。

临近子夜,静谧的山上,大客车的轰鸣声打破了山间的宁静。不一会儿,透过车窗看到了半山腰几处零散的灯光。驻地越来越近,通信员终于迸出两个字:"到了。"话音刚落,就传来"咚咚锵""咚咚锵"的锣鼓声。车门打开,众人鱼贯而出。这时,老兵们顾不上掸掉身上的雪花,伸出手来亲热地迎接我们……

跨进连队专门为新兵安排的住所,有种冰火两重天的感觉。室外寒气逼人,室内却暖意融融。也许是炕铺太热,也许是因为新的环境,也许是太过兴奋,这一夜我失眠了。

二

第二天早晨,雪止天晴。军号声在山间久久回荡,将军营唤醒。我有一种莫名的冲动,想要走出房间,走出营区,走进大自然。

门外,路上的积雪已经被清扫干净,只有屋檐下一米多长的冰凌仿佛在向我示威:"南方来的新兵,东北的冬天够你喝一壶的!"

我们先是绕着连队的驻地遛了一圈,营房建在半山腰,据说都是历年的干部战士硬是凭着肩膀和双手一片片建起来的。整个营区成矩形,长约一百六十米,宽约七十五米,占地面积一万二千多平方米。南高北低,两排四幢平房上下排列,东西两头为饭堂及其他辅助用房,中间为篮球场和训练场。

走出营区,又是另一番天地。远望,山峦起伏横亘在天际边,被厚厚的雪包裹了;近看,重重的雪将树枝压得弯弯的,时不时,一坨坨、一坨坨的白雪散落下来,扬起一团雪雾……

这是大自然的恩赐,这是冬日早晨部队驻地给我的第一印象。我被眼前的美景所震撼。清冽的晨风吹在脸上犹如一把刀,但我心中却是热血澎湃。

晚上,新兵班长和我唠家常,话题总是离不开东北的天气。他给我讲了一个趣事:一天晚上,湖北两个新兵老乡在一起站岗闲聊。矮个子无意中说:"东北真冷,听人说舌头在单杠上碰了一下就扯掉一块肉。"高个子说:"哪有你说得这么邪乎?"矮个子回道:"真的不骗你。"第二天上午,矮个子发现高个子说话时有点不对劲,心想昨晚好好的,难道……他忙问高个子究竟怎么回事。于是,高个子就将早晨亲自实践的事情叙述了一遍。矮个子忍俊不禁地说道:"兄弟你太可爱了!"由此,班长说道:"东北的冬天可冷啦。"

过了元旦,一切如常。新兵正式开始军训,二十九位新兵被分成三个建制班。我在新兵二班，一开始就是队列训练，内容很多，虽然听起来容易，但做到标准、规范就很难。例如立正、稍息、齐步走与正步走等等。也许有人说，这么简单的动作谁都会，有啥好学的？其实不要小觑队列训练，这里面大有讲究。单说齐步走，要求精神状态好，姿势端正，不但臂腿协调做到脚着地、手到位、摆臂自然，而且要定型、定位，步幅、步速准确。刚开始，我走路的形态是"外八字"，为了及时纠正，班长专门在操场画了线让我训练了好多天。说实话，队列训练是军事训练中既枯燥乏味又容易疲劳的科目之一。为此，几天下来我是腰酸腿疼、手脚发麻，精疲力竭。尽管这样，我并没有叫苦叫累。

半个月之后，新兵转入投弹训练。投弹既要有臂力，也要有诀窍。刚开始，由于人小、个子矮，臂力不足，我只能投到三十多米，心想作为一名军人，如果参与实战，这样的成绩能行吗？于是，自我加压，休息时间都不放过，坚持练习。从姿势、握弹动作、投掷技巧、出手角度再到蹬腿、送体、挥臂、扣腕等一系列动作要领悉心琢磨，反复练习。虽然一开始不习惯，手臂肿了，人也瘦了，但从不后悔。正是由于我的坚持，我终于在手榴弹投掷考核中取得了四十八米的成绩，这也是我最为满意的科目之一。当然，让我感触最深、受益匪浅的还是那次新兵实弹投掷，从中我懂得更多，学到了军人的坚强、勇敢和最宝贵的内在东西。

那天上午，连长带着我们进行实弹投掷。一班、二班顺利进行，安然无事；轮到三班时，却发生了意外。一位新兵扣好指环，当连长发出投弹的指令后，由于过度紧张，向后挥臂时手一抖，嗤嗤冒着青烟的实弹落在背后。就在千钧一发之际，连长一个箭步冲过去,抓起手榴弹向掩体外扔去,又一把将这位新兵摁倒,只听得"轰"的一声巨响,尘土纷纷落在他们身上……就这样,一起伤亡事故在连长临危不惧的处置下避免了。如果处理不当,后果不堪设想。

紧急集合是新兵训练必不可少的科目。记忆中,新兵训练结束前几天的午夜,连续急促的哨子声夹带着连长紧急集合的呼喊,将我从梦中惊醒。一阵手忙脚乱穿好衣服,打好背包急急忙忙冲向操场插入队伍,还没定神,队伍已经按照连长的指令向指定目标集结。跑着跑着,背包带松了,半自动步枪也从肩上滑落,可谓丑态百出。班长见状,抢先一步替我背了枪,我这才腾出手来边跑边将背包捆好,勉强撑到目的地。当连长逐一检查,发现我衣冠不整、背包凌乱不堪后,他眉头紧锁并沉着脸说道:"回去好好练练!"一句平常话,羞得我脸颊发热。

三

一晃,春节不知不觉就到了。这是我在部队过的第一个春节,心里充满期待,部队过年是何种情形呢?

腊月二十八的下午,新兵班长派我出公差到炊事班帮厨。刚到门口,炊事班长派给我的任务是负责将大盆里放好水和盐,准备存放猪血。我立即照办。很快,几个战友抓来两头膘肥体壮的猪,眨眼工夫,刚才还大呼小叫的肥猪,在炊事班长麻利的动作下瞬间就呜呼哀哉了……

大年三十部队除了会餐,节日期间的菜肴品种也相当丰富。

主食全都是白面、大米，可以说与地方上的年味相比毫不逊色。许多菜肴我还是第一次品尝，真是大饱口福。

年初一吃饺子，炊事班负责肉馅及调料，然后以班领取面粉和肉馅，其他的都是每班各自负责。之前，班长让人洗了两个酒瓶，发挥了其特有的作用。班长亲自揉面，然后安排两人擀面皮，两人包馅，一人负责碗筷、调料等准备工作，一人负责煮饺子，其余的(包括我)打下手……没过多久，房间里香气四溢，一只只由战友们亲手包好的饺子被特殊大家庭的成员们一扫而空。

为了营造过年的氛围，连队除了开展棋类、球类等项目的比赛外，还进行击鼓传花、猜谜语等娱乐活动，同时安排全连战士下山看电影……当然，最开心、最难忘的要数击鼓传花。那晚，组织者定了一个不成文的规矩，无论是谁，只要花传到手中，一律唱歌，连首长也不例外。也许是巧合，那次副指导员"连中三元"。随着活动的持续，现场气氛越来越浓，战友们的热情似乎被调动起来，情绪高涨，那种想念家乡、亲人的思绪在不经意间被淡化了。

四

新兵训练结束，我下到了二排四班。

春天来了。温暖的春风吹走了冬天的寒气，冰消雪融。山上的花儿苏醒了，小草从土里钻出来，树芽也探出头来，满山遍野的野花笑了。春的气息悄悄地来到了军营，很快浸透了每片绿地。

一天下午，我刚刚值完勤回到班里，班长说三点钟连长、指导员会专门到四班开会。当时我很是不解，问班长什么情况，班长摇摇手说:"不清楚,通信员没告诉我。"

两点五十五分,指导员、连长一前一后进入我们班里。随着班长一声"起立",全班十一名战士一字形排开。当班长报告完毕之后,我才稍稍松了口气。会议在指导员的主持下,由连长传达了团部命令,其主要内容是团部随机抽一个建制班参加全团的"军事会操"。说白了就是每个连抽一个班参加比赛。时间定在六月中旬。无巧不成书,团部正好抽中了二排四班。连长布置了"军事会操"的训练大纲,指导员进行了"战前"动员……

会后第二天我便进入"会操"角色,开始了紧张而又艰苦的训练。说实话,一开始我心里还真没底,担心拖了全班的后腿。心想老兵不管怎样,理论知识、基础动作、临场发挥都胜于我,只要稍微复习一下即可,而我只是一个新兵,许多科目只懂得一点儿皮毛,有些科目必须从零开始。尤其是擒拿格斗,我更是一张白纸。好在湖南籍75年入伍的杨班长军事素质过硬,对全班战士关怀备至,不是兄弟胜似兄弟。有一天,我的搭档湖北老兵在训练时脚被扭伤,行动不便,班长不仅嘘寒问暖,而且亲自为他打饭、上药,替他上岗执勤,一站就是四个小时。训练中,班长除了耐心讲解和辅导外,还不厌其烦地做示范。为了纠正训练中的习惯动作,晚上经常为我开小灶,充当陪练手。功夫不负有心人,全班参加"军事会操",成绩斐然,受到团部的通令嘉奖。

五

部队驻扎在山上,最难解决的问题是水。说实话,在那个年代,山上没有办法打井,更谈不上安装自来水。连队的饮用水和生活用水都是靠地方协作单位的汽车送水。连队领导一年四季都在为水烦恼,尤其是到了用水困难的冬季,山道坡陡,一到下雪天,就被厚厚冰雪覆盖着,送水成了老大难问题。

那一年连续下了几天大雪,气温一直在零下二三十摄氏度徘徊,水车难以送达。有一天连队的储水槽已经见底,第二天早餐的用水没了着落。副连长得知后,晚饭也顾不上吃,迅速打电话到协作单位,值班人员说水车下午四点多就上山了。副连长撂下电话,当机立断叫了十来名战士带上铁锹、镐头、绳索等工具一路寻找。走了四十多分钟,发现水车侧倒在路沟边,车身压在大树上靠树支撑着才没有翻车。司机满头大汗地告诉我们,已经花了很长时间了,始终没有办法将汽车拖离,正准备去连队求援呢。也许是水车承载过重,或者缺少必要的施救工具,尽管大伙一起用劲,还是没有奏效。副连长立马让我赶回连队叫上拖拉机,再带一些人前来帮忙。经过众人近一个小时的苦战,终于将水车开到连队。

部队驻地离集镇较远,能够下山美美地洗一次热水澡成了我们可遇不可求的奢望。因此,两个月不洗热水澡成了家常便饭。好在春节前夕,协作单位特地安排连队的战士去镇上洗澡。具体时间定在某日下午两点,车接车送。不巧的是,那天下午正好轮到我当班值勤,心想洗澡肯定没戏了。午休之后,我正准备扎腰带上山接岗,突然走廊里传来喊我的声音。咦!这不是副连长的声音吗?还没等我反应过来,副连长急忙道:"快拿上换洗衣服去洗澡吧!车子马上开了!"我疑惑地答道:"今天我当班。""别磨叽了,下午我替你上岗!"我"啊"的一声……后来副班长告诉我,凡是洗澡期间当班的都由连首长顶班。

部队既然缺水,就有想办法弄水的故事。一天下午,我去山上另一个执勤点办事,忽然发现周围的积雪上半部分不翼而飞,但留有铁锹铲过的痕迹,我好奇地指着雪坑问旁边的老兵怎么回事,老兵说:"雪被弄去化水啦!"我有点儿疑惑,他随即将我拉到放有箩筐、铁锹、柴火(山上最不缺的就是柴火)和用石头垒起的简易大锅台的房间里,还津津有味地告诉我什么地方的雪最干净……

六

四十多年后,我再度回到部队。此刻,厚厚的云层遮住太阳,山上不时飘起零星雨点。营区早已物是人非,原来的营房已经荡然无存,矗立在我眼前的是标准的三层楼房和宽阔的操场……当我登上那既熟悉又生疏的山峰,有一种"会当凌绝顶,一览众山小"的感觉;当我漫步在环山公路上,云雾顺着山坡往上飘,恍若仙境,仿佛踩着云雾走来走去;当我望着空空如也的老营区训练场,思绪万千,往事一幕接着一幕……

雨渐渐地下大了,我钻进门岗值班室,聆听着头顶上的金属板被夏雨敲得噼里啪啦作响,宛如一曲动听的交响曲。

诚然,在我的人生履历里,最引以为豪的是我曾经当过兵。为此,军营生活永远占据着我的心灵,总是让我魂牵梦绕,成为刻在我生命里的风景。它永远印在我的脑海里,印在我的人生经历中,时刻给我温暖,给我信心,给我力量。

四十年前的往事

　　"老师"这个称呼是神圣的、光荣的,它在我幼小的心灵里早已深深地扎下了根。因为我父亲是一名初中老师,小时候跟随父亲左右,听得最多的是"陆老师",所以,我的梦想是将来长大后也要当一名光荣的人民教师。然而,事与愿违,我从部队退伍后却成了一名供销战线上的奋斗者,直至退休。但是,让我感到十分欣慰的是,四十年前的军营生活圆了我的老师梦。不过,我这个老师所教的不是在校学生,而是身穿绿色军装的战友。

　　时间回到二十世纪八十年代初,举国上下掀起了补习文化知识的高潮,部队也不例外地因地制宜开办了文化补习班。

　　四月下旬,吉林已是冰雪消融、溪水潺潺、春暖花开了。

　　那天下午四点多钟,我正领着战士汗流浃背、灰头土脸地在操场上训练着擒拿格斗。突然一声哨响,传来指挥员洪亮的声音:"全体都有,休息十五分钟。"我趁机解决了"内急"。这时,营区的喇叭里响起指导员雄浑的男中音:"四班长陆盛到连部来一下……"我不敢怠慢,一路小跑朝连部赶去。见到指导员时,他没有寒暄,操着标准的东北口音开门见山道:

"陆盛,经过连队领导商量,决定让你担任连队文化补习班的老师。今晚就不要上岗了,明天下午准时上课。"

"啊……"我一脸茫然,忐忑不安地说,"老兵这么多,时间这么紧,我也没准备,怕教不好……"

这时,指导员不容分说地大手一挥:

"就这么着,回去好好准备……"

晚饭后翻开部队统一下发的教科书,我在灯光下开始了"战前"的临阵磨枪。不知不觉熄灯号吹完后又过去了一个多小时,这时窗外传来"沙沙"的雨声,我推开窗子,一阵风雨瞬间扑面而至……

随后便上炕就寝,可是思绪难平,脑海里翻腾着怎样上好第一课,如何让战友们听得懂记得住,想着想着我的眼皮开始打架,终于支撑不住了……

第二天清晨,"嗒嘀嘀嗒",清脆悦耳的军号声在山谷久久回荡,唤醒了军营,也将我从梦中惊醒。穿好衣服,一骨碌翻身下炕,匆匆地洗漱完毕后朝营区外的山间走去。此时,山间也苏醒了,小虫、小鸟睁开了惺忪的眼睛,有的穿梭在林间、草丛,有的不时地张开翅膀,抖动着羽毛,伸着懒腰,先是怯怯地低声叫一会儿,看见没人在乎它们,似乎赌气,便扯开嗓子叫了起来。放眼看远处的山峦绵延起伏,阵阵雾气在山间游荡,为山间披上了一层薄薄的轻纱,山峰时隐时现,青翠中吐出白色;盘山路两旁满山满坡的野花睁开了眼,一朵、两朵,一丛、一簇连成一片,五彩缤纷。我上前轻轻地吻着花瓣,凝视晶莹的水珠,仿佛听到野花在说"这春雨多好,让我开得更加艳丽"。我一边欣赏着大自然赐予的春天美景,一边吮吸着泥土的气息和花草的清香,突然间想起唐代诗人杜甫的《春夜喜雨》中的诗句:好雨知时节,当春乃发生。随风潜入夜,润物细无声……

站在山坡的平台上静静地熟记着教科书,寻找着当老师的感觉,不远处的盘山公路上传来一阵阵响彻山谷的"一、二、三、四"的早操声,预示着部队新的一天开始了。

下午两点,全连战士井然有序地进入课堂(当时连队饭堂兼作课堂),先由指导员作了课前动员,而后我大步迈向讲台,向大家行了标准的军礼,随后用粉笔在黑板上端端正正写下了"第一课:词和词组",从而开始了补习班老师的体验。

如何当好这个老师,无疑是对我的考验。老师讲课要让战士听得清,学得进,语言是关键。我是地道的南方人,从小在"吴语"区长大,刚开始上课时讲的普通话夹带了浓浓的南方味,时常因发音的错误而苦恼。好在战友们总是宽容地一笑了之,课后再和我交流。但是,想要做一名合格的老师,就必须改掉这样的习惯。于是,我平时多收听广播,注重播音员的发音,并在"听中学、学中教、教中辩",边教边学,遇到难以把握的字音借助字典将发音加以标注,尽量做到少出错。说实话,面对来自五湖四海的战士,开始的几堂课确实让我很紧张,后来慢慢地适应了老师的角色。

不过,我这个老师也是兼职,每天照常上岗执勤和训练。一天中午,我草草地吃完饭,便提前上山接岗了,执勤时间为十二点到十四点。两个小时很快过去了,接岗的战友很及时,十三点四十五分我便交完岗往回走。如果平时走大路回营区需要十五分钟左右,但是,下午两点我要为全连上文化课,时间不允许按照惯例。

为了节省时间,确保准时上课,我当机立断抄近路返回。然而山坡很陡,也滑,我左手紧握步枪(平时都是右肩挎枪),侧身向下刚蹚了几步,脚一滑一个趔趄,随即山坡上发出了哗啦啦的声响,整个身子摔在了盘山公路边的沟槽里。我定了定神,看了看手中的枪和手腕上那块心爱的"苏州表"完好无损,才如释重负,长长地舒了口气。尽管有惊无险,只是右小臂上多了几道深深的血印,有点儿隐隐作痛,但我感觉痛并快乐着。

　　回到营区,匆忙地卸去武装,快步奔向连队饭堂,进门一看,最后十几个战士正列队走向自己的座位,我这才松了口气。紧接着,在连队值班员"立正,稍息,坐下"的口令后,我开始讲新的一课。

　　人们常说老师应该为人师表,但我这个老师就是一个普通战士,很多时候也会犯浑。事情是在我当老师一个月后发生的,那次参加全团文化补习班的老师集中培训,开班头两天我中规中矩、安分守己,可是,第三天下午后两节的自修课,我和两个同年入伍的老乡在一起窃窃私语,说要过一下电影瘾,三个人一拍即合,趁着自修课悄悄地溜到大院附近电影院看完一场电影,又若无其事地回到团部,自以为神不知鬼不觉。然而,隔日上午当我们走进教室(团部的会议室)时,团领导阴沉着脸盯着我们三人看,吓得我心里发毛,心里犯嘀咕:难道昨天偷看电影的事被发现啦?果然不出所料,麻烦来了。不一会儿我们三个被点名起立,当着众人的面被领导狠狠地训斥了一通:

　　"你们三个私自外出看电影,成何体统! 你们是军人,不是普通老百姓。况且你们还是连队补习班的教员,是老师,回去怎么教战士？真是无组织无纪律……"

我们自知理亏，低头不语，也不敢正视前方，当听到"念在你们是初犯，下不为例"时，我才抬头目送着团领导远去。

又过了一个多月，指导员从团部带回一张沈阳军区文化部统一印制、由团部颁发的文化教员证书时，我心情格外激动，看着证书上的名字，感觉肩上担子沉甸甸的，让我懂得了"教员"二字的分量和责任担当。从那以后，我的工作劲头更足了，更加用心做好课前准备，熟记教科书的内容，认真上好每堂课。尤其在讲授语法知识——划分句子成分，对主、谓、宾、定、状、补的把握和区分时，为了让战友们弄得懂，学得好，用得上，我主动向附近中学的老师请教，认真听取和学习他们的上课经验；同时，采取多讲、多做、多练的方法，让战士们及时掌握基础知识；对语文基础比较薄弱的战士，实行单兵教练、课外辅导的方法，帮助他们提高分析能力和运用水平……

俗话说：铁打的营盘流水的兵。一年后我退伍了，"老师"之职随之画上了句号。当然，在我的人生档案里，尽管这个老师当得不咋的，但感觉很充实，很快乐。感谢部队提供的平台，使我体验了当老师的幸福感，让我在当老师的过程中得到快乐，让我懂得了当好一个老师，不光要有责任心，更要有耐心……

如今离开军营四十年了，回首当年的点点滴滴，四十年的记忆总是在眼前萦绕，永生难忘。

第三辑

往事如风

往事如风轻轻飘过，漫漫岁月有痕。

往事好像生命长河里的碎片，用心用情打捞它，珍藏在记忆的深处。

往事是人生的档案，刻录了生活的五光十色。

那条河一直在我心中流淌

那是一个特殊的年代。

那是一段特别的日子。

那是一次难忘的经历。

1991 年 7 月 1 日下午,唐王乡刚刚过完党的生日。晚上老天爷便开始发威,雨下得又大又急,下得铺天盖地,下得人们胆战心惊,仿佛天河决口了,地上到处一片水茫茫。

第二天,老天还是没有消停,尽管没有昨日的疯狂,但是风也来凑起热闹。

又是一个风雨交加的天气……

河水开始猛涨,整个唐王乡告急,大河南村、土山村超警戒水位……

唐王乡的夜越来越黑。我站在窗前静静地听着噼噼啪啪的雨声,透过办公室的灯光,凝视着豆大的雨点砸在玻璃上溅起的水花,我的心沉重起来。突然,一阵急促的电话铃声在办公室里炸响,拿起电话,听筒里传来急促的声音:

"大河南村圩堤突发险情,请立即派人将三千只草包等物资送到大河南村委会。"

险情就是命令,一刻都不能耽搁!

我有条不紊地安排着。很快,草包装满手扶拖拉机,铁钉、铁丝、铁锹等抗洪物资也悉数到位。

不一会儿,办公室的一名同志与驾驶员一起消失在茫茫的雨夜之中。

没多久,老天爷似乎感觉对唐王乡有点儿不公,便稍稍收敛,暂时关小了"水龙头",但依旧以绵绵细雨相待。

此刻已近零点,我的眼皮开始上下打架,迷迷糊糊打起盹来。

咚咚咚!重重的敲门声将我惊醒,开门见是熟悉的××村委的社长,他也没顾得上寒暄,直截了当说道:"我是来拉一千只草包的……"

送走社长,已经是深夜一点多钟。

斜躺在办公室的沙发上,墙上的挂钟"嘀嗒嘀嗒"地吟唱着,就像一首美妙的催眠曲,迅速将我带入梦乡……

座机铃声再次大作,惊得我从沙发上蹦起来。随手抄起电话,电话那边响起一个中年男子的声音:

"喂,喂!我是乡里××副乡长,马上有人去拉一千五百只草包……"

那一夜是个无眠之夜。

早上五点,大概老天爷感觉不够刺激,又一次开大了"水龙头",使唐王乡雪上加霜,面临着更大的考验。

下午,从乡里传来消息,辖区内八个村庄的河道警戒水位全面超高,险情最为严重的是大河南村。

傍晚，我又接到指令，立即再送两千只沙袋到大河南村抢险现场。我当机立断，迅速组织人员赶到仓库，以最快的速度装好草包。之后，我随同手扶拖拉机赶赴大河南村。

手扶拖拉机在坑坑洼洼的村道上左右摇晃着向前行驶，或许是车厢载重太大，或许是雨水长时间浸泡，路况非常差。开着开着，马达的声音突然变得不正常，而且声音越来越沉闷，一直干吼着，拖拉机却不走了。我急忙跳下车一看，原来拖拉机陷进了泥潭。轮胎在原地打滑空转，坑越打越大，拖拉机就是纹丝不动。好在此处离村庄不是很远，又是饭点时间，驾驶员迅速找来好几个村民，大伙挖的挖，拽的拽，推的推，终于将拖拉机驶出泥坑。

晚上八点多钟，拖拉机终于抵达大河南村抢险现场。

大河南村位于两乡交界处的五叉河南岸，上游与薛埠河相接。圩堤内建有水闸和抽水站，水位高了，可以关闭闸门向外排水，防止内涝。诚然，五叉河这些年一直比较乖巧，从没发过大的脾气。然而，那次百年未遇的洪水，加之薛埠河的山洪下泄，圩堤不堪重负，面临破圩或者漫堤的威胁，后果不堪设想。

抢险现场，临时电灯在风雨中摇摆，人的背影也在圩堤上不停地晃动。圩堤上已经加高的二排三层沙袋犹如一条黄龙横卧在堤坝上，紧紧地盯着五叉河，仿佛在说："有我在，风雨算得了什么？山洪又能怎样？我是圩堤的守护神！"

走近堤坝，好家伙，河水已经与原圩堤上口持平，如果没有"黄龙"挡着，也许凶猛的洪水会很快将大河南圩区连同其他村庄一起变为一片泽国。

河水似乎有意和人们较劲，水位还在不断地上涨。为了做到万无一失，乡抗洪抢险指挥部决定在已有的三层沙袋上再加两层。

顺着圩堤急匆匆向前，不经意间我和抬草包的人险些撞了个满怀，扭头一看，是乡党委书记……

取土现场离圩堤有一段距离，由于缺少机械设备，实打实的沙袋都是人工装，人力抬挑，用肩扛。我的视线定格在劳动人群中，发现大都是熟脸，有的挖土，有的拎着草包，有的抬着装满泥土的草袋向圩堤奔跑，个个汗流浃背，脸上分不清到底是汗水还是雨水。我被这劳动场景深深地感染着，立马脱掉雨鞋参与其中。这时，乡长问我吃过晚饭没有，我说接到领导指示装好所需物资就直接过来了。乡长接话道："在这里干活的人都还饿着肚子呢。不过，已经叫人去准备了。还有个把小时将这边的活儿干完！"

吃晚饭时，我掏出放在裤袋里的手表一看，时针已经过了晚上十点。有人打趣道："夜宵（其实是晚饭）一吃，干劲更足。"那一晚，我们一直干到次日清晨五点多钟。

也许是唐王乡人民不屈不挠的抗洪精神感动了上苍，也许是老天爷经过几天的折腾，感觉累了，此刻，雨停了，风也躲进山里，山洪只能沿着河道乖乖地向下游奔去。

说来也怪，虽然我两天两夜没有好好休息，但干活的时候却没有一点儿睡意，这一歇下来反倒哈欠连天。就在我准备小眯一会儿的时候，乡党委书记突然走过来说："陆主任，我们去那边查看一下！"接着又补了一句："你行不行啊？"我直接答道："没事的，走吧！"

我们一行人沿着圩堤向另一个地方走去。此时，天已大亮。雨后，堤坝上多了些小水坑，路边墨绿墨绿的青草已经伸长脖子，仿佛在等待什么；树上的小鸟开始叽叽喳喳唱个不停；堤坡上一簇簇野花有的哈哈大笑，有的半掩芳唇腼腆地笑着……此时此刻，我在想：倘若让我在这样的情景中睡上一觉，做一个梦该有多么美好。

正当我想入非非的时候，一名大队干部前来汇报，说是巡检圩堤时发现老涵洞上方一侧有几处漏水，其中一处拳头那么大的洞口有"哗哗"的流水声；如果不及时解决，漏口会越来越大，直至溃堤。时间不等人，乡党委书记一面派人调集人员和物资，一面带着我们向漏水的地方奔去。

来到漏水区，发现流出的都是混浊泛黄的水，而且大的漏水口有时还有稻谷和麦粒流出。书记随即召开漏水点现场分析会，大家你一言我一句说了各自想法：有人说这漏水口像是从老鼠洞流出来的，有人说可能是老涵洞的水泥管上方土壤松动所致，有人说内外河落差太大的缘故，有人说不像管涌……书记及时会同有关人员听取各方面的意见，最后认为第一种情况可能性较大。于是，书记当场决定迅速采取措施，以防不测。

好在漏水洞口正好处于凹口处，堵漏方案比较简单，只要在凹口上方筑一道坝堵死，然后抽干其中的余水，或许就能知道漏水的真相。

没多久，木桩、草包等材料以及前来增援的同志迅速赶到漏水口。一时间，打桩的、挖土的、装草袋的忙成一片……经过数十人的一番突击战斗，很快按照要求筑起一道拦水坝。与此同时，凹口处的余水没等全部抽干，漏水已经越来越少，最后慢慢地停止了。通过寻找,发现了洞口,用工具稍微挖了一下,洞中凹处残留着鼠粮。这就证明圩堤漏水是老鼠干的坏事,鼠穴是破坏堤坝的罪魁祸首。当时我就想:人们都说"鼠目寸光",可老鼠怎么知道会把洞穴筑在这么高的位置?而且还设置了好几个出口,如果不是碰到百年未遇的洪水,又有多少人去关注鼠穴洞口?又有多少人重视灭鼠工作呢?幸运的是鼠穴上下口没有太大的偏向,否则,同志们前面所做的一切不仅前功尽弃,还要花费更大的精力继续寻查,直至找到根源。

洪水无情,人有情。正当人们收拾东西准备离开时,一男一女挑着担子送早餐来了……

当我疲惫地回到单位,已经是午饭时间。可是我却没有一点儿食欲,实在太困了,于是倒头就睡。

三十多年过去了,当我再一次站在五叉河的圩堤上,望着平缓淌过的河水,记忆中的许许多多场景、人物、仿佛排成一队,等待与我相见……

是的,那条河一直在我心中流淌。

疑似故人来

"十年生死两茫茫,不思量,自难忘,千里孤坟,无处话凄凉……"这是苏东坡悼妻之词,哀婉缠绵,凄情旷古。于我,这是一阙长久的悲凉之词,也可作为悼挚友之悲歌,更是我此时心绪的写照。

回忆与挚友宣田云的过往,如清风拂面,亦如饴在心。只是世事如烟,幻化难测。宣田云离开这个世界已近十年了,可是我总感觉他还活着。他那充满磁性、温和的脸庞,总是在我眼前晃动。

他虽然不是我的任课老师,但在我心中,他是我的启蒙老师、人生老师、写作老师,更是我亲密无间的好友。

二十世纪七十年代中期,我正在上高中,暑假的一天下午,我去大哥的工作单位玩,遇见了作为县社会主义教育工作队队员的宣田云。他个子高挑,身着泛白的灰色中山装,白净清瘦,慈眉善目,儒雅随和。一阵寒暄,我没了先前的矜持,两人很快闲聊了起来……正是那次相逢,注定了我和他结缘。

1977年秋天,我和几个青年被分配到县制药厂工作,办完报到手续后,车间主任领着我们这批新人,七拐八拐地来到了一个两间屋大的平房,门楣上挂着白地红字"车间主任办公室"的牌子。进门一看，里面坐了好多人，我大概瞄了一下，一个熟悉的脸庞在我脑海中定格：这不是宣大哥吗？他怎么会在这里？一个亲切柔和的喊声打断了我的思绪。

"小陆，你也到厂里上班啦？来来，过来坐。"

我好奇地问道：宣大哥，你怎么在这里？这时，宣大哥笑而不答，一把将我拉到他身旁坐下。当时，我满脸通红，感觉幸福来得有点儿突然。刚落座，便传来车间主任"大家静一静"的吆喝声。紧接着，车间主任例行公事地介绍了原料合成车间的基本情况以及干部配备、人员构成等，我这才得知宣大哥是某某工段的工段长。但让我遗憾的是自己未能成为他的直接部下，而是被分到了另一个工段。

初进工厂，既兴奋又新鲜。可是没过几天，我就像霜打的茄子，蔫巴了，整天闷闷不乐。一天下午，我上中班，闲着没事，便提前来到厂里，正巧碰到宣田云从厂部回办公室，他开口道：

"怎么样？还适应吗？"

我挠了挠头答道："不怎么样！"

他笑眯眯地又问："遇到什么难题？"

我毫不掩饰地告诉他，制药化工我一窍不通，像生产工艺、操作规程、成分配比、时间掌握、温度把控、产品收率等等太复杂了，我担心干不好……他略加思索道："等到空闲或者方便的时候你到办公室或我家里，我来给你讲讲。"于是，他成了我工作中的老师。好在他和我同住一栋楼，往来极为方便。就这样，他从化学原料、成分、反应、分子结构、操作程序，再到储存方法及注意事项等事无巨细地进行传授。功夫不负有心人，他的付出，让我提前进入独当一面的操作队伍。

也许是我俩接触机会多了,加之性格、说话、处事也比较合拍,由此,也成了无话不说的哥们儿。在我的印象中,他工作很努力,也很敬业;特别爱读书、学习,爱钻研,喜欢在车间喜欢搞一些小改革、小发明。记忆中成品药"克喘素"是制药厂的当家产品,在省内外医药市场小有名气。当时,宣田云是生产该药品中间体的主管,其中有一道叫"通氢"的生产工艺最为关键,把握不好直接影响生产成本和产品质量。于是,他深入生产第一线跟班作业,亲自试验,不断摸索操作过程,掌握第一手资料,直到取得最佳效果。

宣田云在厂里的口碑一直很好。在我眼里,无论是工作态度还是敬业精神,无论是业务技能还是人际关系,无论是个人品质还是待人接物,他一直是我学习的榜样。当然,他的魅力不仅于此,更在于他收获的爱情。

众所周知,在那个年代,城市户口是一个高不可攀的产物,也有一种高人一等的优势和意识。因此,男婚女嫁必然要求门当户对,尤其看重户口。然而,他的妻子——冯华,出身书香门第,城市户口,单位正式工,却打破常规,敢于冲破世俗观念,不顾一切毅然决然地嫁给了农村户口的宣田云,这需要多大的勇气和胆识!我曾经问过冯华,当时怎么想的?她告诉我:"爱一个人,就去爱他的所有,不会因为世俗的东西而改变,就这么简单。"一年半之后,我应征入伍了。记得那是一个深冬的下午,寒冷挡不住关怀的脚步,他和冯华抱着牙牙学语的女儿来到新兵集中地为我送行,除了鼓励我在部队好好干之外,还为我准备了钢笔、日记本以及奥斯特洛夫斯基的小说《钢铁是怎样炼成的》,当时一股暖流涌上心头……

到了部队,虽然相隔数千里,但丝毫没有削减我俩的感情。尽管部队生活严格、严谨,尽管训练紧张、艰辛和疲惫,使我有过后悔,有过迷茫,但是,只要一看到家信,看到宣田云那苍劲、优美的字体,我就会将所有的疲劳和不快都抛到九霄云外。

又过了一年,我被上级选派到省军区教导队学习培训,他得知后迅速给我回了信。其中有这样一段话让我记忆犹新:机会靠自己争取,命运需自己把握。我相信人生总会有不期而遇的温暖和生生不息的希望……

是的。我庆幸,部队大学校的培育和大熔炉的锤炼使我渐渐走向成熟。我庆幸,宣田云的"鸿雁传书"使我心潮激荡、受益匪浅。

几年后我退伍回到家乡,起先在乡镇工作。那时虽然交通不便,但还是隔三岔五利用进城办事的机会与其相聚。在我的记忆中,最难忘的是他家做的汤面,总是让我回味无穷,百吃不厌。

二十世纪九十年代中期我调进城区工作,与之相处的机会更多了。特别是当我遇到挫折,工作不顺心时,他总是耐着性子听完我的倾诉,而后又和风细雨地帮我分析事情的成因,并提出自己的看法。他的每次开导,总是让我有种醍醐灌顶的感觉。

宣田云不但字写得漂亮,而且文章也写得好。他告诉我,一篇好的文章或作品,除了要主题鲜明,有灵魂之外,还要选好题目;只有好的题目,才能吸引读者的眼球……因此,耍耍笔杆子也成了我俩的共同爱好。许多时候,如何写好文章,成了我俩聊天、交流的话题。

有一次,我俩一起被邀请参加某杂志社在溧阳天目湖举办的笔会。报到当天,我俩和几个同伴一起驻足于湖边,一边赏景,一边谈笑风生,好生愉悦。此时,夕阳的余晖照在他俊美的笑脸上,我感觉那是人生最美好的时刻。

晚饭后我俩同住一室,话题从社会现象、人间百态到各自成长经历,再到写作手法,聊得不亦乐乎。不知不觉,聊着聊着,天色渐渐亮了起来,好在当时我们都很年轻,尽管一夜没睡,但吃过早饭照样参加笔会……

忽然有一天,他没有打招呼便来到我的办公室,当时我"咦"了一声,很是意外。这时,他微笑着竖起大拇指,连说了三个"好",弄得我一头雾水,不明就里。他变戏法般从包里拿出一本杂志说道:"祝贺你的大作发表了。"他那个高兴劲好像中了头彩似的,最后还来了一句:"我来,就是给你一个惊喜。"

后来我到了机关工作,动笔的机会更多了,他便鼓励我说:"既然你有如此爱好,如今又有这样的平台,就要全身心地投入,把爱好变为能力。"我按照他的话去做了。

宣田云从工段长、车间主任、试验室主任、厂办主任,一直干到集团党委委员兼党政办主任,直至退休。

天有不测风云,就在本应享受天伦之乐的时候,他突然病倒了。好在经过一番寻医觅药,总算从上海治疗归来,医生给了他生的希望。于是,我们几个老友相约,期待着一起出去兜风,感受祖国的大好河山、风土人情。然而,没多久他又住进了医院,病情非常严重。当我在病榻上看到原先那个高大帅气的汉子,一下子变得那么瘦小、憔悴,脸部没有一点儿血色时,我的心都碎了。尽管他对死亡坦然自若,但他的眼神透出心有不甘。

一天上午,我突然感觉全身很冷,很冷。是的,冬天来了。这时,连续不断的电话铃声让我一阵惊恐,按了接听键,听筒里传来冯华低沉的哽咽声:"宣田云走了……"

下午,吊唁的人不少,我默默地来到他的身旁,目睹他那被病魔百般折磨而归于平静的面容,真切地感到一个生命的远离,仿佛一片落叶随风飘走了。此刻,我的眼睛湿润了,眼前浮现起和他相处的点点滴滴,胸口就像插了一把尖刀被刺得生疼……

出殡那天,初冬的阳光洒满整个城市,而我却感觉不到一丝暖意。宣田云走了,他虽然没有豪言壮语,他也不是名人,但是他的一言一行处处都显示着人间的真善美,让我充满荆棘的人生路上开满了鲜花,也让我感受到了人间的温情、朋友情义的可贵。当我回首往事,遇到宣田云让我的人生少了遗憾,而宣田云的离去也是我人生长久的遗憾。

西窗下,风摇翠竹,疑似故人来。枯寂的长夜,我总是恍惚,觉得田云兄仍在。那柔和的笑容,可化解人间悲凉;那宽阔的胸怀,能风驰电掣,也能和风细雨。

父亲的流水账

突来的短信

办公桌上的手机突然振动一下,翻开手机桌面,父亲的一条短信在眼前闪动:

晚上过来,有事要说。切记!

我心里犯嘀咕:会是什么事情?难道是父亲节快到了,他要暗示我什么?不对,父亲节过了一个又一个,从未见过他有什么特别要求,对父亲来说,父亲节跟他从来就没有关系。父亲九十多岁了,一般的人大概率会觉得自己行将就木,已经和这个时代已经没有什么关系了。而父亲却不同,他一直和时代同步,他思维还很清晰,清晰得会倒腾手机。动不动就会给我打电话或者发短信,还有微信。我常常想起父亲的神奇,却不肯告诉他,像他这个年龄的人,能记得儿女就已经很了不起了。这大概跟父亲曾经是多年的教师有关。他到现在不但记得清儿女,甚至能记得他学生的名字,还常常聊起关于他们的往事。

夏天的傍晚,夕阳已经撤退,但蝉声照样热烈,空气依然火热,甚至比中午还热,好像一天的热量都堆积在了下午。

我火急火燎地赶到父亲家里问什么重要事情,父亲慢条斯理地说道:"也没什么大事,一是想让你带几本笔记本和红、黑两种笔给我记账用,二是我想和你说说话。就这么简单!"

我有点儿不解地说道:"你已经九十六岁的高龄了,就歇歇吧,不要再记那个无用的流水账了……"

话音刚落,只见父亲摆摆手:

"我就知道你会这样说。其实你不懂,几十年了,这是我的习惯……"

我虽然也是六十多岁的人了,但是父命难违。因此父亲也变得娇惯了起来。冬天,每周要陪他去浴室泡澡,平时每周至少要午饭陪着他一起吃。要是我临时有事,还要小心翼翼地跟他汇报。好在,他每次都批准。这是父亲的习惯,也成了我们的家规。

第二天下午,我将新的记账本送给他时,意外发现房间的办公桌上多了一摞泛黄的记账本。其实,我早有了心理准备,抱着"死猪不怕开水烫"的想法,任凭父亲如何上"政治课",我都会洗耳恭听。可是,奇了怪了,父亲竟然一句话都没有说,便将给他的笔记本和笔收了起来,这反倒让我有点儿摸不着头脑。此刻,房间里静得出奇,仿佛空气也凝固了。然而,父亲还是一言不发,只是眼睛瞄一下泛黄的账本,再看看我。这微妙的举动,让我突然明白了什么。原来,父亲用无声胜有声来考验我的悟性,让我认认真真地看看已经泛黄的"宝贝",关注里面的内容。

既然领悟,容不得多想,只有照办。于是,我收起平时吊儿郎当的习气,像模像样地翻看着他的"宝贝"。有道是,不看不知道,一看脸发烧。眼前泛黄的记账本起始于二十世纪八十年代初。账本有手工做的,有软皮笔记本,有硬皮记录本,也有会计专门用的记账本。里面不光记录着家庭的经济开支,还记录了一大家子的重要事情,记录了我儿子也就是他孙子喜欢吃的菜,记录了各种新菜的烧法,记录了生活中的感悟……这哪里是家庭经济账,简直成了一部教科书,成了一部家庭生活编年史,成了一种抹不去的怀旧记忆。

望着泛黄的记账本,我触景生情,一下子打开了记忆的闸门……

父亲和名人

从我记事起,祖母就告诉我,由于祖父英年早逝,作为长子的父亲十一岁时就失去了父爱。也因为家里穷,他初中没念完就中断学业,帮助祖母挑起家庭重担。

中华人民共和国成立后,父亲经人介绍当了一名教书匠,直至退休。父亲从教三十多年,可以说是呕心沥血、勤勤恳恳,一心扑在教育事业上。为了教书育人,为了提高自己的教学水平,父亲凭着认真、刻苦、勤奋之毅力,自学修完中师课程。

二十世纪七十年代初,父亲在乡下"完小"(小学、初中合在一起)任教,回家时身边总是带着母亲为他特制的布袋。有时布袋里装的是学生的作文本,到了下学期又变为数学作业本,中途突然又带了物理作业本回来批阅。而在我当时的印象中,父亲教初中的代数、几何是一把好手,属于有名气的数学老师。怎么现在又教语文,还教物理,搞得我疑惑不解,不明就里。后来得知,乡下学校主课老师非常紧缺,加上学期结束,老师时常调动,影响到任课老师的配置,留下的老师只能兼顾教学。好在父亲无师自通,各门主课教起来都得心应手。

为了丰富学生的知识面,实现直观教学,让学生学得轻松,理解深透,懂得更多,教具及教学设备不可或缺。然而,在那个经济困难、物资匮乏的年代,学校根本无资金,也不可能购买各种教具和教学设备供老师上课。为此,教具的缺失成了每个学校的短板。怎么办?活人还能被尿憋死?"等风来,不如追风去",于是,父亲义无反顾,自掏腰包,自己动手做教学教具。这一做就一发不可收,整天待在学校,没有休息日,很少回家。即使回家,他不是备课,就是带着"任务"做教具。至于家务事根本无法顾及,因而父亲成了母亲口中的拼命三郎。就为这,母亲经常唠叨和埋怨父亲不但不帮忙,反而回家添堵,还不如不回家。

诚然,母亲的责怪也并非无道理,但父亲总是我行我素,乐此不疲地干着他的事情。一来二去,心灵手巧的父亲先后"造"出了教学用的量角器、圆规、地球仪、起重机、抽水机、发电机、矿石收音机……父亲一下子成了"名人"。

功夫不负有心人,有付出就有回报。由于父亲对教育事业的执着、拼命和努力,他相继得到各级部门的褒奖,并获得了省劳动模范的荣誉称号。

流水账的一种计法

二十世纪七十年代中后期，我高中毕业参加工作没多久便参了军。在部队得知父亲已从乡下调到离家只有五百来米的指前中学工作了，至于干什么工作，我也没在意。直到1981年我回家探亲的偶然机会，才知道父亲担任着指前中学的主管会计。当然，那时的我也不知道父亲有每天记录家庭经济生活账的小秘密。

探亲的一天晚上，我寻找东西时，无意中看到一只小木箱，便随手将其打开，一本做工十分考究的《家庭经济账》进入视野。好奇心立刻占了上风，拿在手中一看，原来父亲用废弃的十六开考试卷对折一叠正好将油印的试卷遮掩，然后用皮匠修鞋子的粗线装订起来，并在封面上工工整整写下了五个大字——家庭经济账。翻开记账本，里面记录了家里的日常开支，记录着柴、米、油、盐、酱、醋、茶的花销，还记录着当天的人情世故以及重要事情。总之，大到自行车，小到针线，即使几分钱的橡皮都一一记录在册。后来母亲告诉我，父亲一直有记账的习惯。

那天晚上时间过得真快，一晃客厅的时钟已敲了十下，仍不见父亲的踪影。母亲不放心，要我到学校去看看，顺便接他回家。领命之后，我一路小跑，很快到了学校。因为指前中学是我的母校，熟门熟路，没费周折，径直来到学校财务室。此刻，灯火通明，透过玻璃窗，只见父亲全神贯注地一手打着算盘，一手扶着账本。我使劲地敲门，这才打断了父亲的工作。他起身开门先是一愣，惊讶地扶了扶眼镜随后问道：

"你怎么来了？"

"母亲不放心，特意让我来接您回家的。"

"我的账不平，多了九十元钱，正在查找呢！"

我说多就多了，明天再查也可以呀。

"不行！账对不上我睡不着觉……"

就这样，我又等了半个多小时，终于弄清楚了。原来老父亲记账时将十元钱错写到了百元账目里，正好多了九十元。看到父亲找出账目不平的原因，我高兴得跟小孩似的跳起来……

小账与大账

二十世纪八十年代中期，一直在上海工作的蒋先生回老家社头乡探亲，父亲得知后及时与老战友相聚。谈话交流中说到各自的生活和工作情况，蒋先生告诉父亲多年前组织上为他办了离休手续，并说："陆艺，你也到点了，可申请离休待遇……"

当晚，父亲将此事告诉了家人，我们听了格外激动。要知道，离休比退休不仅生活待遇高，更重要的是全家光荣，很有面子。于是，往后的日子里，父亲为了申报离休手续一直奔波于有关部门。

时间在匆匆忙忙中飞逝。忽然有一天，父亲拿着一个塑料红本本，笑眯眯地说："我退休啦……"我眨巴着眼睛瞄着红本本上的黄色字体，一脸疑惑地问道："不是离休吗？怎么是退休证？"父亲淡然地答道："组织上没有批准……"

原来，1949 年春，父亲在苏州经老乡——上海江湾汽修厂地下党负责人蒋先生——介绍，到江湾军械库做了名义上的仓库保管员，其实暗地里是为解放上海的地下党的外围组织做工作。不料,干地下工作没多久被国民党发现而入狱,直到上海解放后才获得自由。

回到老家,中华人民共和国刚刚成立,父亲经人介绍先是在邻村的湖口小学当了代课老师,第二年年初被县里统一分配到社头乡墩上小学做老师。当时,父亲填表时也没有过多的考虑,便在履历表上填写了参加工作的时间为1949年10月6日(直至退休,工作履历的时间都没变)。之后,上级有关部门联合发文明确规定:凡在1949年10月1日前为党工作的都可办离休,而1949年10月1日后参加工作的只能办退休。父亲也不知道以后的国家政策,始终没有填写中华人民共和国成立前的那一段经历。临近退休时,父亲如实向上级部门申报,有关部门虽然对父亲的经历进行了外调,但只有老乡蒋先生一人可以证明,再者几十年了,无法找到其他人出面作证。最后,外调人员明确告知父亲,中华人民共和国成立前的那段履历不予认可,只能办理退休,并问父亲有没有想法。父亲听后坦然地回答:"服从组织决定。我个人能不能享受离休待遇只是小账,国家的规定才是大账……"

几天后,无意中我看到记账本的空白处标注了这样几句话:"国家对我不薄。办不了离休也没啥,比起那些困难群众我知足了。"

无法休息的日子

父亲退休之后,或许因为工作认真、细心,接着又被建筑工程队聘去当了几年会计。父亲平时没有什么爱好,既不打牌,也不抽烟喝酒,更不会拍马讨好。按照乡下人的说法属于"本分人"。但是，父亲的一生爱好就是乐于剪报，喜欢动笔，善于思考，笔头勤快。父亲经常告诫我——好记性不如烂笔头。正是有了这句话，我在人生之路以及处事之时总是铭记在心。正是因为父亲对待工作认真负责的态度和事事善于精打细算的做法，被当地人称为"精先生"。

确实如此，凡是经过父亲过数的材料或者工具笔笔有记录，消耗有依据，账目一清二楚。

有一天，工程队长向我诉苦，说父亲做事太较真，他这个当队长的家里需要借用一下工具，还得老老实实写借条，否则父亲就是不给，至于报销费用更是丁是丁卯是卯。

可是，我清楚地记得，父亲执教三十多年，桃李满天下，有时碰到父亲的学生，总有人告诉我，陆老师天性善良，经常慷慨解囊接济困难学生，替学生垫付书费杂费。同时，不厌其烦地进行家访，帮助学生解决实际困难。

二十世纪九十年代中期，父母搬到城区居住，夫妻俩相濡以沫，并且和周围邻居和睦相处，关系十分融洽。当然，父亲烧得一手好菜，家人没少享受。每逢节假日，一大家子更是其乐融融。那时，父亲头脑清醒，习惯将要做的事情、经历过的事情，以及发生过的事情一一记录在本子上。因此，在父亲的房间和餐桌上见得最多的是笔记本、纸和笔。

父亲非常关心国际、国内时事政治，看新闻、阅杂志、读报纸成了生活中的乐趣；看到好的文章和一些知识后马上剪下贴在专用剪报本上；看到电视精彩之处，还会手舞足蹈、情绪激动、指指点点……于是，父亲成了家人眼中的"老小孩"。

也许有人不太相信，九十好几的老人兴致勃勃地摆弄着手机，玩微信，还将微信的昵称取名"回春"，寓意"返老还童"。

生命轮回，时光荏苒。2014年夏末，母亲油尽灯枯。料理完母亲的后事，我陪父亲住了几天。或许因过度的劳累，第二天的早晨，我的老毛病突然加重了，本应早早起床的我，脚踝处红肿且剧烈疼痛，以至于下不了地。可是，让我十分意外的是，父亲已将水杯连同治疗痛风的药送到床前，催着我赶紧把药吃了。我带着疑问注视着面带笑容的父亲，心想：难道父亲成了半仙掐指会算？原来，前一天父亲看我走路不得劲，似乎感觉到了什么，料想我的老毛病会再次发作，于是，昨晚悄悄地去了药店……

母亲走了，却把苦难的日子和悲痛留给了父亲。谁承想，母亲的离世给了父亲沉重的打击，原本十分干练、说话铿锵有力的"老小孩"，如今耳朵背了，腰也弯了，走路离不开扶手推车，且已经颤颤巍巍，力不从心。

父亲常常看着母亲的照片发呆，嘴里不断地念叨着母亲的名字，脸上的皱纹更深了。母亲的离世是父亲永远的痛。每逢母亲的忌日，父亲以一整天绝食的特别方式来纪念母亲，寄托哀思。

父亲告诉我，无论时间过去多久，母亲的音容笑貌依然在他眼前耳畔从未远离过。是的，母亲和蔼可亲，见人总是一脸笑，就像三月里的桃花，绽放着灿烂。母亲在父亲的心里又是一个坚强的女人，面对种种磨难，总是笑对人生，不弃不离。母亲的灵魂早已融进父亲的血液，渗入父亲的骨髓。

疫情防控期间，父亲"阳"了。医院下了两次病危通知书。谁也没想到，死神与他擦肩而过，医生硬生生将他从鬼门关拉了回来。

出院之后,情况发生了很大变化,父亲变得有些黏人,碰到家人总是依依不舍,而且尤其念旧、唠叨。他说自己患了一种特殊病种——亲情依赖症。没有别的,就是想儿孙,想家人。想想也是,现在许多儿女都把父母当成不花钱、不费力、好依赖的后盾,只会向父母索取、倾诉、撒娇,从不记得父母也需要陪伴。是的,我除了回家看看送点东西外,还给过他什么?我没有给父亲做过一顿像样的饭,没给他捶过一次背,洗过一次脚,可是,父亲却给了我无尽的爱。

我想,作为子女能否多一点儿关爱,去减轻父亲的伤痛和孤独感呢?其实,父亲心中那堵墙并非铜墙铁壁,只要多一点儿耐心,多一点儿沟通,父亲的心结总会慢慢打开。

俗话说:家有一老如有一宝。老人在,家才是家。老人需要什么?需要的是陪伴、理解、包容……当然,父亲有他的思维和生活方式,父亲的内心世界,永远都不会休息,即使身体休息了,他对母亲的思念也绵绵无期。每天不妨听听父亲喋喋不休的唠叨,不再让他在黑灯瞎火中发呆,陪他走出家门一起感悟自然、感悟高铁、感悟春光。

谁的流水账

父亲的账本,是对失去岁月的抚慰,是对过去生活的惦念,是生命乐章的音符,每一页纸,每一个字,都是真诚而炽热的,是父亲留给我们美好的精神财富。

如今,我也六十有几,常常扪心自问:我长大成熟了吗?作为

儿子,我合格吗?我真正理解我的父亲吗?作为父亲我称职吗?我
能体验孩子们在新时代的苦恼和快乐吗?

要说合格或者称职,那还得是我的父亲!

他那沉甸甸的账本,记录了我们这个家庭的艰难而漫长的日
子。他的账本不是属于他一个人的,而是属于我们整个家族,属于
整个时代的。他的账本也是整个时代的缩影。他替我们记录了我
们的成长,还有我们这一代人的成长。

父爱如山,唯有仰望!

捡麦穗·捡稻穗

曾经有人问我小时候捡过稻穗没有,我说那个年代,这活儿可没少干。其实当时在农村,对此事的表述只有两个字:捡稻(捡麦)。

二十世纪六十年代末,我正在读小学。农谚道:霜降一到不问老少。意思是告诉人们只要到了霜降,稻子可以大范围地收割了。

那个时候,老百姓十分珍惜粮食。大会、小会时时要求每个生产队颗粒归仓,不能糟蹋一粒粮食。

深秋的下午,上完一节课后,老师组织四、五年级的学生到附近两个生产队捡稻穗。带队老师说两个班开展捡稻穗竞赛,看看哪个班级、哪个同学捡得多。这下小伙伴个个信心满满,恨不得马上飞到田里……

很快,我们到了目的地。可是,稻田里湿漉漉的,走上去还有点儿陷脚。所去的学生大部分都穿着布鞋,大家面面相觑。这时,带队老师尽管穿了胶鞋,却毫不犹豫地率先脱掉鞋子,光着脚丫向稻田踩去。老师的无声行动,迅速得到我和其他学生的纷纷效仿。这时,老师让同学们排成一字形队伍,同方向一路向前。我瞪大了眼睛,生怕眼皮底下错过"漏网之鱼"。忽然,一个女生尖叫起来:"蛇! 蛇!"这一叫立刻引来很多人的目光,几个男生马上围了过去。等到老师赶过来时,那条手指粗的小蛇早已蹿入我身旁的排水沟,一溜烟地逃之夭夭了。

散落在田地里的稻穗有的站立,有的趴着,也有的被踩在泥土里。但是,深褐色的泥土贴着金黄色的"标签"确实比较显眼,同学们的眼睛亮亮的,所有稻穗都会被"一网打尽"。

走着,捡着,我一眼看到排水沟里静静地躺着一把扎得整齐的稻把。稻把的根部贴紧沟底,而头部的稻穗紧紧相拥枕在土埂上,仿佛亲密无间正在窃窃私语,又仿佛似无数只眼睛期盼着有人带走它们。我立马上前,拎在手中,掂了掂足有好几斤重。旁边的同学很是羡慕,说我的运气真好,下午的竞赛肯定拿第一。我当即表示,这个不能算,因为这是整把的稻把,是生产队社员捆扎之后随手一扔,收稻把子时没有发现,无意中被落下了,而不是我一根一根捡的。

这件事情随着同学的口舌,迅速传进带队老师的耳朵……

太阳渐渐西斜,我们的劳动成果已经装满两大箩筐。临结束之前,老师将我叫到身边,问明情况并得知我的想法后,当即投来赞许的目光。事后,有的同学说我犯傻,到手的名次不要。我呢,只是一笑而过,但内心非常快乐。

放学回家,我叙述了下午捡稻穗的前前后后。此刻,母亲脸上露出了灿烂的笑容,然后说了句"做人就要大气",随即便从衣袋里掏出一毛钱,说是奖励我去街上看小人书。

隔日,学校进行捡稻穗讲评,虽然我没有拿到名次,但我的做法同样得到了老师的肯定。

转眼,又到了第二年的"夏收夏种"。新来的班主任是个女的,姓汤,个子不高,清纯活泼,说话快人快语。印象极深的是一天下午,艳阳高照,毒辣辣的太阳毫不留情地炙烤着大地。按照学校的"支农"安排,汤老师带着全班学生到河对岸的生产队帮助捡麦穗。两点来钟正是一天中最热的时候,我们这帮小社员有的挎着竹篮,有的拎着筲箕(淘米用的生活用具)直奔田野。

别看捡麦穗比较简单,却有着技巧。一是步伐要顺着麦根向前蹿着走,可以防止不被麦茬儿"刺中"。二是麦茬和麦穗的颜色较为相近,难以识别。捡麦穗时还得凭手感。如果麦穗硬硬的有重量,则是实实在在的麦穗;倘若麦穗软软的说明麦粒已经掉了,捡的则是麦壳。

小社员们经过农民伯伯的现场指导,个个精神抖擞,凭着一双双火眼金睛开始了捡麦穗行动。没多久,太阳将我们的小脸蛋烤得通红,汗珠顺着额头往下滴,衣袖当着毛巾随手一抹继续向前。可是,我却中招了,挥手抹汗时一不小心被小小的麦芒钻了空子,这家伙死皮赖脸地钻进我的衣服,有的粘在我的皮肤上,弄得我奇痒无比,难受极了。好在身边的同学伸出救援之手,没费周折便将那家伙揪了出来。

时间不经意间从身边溜走。正当我们专心捡麦穗时,突然,响起"咚"的一声,扭头一看,右侧两个小伙伴都在抚摸着自己脑袋。原来,两个人同时发现了目标,双方弯腰出手,结果撞了一个响头,两个人对视傻傻一笑了事。这时,有位同学调侃道:"没事!没事!都是两个光头。嘿嘿,要是一男一女就有趣了……"

"响头"的话题刚刚打住,隐隐约约又听到"哎哟"一声,我转身望去,却见"死党"潘同学正蹲着身子,当时也没在意。过了一会儿,我发现"死党"走路总是踮着脚,十分别扭。我心里清楚,"死党"平时都是贴着地走路,同学们称之为"拖鞋皮"。再说,麦地里走路也不是这种走法。于是我走过去问道:你的脚怎么啦?旁边的一位同学指着潘同学的脚插话道:"他的鞋后跟破了一个洞口,刚才被麦茬子划了一个血印。"我听后明白了其中原委,及时向老师说明情况,老师当即吩咐潘同学坐在田埂上休息。然而,潘同学坚持说没关系,可以踮着脚走。老师想了想,突然灵机一动,掏出一块手绢折叠成条形,而后连着鞋紧紧地包扎在潘同学的破洞处。嘿,此办法很有效果,使得"死党"的身影继续在麦地里闪耀……

记住别人对你的好

　　如果我告诉你,我每天会想到的那几个人,他们既不是我的家人,也不是我的亲戚、朋友,而是关系普通的医生和同学,你一定不会相信。但事实就是如此,我每天真的会想到他们。

　　二十世纪七十年代初,11 月正是苏南农村水稻收割和播种麦子的最忙时期,简称"秋收秋种"。学校按照惯例给小学即将毕业的学生放了几天忙假,说是可以回家帮助父母干一些力所能及的事情。

　　其实,忙假期间,其他同学(班级里有比我大三到四岁的同学)能不能帮助家里做一些事情我不清楚,而我的确帮不了忙。按照我妈的说法,只要在外不闯祸就烧高香了。

　　放假前,班主任老师很负责任地履行自己的职责,告诫学生:"学校放忙假,不是让你们回去玩的,而是让你们帮助干家务的。有的同学也可以体验体验农民伯伯的辛苦,学习割稻子等农活……"

　　忙假的第二天早上,我被明晃晃的太阳照醒,妈妈早已沐浴在阳光之下烧好早饭等着我和姐姐。

吃完早饭,饭碗一扔我就去村上找小伙伴玩了一上午,并得到通知:放忙假的学生下午一点钟自带工具到生产队公房门口集中参加劳动。据说昨晚一位大哥哥到生产队长那里软磨硬泡,终于"请战"成功。

午饭一过,我心里痒痒的,嚷嚷着要妈妈找一把顺手的锯镰刀。其实,妈妈上午也得到了生产队同意学生割稻子的消息。此刻,妈妈将早就准备好的工具递给我,并催促我早点儿去村上等着。

我家住在白石港桥南边,距离生产队公房不到七百米,一路欢歌很快到了公房集中点。嘿,也有小伙伴比我来得更早的。

小伙伴前前后后到了十来个,每个人手上都握着一把锯镰刀,但形状不同,有的雪亮,有的黑黑的保护层还在。我非常好奇,走到每个小伙伴跟前左看右看,发现大部分为刀片式。何为刀片式?顾名思义,刃像刀片一样比较薄,握在手上小巧玲珑。另一种为镰刀式,刀面锯齿深长而锋利,相对而言较为坚固、厚重。而我手上的就是老百姓喜欢的那种镰刀式。

队长带着我们到村东面的"蛤蟆塘"(地名)田块割稻子。劳动前,队长介绍了割稻的要领及注意事项,一边讲一边示范。我拿着锯镰刀有模有样地学着队长的样子比画着,非常投入。

正式开始实际操作,小伙伴依次排开,每人收割一趟(七棵稻子)。我们弯着腰淹没在稻子中,无声地挥动着锯镰刀,一阵风儿掠过才能露出头顶。过了一阵子,已经割完一趟中的一半。此刻,腰已无法挺直起来。这让我想起长辈经常调侃"小孩子哪有腰",其实是说小孩不劳动就不可能腰疼。

是的,只要是人哪能没有腰!干着,割着,遇到一片倒伏的稻子。这是人们最不愿意看到的事情,它不仅影响割稻时间,还得弯大腰一棵一棵贴着地面割,一不留神就会被锯镰刀"咬"上一口。我一面割,一面叨咕着,正赶上一棵特别粗壮还带着绿色的稻子(这样的稻子比成熟的稻子硬茬),正昂首挺胸、虎视眈眈地盯着我,一刀下去没起大作用。稻子好像在说:"小屁孩,你能把我怎么着?"而我憋着一口气,用尽全力又是一刀。然而,稻子倒下我却悲剧了。锯镰刀重重地在脚背上开了一个大口子,顿时鲜血直流。跟在身后的小伙伴马上大叫起来,队长扔下工具迅速跑了过来,隔壁田块正在劳动的 J 姓社员听到喊叫声,拿着毛巾也赶来了,紧接着小伙伴们都围了上来。队长立马用一块毛巾紧紧地包住我的伤口。J 姓社员二话没说,迅速背起我向医院奔跑。

去医院的路上,我家门前是必经之路。妈妈听说我意外受伤了,十分着急,一路跑着跟进医院。赶到医院,医生及时对伤口进行了处理,打了破伤风预防针,并说要做缝合手术。那时,不知是麻药紧缺,还是伤口的地方紧挨着骨头无法实施麻醉,医生并没打麻药,就直接进行缝合。可想而知那是一种什么情况,每缝一针,都疼得我龇牙咧嘴,八针下来,冷汗已经湿透了衣服……

回到家里,妈妈并没有责怪我,只是说了一句"以后千万要小心"。那个忙假,我非但没有帮忙做家务,反而弄得妈妈忙里忙外,还要抽出时间照顾我。

转眼间,忙假结束该上学了。这时,既是邻居又是同学的司马来到家里看望我,并自告奋勇地对妈妈说道:"盛儿(我小名)进学校由我负责接送……"妈妈听了很是感动。

那时,司马个子比一般人要高,看上去一副大人相,其实他只比我大两岁多点。

司马与我分属两个大队。他一直与奶奶同住,小小年纪便承担了照顾奶奶的重担,应了那句"穷人的孩子早当家"。

我俩从上学开始一直同班,放学回家经常在一起玩耍。在我心中,他一直是个大哥哥。进入初中,我被分在一班,他被分在二班,而且我家也搬到河的北岸,两人的距离远了,但一直联系不断。到了高中,我俩又在一起学习。

早上,司马到了我家门口,妈妈出来打了招呼,不好意思地说道:

"司马,麻烦你了!"

"没事的!"

司马背着我向学校走去,虽然距离只有八百来米,但是,途中必须翻过一座桥梁。对于一个少年来说,即使背着一个小不点儿,可压在身上同样感觉很累。于是,背一段,累了,歇一会儿,再背一段,又累了,再歇一会儿。就这么几个反复,终于进了教室。此时,早读课已经开始,我们迟到了。一连几天都是这样,班主任怕司马太累,想多派几个同学轮流背我,但是被司马拒绝了。

司马不光每天背着我上学,还背着我放学。一天下午,上完第二节课后,天突然下起雨来,尽管在教室里躲了一会儿雨,但雨仍然下个不停。眼看天快要黑了,我说还是让家里人来接吧,可司马说啥也不让,还是坚持自己背。就这样,我俩撑着一把雨伞艰难地向家里走去。司马背着我一步一滑地前行,有好多次险些摔倒。那天回家花费的时间是平时的双倍,他终于将我送到家里。此时,天幕渐渐地落下，而他全身湿漉漉的。妈妈让他吃了晚饭再走，然而他不肯。

　　半个多世纪过去了。如今我每天早晨起床穿裤子、穿袜子，有意无意都会见到脚上五厘米长的疤痕，总是想起小时候割稻受伤的往事，总是想起那几个人，总是想起妈妈对我说的那句话："记住别人对你的好……"

割草之忆

"盛,撬草去……"这是二十世纪七十年代初母亲时常对我说的话。撬草是苏南的方言,其实就是割草。

那时,乡村的家家户户大多养猪、羊、兔,也养鸡、鸭、鹅等一些家禽,割草就成了不可或缺的家务活。

起初,我家居住在运河东岸的河拱上,房子只有两小间,无法养猪,母亲总是心有不甘。一个礼拜天,父亲正好在家休息,母亲便让他用竹子做了一只约一百厘米长、六十厘米宽、八十厘米高,上面有一扇小门的竹笼子放在西阳台上(驳岸形成的自家独立的屋后小空地),当时我把它看成鸡笼。

隔了两天,放学路上我边走边玩,一直在外疯到太阳下山,才急匆匆地往家赶。放下书包走到西门,突然发现竹笼里多了几只白白的兔子。这时,母亲问我为什么这么晚才回来,我对答如流,表面上装得很平静,其实内心是虚的,因为我去捉知了玩了。好在母亲没有怀疑,总算蒙混过去。之后,母亲告诉我这是长毛兔,专门养了剪兔毛卖钱的。我似懂非懂地"喔"了一声。

头几天,门外的竹篮里不停地变化着各种草料,有时草还湿瀍瀍的闪着银光。我没在意,也没有想那么多,只知道一有空便拿着草去逗逗它们,玩得很是开心。

可是,好景不长。又到了礼拜天,我刚吃完中午饭,忽然听到母亲的声音:

"盛,下午你去撬点草回来喂兔子。锯镰刀、菜篮在灶屋间。"

我噘着小嘴反问道:"叫我去撬草?"

"是的!从小就要培养你热爱劳动的习惯!"

听完这话,尽管十分不情愿,但透过母亲的眼神看出无法抗拒。就这样,我正儿八经地有了"工作"——割草。

割草,说起来容易,其实学问很多。初次割草,边玩边割,不管三七二十一,见草就割,之后统统装进篮子。临近傍晚,我美滋滋地挎着竹篮满载而归。母亲似乎料到我会这么干,见我回家便微笑地说道:"洗手,吃饭!"

母亲忙完一阵子后,不知从哪里变戏法似的也拎出一篮子草,当面将她割的草和我竹篮里的草分别撒在地上,我不明所以地看着母亲。这时,她指着我割的那些草说道:

"虽然你这一篮子草有一大半不能给兔子吃,但还得表扬你,因为你懂事了,能帮妈妈做家务了。"

然后,母亲又非常温和地告诉我,兔子喜欢吃青草、青菜、牵藤草等等,接着又为我普及草的知识和有关家禽家畜吃草的习性,现场教我分辨她所割的草名以及我所割的草名,而后还告诉我哪些草猪能吃兔子不可以吃,什么草有毒……

于是,我边"工作",边学习,渐渐地知道了很多草名,诸如青草、牛筋草、车前草、白茅草(茅针)、狗尾巴草、马齿苋草、秧草、豆板草、剪刀草（石灰菜）、稗草、九浪头、癞蛤蟆草等等。不久，我基本上学会和记住了辨识草的方法。

转眼，过了春节。生产队鉴于我家房屋狭小，便又在距离老宅约二百米处的村空地上安排我家建了两间平房。新建的平房说白了就是养猪、堆放杂物的猪舍，并不住人。房子盖好后，兔子立马搬进新居。过了几天，母亲又从金坛城里的小猪交易行抱回一只十多千克的猪崽。不知为何我家养猪了，兔子却被转手给了别人家。猪成了独占新居的"主人"。至于我的"工作"也没变，依旧割草，但职位变成了"猪官"。

诚然，猪崽吃东西、吃草不太挑剔，比兔子好打发，也好糊弄。尽管有时候因为我的贪玩，猪崽饿得嗷嗷叫，但只要猪还没长成出栏的样子就没事，至多在圈栏里吵闹而已。

那年暑假，我十二岁。有一天，吃完午饭，照例前往猪舍先喂猪再割草。可是，刚打开家门，就有几个玩伴叫我，我一面应着，一面随手把东西一扔，门也没关，撒腿就向外跑。至于喂猪的事，早就抛之脑后。这一跑就是一个下午，我是玩了一个痛快，但猪朋友没吃午餐饿得发火了……等到我回家吃晚饭时，不但挨了一顿臭骂，还闭门思过罚站三个小时后才被允许吃饭。

原来我离开猪舍后，这个近百来千克的猪老大（家里就靠它卖钱）或许本身就不安分，也或许是因为饿得厉害，强行将猪栏拱开一个口子，先是将屋里的东西搞得东倒西歪、乱七八糟，还不过瘾，又大摇大摆地溜出房子，逍遥自在地在野外散起步来。好在邻居发现及时，马上告诉了母亲。据说当时母亲请人帮忙，费了好大力气，终于将猪老大请回猪圈。

割草也讲技术和悟性。大自然中草的种类很多,其习性、生长环境、生长规律及形态也各不相同。虽然通过母亲的帮助,我懂得了一些知识,但是,如果不到大自然中去实践和体验,一切只能是纸上谈兵。俗话说,实践出真知。于是,我在实践中渐渐地摸索到割草的一些技巧,有的草可以拔,有的草只能揪,有的草必须割,有的草还得从根部挖……

割草在那个年代非常盛行,从生产队、大队再到公社,经常听到四个字——积肥造肥,其规模用"声势浩大"形容一点儿不为过,人们在心中把割草当成一场运动。一旦发起运动,草成了香饽饽,大家都在割,都在抢,都在完成指标。就连学校也不落后,每个班级、每个人都有任务。有的学生为了拿冠军,动员全家上阵的事情屡见不鲜。

然而,植物生长是有规律的,草也不例外,得一茬一茬地生长。由于割草运动,周围的草都割没了,必须跑到很远的地方去寻找。记忆中那年的夏收夏种期间,学校放假(那时学校为了支农,有放假的惯例),我在家人的安排下,趁机随生产队的挂浆船去邻县割了一次草,破天荒地超额完成了任务。

自从有了割草的"工作"之后,我非常"敬业",经常"加班加点"。母亲较为开明,曾经说过,玩是小孩的天性,也不指望他们做多少事情,只要在外不惹是生非就烧高香啦。其实,我的"加班加点"都是因为玩(赌)草和贪玩。那个时期,村里的小玩伴和我一样,割草时总是拎着篮子在田间地头到处游荡,会不约而同地聚在一起做游戏,最常见的就玩(赌)草。怎么个玩(赌)法?很简单。找一块空地或宽阔的圩埂,用两个差不多大小的 Y 形树枝,两头一般高,相距约三四十厘米,分别深插在土壤里,然后在Y形的叉口上横放一根直径有筷子粗细、长约五十厘米的枝条,在距离Y形树杈六米左右的地方画一条线(这个距离由大家临时约定),每人从自己的篮子里抓一把分量差不多的草放在一侧,以剪刀、石头、布的方法决定先后顺序,再拿着锯镰刀站在画线处依次投掷Y形杈上的横枝,谁将放在Y形杈上的横枝全部打落在地,则为赢家,一侧抓放着的草就归他。每到太阳落山前,我们就会聚在一起开始较量。因此,有时我会输得仅剩空篮,还得再去割草;有时还剩半篮草,就要小聪明,在草下面垫些树枝充数蒙混。不过,运气好的时候也赢过满满的一大篮草。正是"赌"的魅力,我有时欢天喜地,有时耷拉着脑袋,有时"加班加点"……这就是少年时期的乐趣。

当然,母亲对我的管教非常严,尤其是品德教育。其中,记忆深刻的有两件事情。

有一天,夜幕已经降临,村里家家户户都亮起灯,我挎着满满的一篮子草往回赶,尽管比平时吃力,还是一边走一边哼着小曲。回到家里,已过了饭点,见母亲和平常一样不动声色正在缝纫机上干活(母亲是裁缝),我三下五除二吃完桌上留着的晚饭,抹了抹嘴正准备站起来,突然,母亲揪住我的耳朵,痛得我眼泪快要掉了,脚尖不由自主地向上踮起来。母亲愤怒地问道:

"下午撺草,你都做了什么?"

我一边"哎哟哎哟"叫喊着,一边回答:"没有做什么!"

"没做什么?人家怎么会找上门告你的状,说你打了××?"

我一时语塞,支支吾吾。

"再不说,就把你的耳朵揪下来!"

还好,在我的苦苦哀求下,耳朵感觉终于轻松了许多。无奈之下,我只好一五一十说出了事情的来龙去脉。

当时,我们几个人在一起玩草(赌草),结果××篮子里的草都被我赢来了。眼看天快要黑了,××要我将草还给他,我当然不答应,他就到我篮子里夺,双方争夺之中,我和他打起来了……

母亲听完我的叙述,板着脸说:

"你这个小赤佬,怎么可以赌博?还打了人家!"

之后又道:

"赌博是不劳而获,你知不知道!"

原来回家前,××的母亲听说自己儿子被我打了,直接找到我家告了一状。我母亲告诉她,我还没回家。如果真是我的过错,一定狠狠地批评教育我。

第二天,母亲便领着我带着一篮子草登门赔礼了。

还有一次,那天傍晚,天下着蒙蒙细雨,我拎着不是很满的草篮子在田野里晃荡,走着走着,到了一块红花草(农村生产队专门种的)田块,只见几个男劳力正在对所开挖的草塘(农村专门沤肥用的)进行收尾工作,生产队长×××立马喊我过去,亲自抓了一大把因开挖草塘被废弃的红花草给我,当时我犹豫不决。这时,队长又告诉我没事的,他们每个人也都会带回家,扔在田里也是浪费。当我拎着草篮子回家时,母亲眼尖,看到篮子里的红花草,立即吼道;

"你这个小赤佬,怎么能偷割生产队的红花草!"说着就要打。好在我反应挺快,一个躲闪,母亲的手在空中画了一个弧线。

我理直气壮地回嘴:"×××队长给我的,不信你可以去问!"之后,母亲晚饭也没顾得上吃,真的急匆匆去了队长家……

后来,母亲回家说了一声:"今天冤枉你了。但记住:以后公家的东西千万不能贪,不能随便拿!"

正是母亲短短的一句话,让我受用终生。

随着时代的变迁与发展,如今专门割草喂猪、喂羊的机会不是很多了,除有意而为之,割草几乎退出了生产或生活的舞台,但割草的往事却牢牢地镶嵌在记忆里,也将被我永久珍藏。

夜幕下播放另一个世界的故事

　　人生有许多回忆,而在我的记忆中,最难忘的是少儿时代那夜幕下播放另一个世界的故事——露天电影。

　　时间回到二十世纪六十年代中期,我刚上小学一年级,暑假期间的一天上午,我在家门口正和几个小伙伴玩耍,一个中年人手拎糨糊桶和海报,一边张贴一边吆喝着:"晚上铁木竹放电影,故事片《小兵张嘎》……"回到家里,我赶紧把放电影的消息告诉了家里人。

　　下午三点多钟,太阳公公还在喷发着余威,室外像一个大火炉,烤得人们直喘粗气。这时姐姐扛起板凳,带着我向铁木竹走去,没几分钟就到了。

　　"铁木竹"听起来有点儿别扭,其实就是一家生产、加工农具和生活用品的乡办企业。铁木竹大院内,只见近千平方米的放映场地已经摆放了好多凳子,凳子有长有短,高低不一,颜色各异,式样林林总总,可谓五花八门。看露天电影选位子很有讲究,远近都不行,只有在放映机正前方一到三米的地方为最佳。好在我们及时赶到并选中了满意的临时地盘。

晚饭一过，街上的人像赶集似的涌向铁木竹，我和家人也夹在人潮中挤进了铁木竹的大门。这时场地上已经人头攒动，有认识的也有不认识的，有坐着的也有站着的，而且在不远处的树上、木堆上，都有人影不停地晃动着。我在黑压压的人群中寻找，很快在姐姐的高声喊叫和招手示意下，终于到了我家的地盘。这地盘其实不大，只能放一张长木凳和一张高脚凳。说到高脚凳，其实是家里人为我特制的，它比一般的凳子高出三十来厘米，所以每次看电影，都会遭到后面不少人的白眼。好在家里人总会提前打好招呼。我坐在凳子上扭头向四周扫了一下，看到无数双眼睛都盯住前方一个目标——白色幕布。我问父亲还有多少时间，父亲看了一下手表说："快坐好，马上要放电影了。"话音刚落，放映场上的照明灯突然灭了，嘈杂声也渐渐没了，紧接着放映员一个连贯动作，只听"咔嚓"一声，一束折射光照在十米之外的白色幕布上，伴随着音乐显出四个大字"小兵张嘎"，另一个世界的故事开始播放……

　　这部电影是我懂事以来第一次完整地看完的片子，也是让我第一次受教育的电影。从那以后，露天电影成了我少儿时代最忠实的朋友。每当听到乡里某地方、某村庄有露天电影，我会毫不犹豫地去满足欲望。一来二去，常常是半夜而归。就为这，家里人不得不给我来了一个约法三章：家里有事不得去看电影，第二天上学不得去看电影，没有批准不得去看电影。而我总是想着法子应付家里人。

　　当然，看露天电影最恐惧的是黑灯瞎火走夜路，尤其是阴雨天。有一年五一劳动节放假，邻乡湖企村的远房亲戚来我家串门并邀请我们晚上去看电影,我高兴得跳起来。但母亲说:"老天从早上到现在一直是阴沉沉的,夜里肯定会下雨,还是不要去了。"这时,父亲说:"放假也让小孩子高兴高兴。"就这样我们全家出动。说来也巧,那天电影散场没几分钟,老天终于憋不住了,下起雨来。好在我们早有准备,马上撑起雨伞,穿上雨衣,急忙忙往家赶。当路过长荡湖滩涂边的乱坟岗时,不远处闪烁的亮光吓得我毛骨悚然,紧张地喊道:"鬼火!鬼火!"不由自主地上前抓住父亲衣角。父亲笑道:"不要怕,那个亮光是骨头中含磷的原因,只要遇到阴雨潮湿天气就会发出光来。"后来父亲又补了一句:"等你读初中时就晓得了。"我听了却是一头雾水,直到初中上化学课听了老师的解释,才明白其中的原理。

我原本在集镇中心小学就读,不知何原因被安插到村里学校,然后又从村里再回到集镇中心小学,前后折腾了几次。直到进入了三年级下学期,总算有了固定的场所。可是,在那个年代,学校的管理、老师的教学、学生的学习都是一言难尽。有一天晚上,身为学校老师的父亲,不知是出于老师的本能还是望子成龙心切,从包里取出一本用废弃考卷装订好的、只有手掌那么大小的本子,我看着发愣。这时,父亲一脸严肃地说道:"学生的任务就是学习,你也读三年级了,该是提高写作能力的时候了。"接着用毋庸置疑的眼神注视着我,又说:"从明天开始,你用这个本子的背面写日记……"

一个月后,父亲从乡下的学校回到家里,晚饭后要检查我写的日记,我胆怯地将本子递过去。父亲看着,眉头紧锁,我不敢正视父亲的眼睛,只能用余光瞄着。过了一会儿,父亲带着一种恨铁不成钢的语气说:"你这是日记? 我看是一篇篇流水账……"

转眼,我开始上小学五年级了。一天下午,同学告诉我王家村晚上放电影,问我去不去,我说:"不去,明天要上学。"话虽这样说,我心里却是痒痒的。

吃过晚饭,我和母亲撒了一个谎,说是去街上玩玩。其实我的心早已飞向了电影场。那天晚上要连续放映两部电影,这样的机会我哪能放过呢? 心想豁出去了,大不了挨一顿骂。直到电影散场,我才和同伴匆匆往家里赶。当我回家推开门时,撑门的木凳突然发出"呜呜"响声,这时堂前的电灯亮了,墙上的摆钟很不知趣地重重敲了十一下。母亲问我干什么去了,我说去王家村看电影了,母亲不由分说举着手快步向我走来,我侧身一闪,躲过一劫。母亲怒声吼道:"明明去看电影,为什么说谎?"我自知理亏,眼睛贼溜溜地盯着母亲。这时,父亲从房间里出来打圆场,摆摆手说:"算了,他又没去干坏事。"母亲指着我说道:"下次再说谎,看我怎么收拾你!"然后愤愤然回房间了。我如释重负,长长舒了一口气,正准备去洗漱,这时父亲一声"等一等",让我再次紧张起来。然而,父亲一改往日的严肃,面带微笑地说:"去看电影本来没错,错就错在欺骗你妈妈,这种情况以后不许再发生。"接着父亲又说:"喜欢看电影是好事。但是,通过看电影你懂得了什么? 学到了什么? 有什么感悟? 你能用文字写出来才算有本事……"

上床之后,父亲的话不断地在我耳边回响,我不知不觉睡着了。第二天,我及时将昨晚发生的事重新在脑海里过了一遍,然后写下了比平时长了许多的一天记事。之后,我写日记的态度也由被动变为主动了,而且很用心地记下了露天电影中的很多经典台词。比如《小兵张嘎》:"你可要想清楚了,你没听说吗,别看今天闹得欢,小心明日拉清单。"《智取威虎山》:"天下事难不倒共产党员。"《烈火中永生》:"我们的荣誉属于党啊,毒刑拷打是太小的考验,竹签子是竹子做的,共产党员的意志是钢铁做的。"《英雄儿女》:"为了胜利,向我开炮!"《列宁在十月》:"面包会有的,牛奶会有的,一切都会有的。"《平原游击队》:"这里是中国的土地,不允许你们为非作歹。"《董存瑞》:"为了新中国,前进!"其中,电影里"共产党"这一名词在我心中早已深深地扎下了根,让我明白一个真理:没有共产党就没有新中国。只有共产党才能带领全国人民过上幸福美满的生活,才能实现"四个现代化"的宏伟目标。同时也让我定下了一心向党、始终跟党走的信念。

几十载弹指一挥间,悠悠往事记心中。在那个年代,露天电影几乎成了乡下人文化娱乐生活的主要精神食粮。而我在露天电影的陪伴下快乐成长,由不懂事的小孩变成了少年,从少年成长为青年。露天电影不仅给我少儿时代带来视觉、听觉的享受,让我度过了许多快乐的时光,更重要的是让我了解了世间百态、人俗风情、善恶交错以及人间的真善美,懂得了正义终究战胜邪恶。

如今在党的改革开放政策指引下,中国重新崛起,中国再次腾飞。城市变了,农村变了,露天电影也渐渐退出历史舞台,取而代之的是影吧、数字电视、微信、手机……也许有人会说露天电影登不上大雅之堂,但它却实实在在为社区普通民众、为农村老百姓带来了快乐和欢欣。它是老百姓的生活记忆、快乐记忆,是一种难以忘却的乡愁,是一种挥之不去的情怀。它更像一坛老酒,一旦打开即可让你回味无穷……

我的班主任"牛先生"

"数学老师是淮阴师专毕业！"

"语文老师是南京师范学院中文系毕业！"

"听说我们班主任牛得很！"

二十世纪七十年代中叶，我所在的学校教室门外走廊上，正当一簇一簇的高中班少男少女谈论得起劲时，"铛铛铛"响起上课铃声，同学们如一群蜜蜂般拥入教室。还没坐稳，意外发现老师已经站在讲台的一角，不动声色地看着同学们进入。

这位老师四十来岁，中等个儿，国字脸，小平头，长长的眉毛倒立，眼睛不大，但很有神，身着藏青色中山装，表情严肃，给人的感觉是不好相处。

"同学们好！"

顿了顿，他又接着说道："我是你们高一班的班主任兼语文老师。"正当我们等着下文的时候，他离开讲台，信手在黑板上写下"业精于勤，荒于嬉；行成于思，毁于随"一行字。此刻，同学们被老师那苍劲有力、潇洒自如的板书所惊艳。教室里叽叽喳喳一阵躁动，你一句我一言地说出了同一个意思——字写得真好！

突然，他转身问道："谁知道黑板上这两句话出自哪里？"

沉默，寂静。

我想起什么，随口答道："《劝学篇》。"

"对！"

不知是赞赏，还是兴奋，老师吐出一句"孺子可教也"，弄得全班同学似懂非懂，一阵茫然。

随后，他在这句话的前面加上"韩愈"两字，然后又在"行成"下面重重地画了双横线。或许用力过大，粉笔断了，但他毫不在意，接着说："我姓蒋，名字取于韩愈《劝学篇》中的'行成'，蒋行成……"

原来老师巧妙地将自己的名字和古代名句结合起来，不仅说明他是一个有思想的人，还明明白白告诫学生，人要过好这一生，"勤"和"德"两者缺一不可。

没过几天，班主任的老底被同学们扒了个底朝天。原来老师的名字本不叫"行成"，这名字是后来在县中读书时改的。他从小酷爱书法，读书时喜欢诗词，尤其擅长古诗词，而且喜爱写作……

一个星期后的晚自习，他满脸严肃，举着一沓作业本在手中摇晃着说道："先不说同学们的题目答得好不好，单说作业本上写的字让我看了就很不舒服。有的同学不仅字写得不好，还涂涂改改很不整洁，至于都有谁，我就不点名了。"此刻，老师那锐利的目光前后左右扫视着整个教室。忽然，他的目光和我的视线在空中交会，我的心不由得咯噔一下，莫非我也在其中……没等我反应过来，接着他又道："字是一个人的脸面。你们今后要走的路很长，毕业之后走上社会，如果写得一手漂亮的字，人们不管三七二十一，基本认可你是个有文化、有知识的人。"此话尽管有点儿偏颇，但当时的社会现实中普遍这样认为。

之后，晚自习毫无疑问又增加一个内容——练习写字。好在有这么一个爱好书法的老师盯着，加上同学们都是高年级学生，学起来也就很顺畅。

转眼到了年底，社会上刮起一股"读书无用"之风，很快波及学校，领导和老师对于学生的管理畏首畏尾，有的老师为了少找麻烦，期末考试干脆免考。但"牛先生"不信那一套，他说："学生的主要任务就是读书、学习。不考试是对学生不负责任。"因此，他所教的课程考试一律闭卷考试，考场纪律十分严格。有的老师劝他不要一根筋，还是随大溜为好。他很牛地回道："只要我当一天老师，学生就得考试，还是闭卷。"

第二年春天，学校开展讲故事活动，我们班 H 同学以孔子的弟子子渊"买猪手不买猪蹄"为情节，编了一个故事。学校开会决议时，有人认为这个故事不符合当时形势，根本没有实际意义，要"枪毙"这个故事。这时，蒋老师牛劲上来，毫不妥协，始终坚持自己的观点，认为猪手和猪蹄有根本区别。于是，有的人说蒋老师爱较真，喜欢钻牛角尖。最后，校长拍板同意试试，结果故事在全校演讲后，学生不仅反映极好，而且都说既有趣味性，又长了知识。

古文是中学时代难啃的骨头，也是考试最容易失分的内容。蒋老师从来不要求学生死记硬背，而是指导学生掌握学习方法，正确理解古诗词语的用法及规律，并设计了一种古文常用字表，列出有关词语在古文中的运用。这种通俗易懂的教学方法很实用，学生记得住，好理解。

为了提高写作技能，记得那年刚入夏，蒋老师领着全班同学来到学校生活区的小花园。此刻，小花园内蜻蜓聚会，彩蝶飞舞，月季花、大丽花、鸡冠花、美人蕉、太阳花，还有一些叫不出名字的花花草草和树木。蒋老师要求同学们务必细致观察，用心去想象，去感受环境和植物的美感，然后写一篇作文。

返回教室，他又传授一些写作技巧，指导学生写景写物不要概念化，也不要一成不变，要有感而发……

蒋老师课余时间经常和我们讲故事，内容主要取材于《水浒传》《西游记》《红楼梦》《三国演义》等四大名著。有一次讲武松打虎，当说到老虎张大血口举着两只前爪，正扑向武松时，蒋老师没了声音。同学们静静地等待下文。老师也许为了吊足学生的胃口，迟迟不开尊口，学生急忙问怎么不继续讲，老师指了指讲台上的表，不疾不徐地回道："且听下回分解。"尽管同学们再三恳求，老师还是大手一挥："明天见。"

蒋老师给学生上课最不喜欢照本宣科，他习惯手上拿着粉笔一边游走，一边讲课，就好像在讲故事。同时，他的眼睛还不时地在课桌前扫过，好像有未卜先知之功能。他上课要求很严格，只要发现哪位学生开小差、做小动作或交头接耳，他便会出现一个滑稽的动作，即肌肉一收缩，眼镜从鼻梁上滑到鼻子尖，然后，干咳一声说道："×××站起来回答问题。"结果可想而知，答非所问。

一天上午的语文课，刚上课没多久，突然传来蒋老师的干咳声，我心想不知哪位学生又要倒霉了。果真如此，坐在前排靠墙壁的S同学被点名回答问题，结果引来一阵哄堂大笑。事后得知S同学不知从哪里逮到一只天牛，上课时正低头玩得起劲，却被老师发现。

可是谁也没想到，下午同学们一进教室，意外发现黑板上画了一只歪着头、侧着尖角准备格斗的大公牛。牛背上竟然写着："此乃先生也。"

也许是 S 同学有意而为之，头两节恰巧是作文课。上课铃声响了，教室里仍然没有消停。不一会儿老师走进教室，感觉同学们的表情有点儿怪怪的。只见一位同学指着黑板说道："老师你看！"

蒋老师侧身一瞥，眉头一皱，但瞬间恢复了平静。接着他很幽默地说道："谢谢这位同学，知道我属牛，画得真好。可惜我不会打架，更不会格斗呀！"短暂的沉默后响起一片掌声。

这件事情很快在校内传播，一些学生及家长私底下称其为"牛先生"（在老家，那个年代的老百姓习惯称老师为先生）。有的老师不经意间也会冒出一句：你们"牛先生"怎么怎么……

这就是雅号"牛先生"的由来。

当然，也有人说"牛先生"平时不善言语，表情有点凶。其实不然。有一次晚自习结束后，轮到我和另外一个同学值日打扫教室。扫着扫着，突然一只小鸟从头顶闪过，我一阵狂喜，活儿也不干了，立即吩咐另外一个同学关好窗子，以防小鸟飞出教室。很快我和小鸟开始了一场拉锯战，小鸟飞到哪儿，我的扫把就舞到哪儿，一时间整个教室的桌子、椅子七倒八歪，桌面、椅子上都留下我"战斗"的鞋印，而讲台上的墨水瓶早已"献身"，地面上多了一块黑渍。或许小鸟受到惊吓，或许小鸟被我连追带逼已经精疲力竭，无路可逃，它的两只翅膀尽管张开，却有气无力地顺着墙壁直往下坠，很快成了"俘虏"。可是，还没等我炫耀一番，突然，门外传来

"牛先生"的问话:"谁还在教室里？"

声到人到,一进门他看到我手上抓着小鸟,又看到现场一片狼藉,当即明白是怎么回事。此时,他的眼睛盯得我心里直发毛,思忖着挨骂是跑不掉了。不承想"牛先生"突然冒了一句:"捣蛋鬼,还不跟我到办公室弄点儿水来清理一下,顺便把小鸟也放了。"

第二天一切如常,只是讲台上的墨水变为一瓶新的。

"牛先生"开心的时候眼睛只剩一条缝。有一天晚自习,老师照例到教室巡查,我大声嚷嚷:"蒋老师刚刚写完一篇小说,手稿我看了,大家要不要听一听！"紧接着便是同学们的一阵起哄,老师禁不起同学们的软磨硬泡,只好瞪了我一眼了事。

不过,当时的小说题目记不清了,只知道是一篇言情小说。那次,他读得绘声绘色,手舞足蹈,可谓声情并茂。当他模仿小说中女声腔调时,同学们哈哈大笑。"牛先生"也笑了,那脸蛋跟大核桃似的。

还有几个月就要毕业,学校安排我们班到远离镇上的渔业大队进行社会实践,我住在老师的外间。偏偏这个时候发生了最担心、最敏感的事情:学生之间谈恋爱。

一天晚上,他表情凝重地问我:"陆盛,你晓得班上有人写纸条吗？"

我一头雾水,反问道:"什么纸条？"

"你真不知道？"(当时同班同学的年龄相差较大,我是最小的之一,有的同学比我年长五岁)

"当然。"

这一晚,老师一直绷着脸,脸上的皱褶一个挨着一个。

第二天,另外一位要好的同学告诉我:"有人向老师反映说前几天有男同学写纸条给女同学约会了。"

说来也怪,"牛先生"不知用了什么秘密武器,麻烦事没有继续发酵,班上依旧风平浪静。

毕业之后我曾经就"纸条"事件问过老师,"牛先生"始终没有透露谁和谁,只是讲,事情调查清楚后便和当事人讲了一个故事:

"曾经有一个青年,组织上安排他到某地出差,坐在车上一路都是好风景。这个青年在汽车行驶到一半时,一时被某地美丽的风景所迷住,于是中途下车了,结果事没办成,却带来住宿、吃饭、费用等许多问题。事后领导告诉他:人的一生要经过情感、金钱、亲情、提拔等很多诱惑,就看你能不能把握……"

我百思不得其解,问道:"一个故事就打发了?"

"对! 就这么简单。"

若干年后,我从部队回到地方工作,渐渐地与"牛先生"的接触多了起来。

有一年五一假期,我计划去看望老师,便挂去电话预约。刚接通,对方的嗓门震得听筒嗡嗡作响,一再重复着两字:"好的,好的……"

我深知老师的脾气,第二天上午便提前去了他家。谁知刚到三楼,老师却已站在门前,一见面爽朗的笑声弥漫整个楼道。进屋寒暄几句后便直入他的书房。嘿,不算大的工作室,除了摆放着中外名著等书籍,还有宣纸和练字用的旧报纸以及他的墨宝和书法作品。此时,老师的话匣子一打开便是滔滔不绝。

后来的几年时间,"牛先生"成了国家级标准草书学社会员、中国老人书画研究会会员，还出版了自己编写的专集。

随着他的书法名气越来越大，请他写匾牌、单位名称、对联、楹联、寿字、福字的人络绎不绝，但他从来不收费。

岁月如梭，2016年的初夏，"牛先生"已是九十有二的高龄。为了办好毕业四十周年聚会，我特地登门请老师参加活动，他爽快地应允，并为我即兴赋诗一首：

师生久别欣相逢，笑语方知非梦中。

四十年华弹指过，春风桃李情尤浓。

过了四年多，"牛先生"终是没能撑过疫情，便带着深深的眷恋，去天堂周游世界了。

这就是"牛先生"，我的班主任老师——蒋行成。

开河往事

江南水乡因水而兴。

二十世纪八十年代以前，每年冬季是农村最清闲的时候，但也是疏浚河道、清理沟渠的农田水利建设旺季。官方称之为"兴修水利"，农村老百姓俗称"开河"。诚然，在那个年代，无论开河、开渠、筑坝、填塘根本没有挖掘机、推土机之类的机械施工设备，都是靠着双手和肩膀干出来的。

记忆中1977年的新年伊始，一天下午，刚吃完午饭，生产队长就上门抓了我的公差，说是会计不在家，要我和他一起上工地领任务。当时我十七岁，还是一个刚刚高中毕业乳臭未干的毛头小子。

走在路上，生产队长详细介绍了公社开河的具体情况。我这才知道，全公社组织辖区所有大队近二百来个生产队的劳力集中到大荡圩"开庄阳河"。

步入工地，彩旗飘飘，"水利是农业的命脉，鼓足干劲，力争上游"等宣传标语一个接着一个，高音喇叭里男高音、女高音此起彼伏……

我俩很快到了属于我们大队的工地现场。不一会儿，全大队"领任务"的各生产队人员悉数到齐，先是大队书记作了简单动员，然后，由大队长和大队会计按照抽签的方法进行工地划分，当场画了灰线，立了标杆，并在灰线上扎草作为标志。

隔日，通往工地的乡村道路上出现一道亮丽的风景：三五成群的民工有的用板车拉着铁锹、镐头、钉耙、挑箕等工具，有的挑着铺盖，有的扛着炊具，一支支浩浩荡荡的民工队伍从四面八方拥入工地，颇为壮观，好一片繁忙景象。

芦家大队被安排在庙圩村居住，而我们第十六队的驻地距离工地比较近，只有三百来米。也许是队长较为年轻的缘故，处事风格往往与众不同。按常理，开河都是挑选男壮劳动力参加，可我队除了十来个男劳力外，还有八朵"金花"(其中一人为厨娘)加入其中。男的住在村上一位蒋姓人家家中，八朵"金花"则住在隔壁王姓人家家中。按照队长的说法，"男女搭配，干活不累"，事实也是如此。

蒋姓人家住房较为宽敞，还带有一个院子。我队十多个男的睡在一个屋子，分两排打了地铺，中间只能留下不到三十厘米的过道，头一律靠在两头墙壁，以防晚上起夜踩踏。

当时地铺在乡村比较盛行，简单而又便捷。记得小时候，家里来了亲戚、朋友，我就喜欢抢地铺睡，一是出于好奇，二是觉得好玩。只要选择一点儿空地，铺上厚厚的稻草，再垫上床单、被褥，地铺就成了。睡上去柔柔的，堪比土沙发，又如席梦思，很是舒服。而且，可以任由玩耍、翻滚，都没有摔下床的顾虑。

解决了"睡"的问题，"吃"的问题同样至关重要。生产队长征得主人同意,在院子里临时搭了一小间简易灶棚,垒了锅台,置备了炊具、水缸、竹篮等生活用具。

在那个年代,能够参与开河是一种幸福。当时有一条不成文的规定,一切以开河为中心,所有工作和物资保障首先确保工程需要。开河的民工每天还有三毛钱的伙食补贴。我队地处集镇,集体"三产"搞得较为红火。因此,开河的补贴相对高一点儿,伙食标准是三天小改善,一个星期大改善,至于"完工酒"就更不用说了。

安排好吃住的第二天,开河的"战场"正式拉开。一眼望不到边的开河工地,人头攒动,来来往往,川流不息,那种场景说是声势浩大一点儿不为过。几千名民工奋战在工地第一线,着实让我大开眼界。

三天后,我无意中发现相邻生产队与另外一个大队的工地接壤处留了一个长长的"尾巴",当时我不明白怎么回事,后来听人说两队谁都不想多干。土越挖越深,自然越留越多,变成一堵"土墙"。

当天下午,身为工程总指挥的我生父,例行巡查时看到那片"土墙",得知原因后,当即通知各大队领队到此处召开现场会,专门解决这个问题,并由双方各派两个人,清除了土墙。之后整个工地再没有出现类似情况。

开河对于我这个初出茅庐、刚刚回乡务农的小青年还真是大姑娘坐轿子——第一次。头几天,只是在平地上凿土开挖,挑担子走路较为轻松,加上有种新鲜感,一天下来感觉不是很累。随着工程推进,河坡越来越陡,双脚既要蹬力,肩膀还要控制重担平衡,一个来回已是气喘吁吁,感觉非常吃力。时间久了,我的手掌磨破了,肩膀压肿了,到了晚上腰酸背痛,骨头也仿佛散了架。真是累到家了。好在我们小组的正、副组长处处照顾和关心我,有时安排我挖土,有时安排我去坡道清理道路渣土,有时又让我到大埂上平整场地。后来,经过一段时间的磨炼,我也慢慢地适应了这种苦活,也听从了我生父的告诫:"年轻人多吃点儿苦没关系,这样对将来很有好处……"

开河期间,队长将我们二十多人分为三个小组。我们这组六男三女,一男一女为正副组长。组长司马大哥,一米八六的身材,皮肤较黑,体格健壮,生产队干活很是一把好手,几百斤重的担子挑起来健步如飞。工地上,寒风刺骨,可他干起活来尽管身穿单衣,还是汗流浃背。他不仅以力大身魁出名,而且饭量大得惊人。不过,开河有一个不成文的约定,凡是民工吃饭用粮必须保证管饱、管够。因此,早晨直径约四五厘米的圆形米粉饼一般人吃十来个即可,而他肚子里能装下三四十个,中午更是三大碗米饭不在话下。于是,人们送他一个雅号——大碗哥。

组长是这样,副组长胡姐也不逊色,是个有名的"假小子"。她一米六几的个子,齐耳短发。给人的感觉是清纯、靓丽、干练,干起农活总是先行者。尤其在工地上忘了自己的性别,男劳力干的,她一样也不落后,及时、快速、按质完成土方工程,可谓巾帼不让须眉。说实话,女同志上工地较于男同志有诸多不便,但是她全然不顾。有一天,胡姐感冒发烧,按常规应该回家休息,可是她吃了药之后,依然奋战在工地第一线。

冬季开河,早晨按时起床是领队较为头痛的事情,一些大老爷们儿平时喜欢焐被窝、睡懒觉。每天早上,队长便吆喝大家赶紧起床吃早饭。有时,大伙儿调侃队长是《半夜鸡叫》里的"周扒皮"。队长非但不生气,反而连骗带哄将这帮大老爷们儿管理得服服帖帖,没有任何怨言,因为大家有了最爱听的一句话:"晚上加餐!"

加餐对于平时生活鲜见荤菜的民工来说,无疑是件快乐的事情。工地上大多数生产队的伙食几乎每天都以青菜、萝卜、豆腐等素菜为主,外加一点儿肥肉熬油起鲜。可是,我们队长对待伙食编了一个顺口溜:"民工吃不好,重担无法挑,要想完工早,荤菜不能少。"于是,我们生产队的伙食是顿顿有荤,猪肉、鲜鱼、家禽餐餐不同样。就这样我们将猪肉化成明日挑土方的劲,将鸡肉化成爬高的蹬力,将鱼肉化成干活的动力。

开河期间最开心、最热闹的时刻莫过于看电影。工程指挥部除了下拨粮油,增发猪肉、蛋禽指标外,放映露天电影是慰劳民工的另一种最有效、最受欢迎的办法。民工白天干活非常辛苦、劳累,而晚上看一场电影起到了最好的解乏作用。工程指挥部基本安排放映老的片子,诸如《南征北战》《打击侵略者》《上甘岭》《铁道卫士》《列宁在1918》等影片。这不仅丰富了民工的文化娱乐生活,更重要的是为民工增添了无穷的精神力量。

当然,开河不可能全是晴天、好天。一旦遇到下雨天,民宅的地铺成了我们的天下,大伙儿自由自在地在地铺上说笑,也可以打牌、下棋。其中最有趣的要数几个打牌的人,几个回合下来,胜利者哈哈大笑,失败者脸上挂满纸条,女同胞也不例外。整个屋子打牌的人少,看牌的人多,热闹非凡,时不时传来男男女女嘻嘻哈哈的笑声,大伙儿开心极了。

我们一天天招手迎接日出,又一天天将落日送走,河床也一天天清晰起来。转眼，到了开河的关键时刻——拉河心，其实就是挖河底。挖河底在开河中属于最累、最苦的差事。说实话，工程越往后，干活越费力。即使一个人空着手往上爬近二十来米的高坡，加上湿滑，到了上面已经是上气不接下气。何况担压肩，可想而知那是多么艰难和辛苦。最讨厌的是我们在挖河底时遇到了"流沙"泥土。这种"流沙"泥土稀稀的，但比泥浆干一点儿，黏性十足，一般的工具无法使用，而且干活的人必须穿高腰雨靴。好在队长脑子灵、反应快，当即派人回家用绳子、化肥袋子做成敞开式的兜兜挑箕，结果到现场一试，果然效果不错……

　　岁月流逝，几十年过去了，如今再也听不到哪里还有人工开河的说法，再也看不到那种人山人海蔚为壮观的场面，再也不见乡村道路上那浩浩荡荡的民工队伍。此时此刻，只剩下挖掘机、运土汽车等各种机械设备的轰鸣声。

一个真实的同事

秋后的一天晚上去超市购物,无意中发现货架上摆着一摞姜汤茶,凝视沉思,脑海中的人物走出了尘封的记忆……

四十年前的秋天,我拿着介绍信直奔指前供销社主任办公室。

"请问您是王主任吗?"

"我就是。"

我递上介绍信说道:"我是来报到的。"

王主任笑着说:"好!好!"

简单地寒暄了几句,没等我板凳坐热,只听王主任吩咐隔壁的小钱:"你带着小陆去门市部看看,熟悉一下情况。"

我随着小钱向街中心走去,发现每一个门店的右上方挂着一块统一制作的门匾牌,白地黑字分别写着"××供销社百货门市部""日杂门市部""副食品门市部"……从东到西,粗略地数了一下有二十多个,几乎整条街都是供销社的门店。

我俩来到了农业生产资料门市部。

刚踏进门槛,就听小钱高声嚷道:"老杨,这是新来的小陆,刚从部队回来！"

话音刚落，一个身材中等、皮肤黝黑、满脸笑意，一双不怎么大却黑亮亮的眼睛里总绽放出神采的中年男子快步走来和我握手。恰巧一个老客户前来购物，老杨一边做生意，一边介绍着门市部的情况。

这是老杨给我的第一印象。

没多久，小钱和我一起随同各门市部到邻县别桥镇参加庙会，农村也叫赶集。隔夜，我们一行十多人坐着水泥挂浆船，连同数万元货物来到目的地。

别桥是个古镇，赶集的人特别多，很热闹。面对小商小贩的吆喝声和赶集老百姓的嘈杂声，我们忙忙碌碌一整天，终于卖空了大部分货物。等到大家收拾完东西，天色已经暗了下来，众人吃着干粮，趁着夜色返回。

那天，月亮不知躲到哪里去了，夜色很暗。

挂浆船在河中行驶。

突然，一个大大的黑影直接向船冲来，躲闪已经来不及，只听到"扑哧"一声，紧接着马达突然喷出一股浓浓的油烟味，瞬间挂浆叶片发出"呜呜"两声就不转了，但马达依然轰鸣。

船失去操控，在河中漂移。眼前的突发事件让我们束手无策，大家一脸茫然，只见老杨拿着手电筒说："挂浆被水花生缠住了。"

老杨一边指挥，一边拿着竹篙，顺水把船靠向岸边。没等我们反应过来，他已经跳入齐肩深的河水中，迅速清理这个"不速之客"——水花生。

水花生是一种生命力极强的水中植物。当时在农村，水花生和水葫芦、水葫莲统称"三水"。其中,水花生是挂浆机的克星。

大约半个小时后,老杨终于把挂浆机以上及周围的水花生清理完毕。

夜晚,冷风飕飕。冰冷的河水冻得老杨瑟瑟发抖,小钱让他喝一口酒暖暖身子,然后到船舱休息,但他坚持说道:"这里的河道我熟悉,还是我来开吧。"

这就是我认识的老杨。

转眼,过完春节。办公室人员实行门市部挂钩责任制,我被分到了农业生产资料门市部和棉花收购站。这无疑增加了我和老杨近距离接触的机会,接下来的事情让我终生难忘。

那一年的"桃花水"说来就来,连续下了好几天雨,水位不停地上涨,很快超过警戒水位。

老天似乎有意捉弄人,雨总是没完没了地下,全乡告急,大庆圩告急。因此,位于大庆圩东南角的农业生产资料仓库存放着数百吨化肥和几十吨农药受到严重威胁。其中有数吨农药还是前几年留下的纸质包装,一旦淹没后果不堪设想。

主任当机立断:组织抢险、围坝筑埂。

我们二十多个年轻职工立即赶赴现场,投入抢险。

晚上九点来钟,街上的高音喇叭还在不停地播放着乡政府的紧急通知:"全乡广大社员同志们,气象部门预报今明两天仍有中到大雨,望全乡人民行动起来……"

老杨急忙拿起电话打到仓库值班室,得知已经出现险情,而且王主任正带领二十多个职工正在抢险时,他在家待不住了……

抢险现场桅灯、手电筒发出的光亮,在风雨中不停地摇晃。哗哗的雨中,大家有的挖土,有的装草包,有的搬运……忽然,嘈杂声中我隐隐约约听到有人喊老杨的名字,我觉得有些奇怪,今晚抢险办公室没通知他,此刻他为何在现场?想着想着,前天的一幕浮现在眼前。

那天中午我和老杨一起在食堂吃饭,仓库主管小徐走过来问老杨:"看样子下午的雨不会停,我们还下乡送货吗?"

我看着老杨没有说话。

"供销社人讲的就是诚信,即使外面下刀子也要去。"老杨眉毛一挑,毫不犹豫地说道。

简单的对话让我多了几分对老杨的敬意。我接过话茬说道:"下午我们一起去。"

九里湾村位于我乡最边远的地区,交通十分不便。送货下乡都是用船。老杨得知村上五保老人需要送货上门后,他二话没说,立即前往。返回途中,由于下雨路滑,他一不小心摔了一跤,结果脚部严重扭伤,还挂了彩。

于是,考虑到他腿脚有伤,那天晚上的抢险领导也就没让通知老杨。

经过四个多小时的苦战,险情终于排除。这时,老杨忙着招呼大家喝姜汤。

后来得知,老杨打完电话后突然一个念头在他脑海中闪过:烧好姜汤,送到仓库。

说干就干,老杨很快将烧好的姜汤装进好几只暖瓶,一瘸一拐地走进雨夜之中……一千多米的路程平时没几分钟就能走完,然而,那天晚上他走了近半个小时。

此时，我看到老杨的脚上没了纱布，只有血迹和泥浆。

他的举动、他的为人让我懂得了人间温暖，懂得了怎样做人。

这个雨夜给我留下了永久的印记。

这就是我工作中的同事，一个真实的同事。

炒米

炒米是金坛农村的一个重要习俗,我家也不例外。二十世纪七十年代初的一个腊月,大概是吃了腊八粥后没几天,我当时小学毕业在家待着。忽然,门外传来吆喝声:"炒炒米啰,要炒炒米的把米送到生产队公房……"原来生产队长和炒米师傅在走村串巷。妈妈也听到了外面的喊声,她麻利地从里屋取出稻箩、旧棉花胎,又用筲箕装了满满的糯米挎在胳膊肘上,让我和她一起送过去。

当时家里有籼米、粳米、糯米三种,妈妈却只取了一种。她告诉我,炒米要用糯米,这样才香、松、脆、爽,其他两种米炒出来就不惹人吃。到了公房,趁炒米师傅和妈妈说话的工夫,我打量四周:公房很宽敞,大小山间连成一片;房子中间临时砌了灶台,两只直径约一百二十厘米左右的大铁锅并排镶嵌在灶台中间;灶台和烟囱通道正冒着热气。

炒米师傅把我家送去的米一番摆弄后,一挥手还给我们:"明天这个时间再来。"

我问妈妈为何要等一天,她告诉我,炒米要焐一天一夜。在这之前,炒米师傅要将米淘一遍,再用热水浸泡,之后将之放在稻箩里,四周用旧棉花胎围实、盖好,保温保湿。

第二天下午,我和妈妈带着昨天经过处理的米和一些荒草,赶到公房排队。这时,里面已经站了许多人。

我看到炒米师傅正两手不停地挥舞着炒棍,灶台上传来筛子筛铁砂的声响。我又凑到灶台旁边,终于看清了炒米师傅的炒棍,长约一百厘米,底部钉了一个直径五厘米、宽二十厘米的圆木,形成T字圆弧形。炒米师傅用得很灵活,铁锅、沙子、大米交织在一起,仿佛是交响曲……

等了好久,终于轮到我家。妈妈负责成品炒米的散热和装袋,我负责烧火。一开始我只顾拼命地向灶膛里添草,把灶膛塞得满满的,可是大火始终上不来,灶膛口还冒烟倒流。炒米师傅立马插话:"小朋友你的火功不好,炒出来的炒米也不好。"

后来,我才知道炒米师傅所说的"火功"的含义。一是炒米时要用旺火。如果用平日的稻草或麦草,不仅火力达不到要求,而且容易积灰。二是火力要均衡,火苗不能时大时小,否则,炒出来的米外观有的焦黑,有的变褐色,形成"僵子"不好吃。正因为这些,干的荒草、树枝或黄豆秸秆等才是合适的燃料。

花费了好大工夫,我家二十多斤米总算炒完了。我们把成品炒米塞进两个大塑料袋,满载而归。

实际上炒米只是普普通通的食物,但幼年的时候家中过年,餐桌上总离不开它。前来拜年的亲戚朋友,总要享受一顿三个鸡蛋泡炒米的款待。

说来也巧,那年春节,上海的叔叔回家探亲,当他年后返程时,我们为他准备了一些土特产和一袋炒米,他却只带走了那袋炒米。当时我不明白,叔叔为什么偏爱炒米,而放弃土特产。

过了几年,我向叔叔提起此事,他脱口而出:"吃在嘴里,暖在心里。"这短短的八个字,大概代表了游子对故土的眷念和热爱吧。

第四辑

异域采露

异域的天空蔚蓝如洗，月光一色明亮。

异域的一扇窗被打开，吹进一股新鲜的风。

异域不同风，他乡不同俗。走进异域，用眼睛、用心灵

感受那里的山情水韵、风土人情……

迷恋盐城

　　从盐城回到金坛这些天,时常回想起盐城的 1 号公路、湿地、"菊海"、森林……之前我曾去过三次,都在城区。第一次是 2003 年的春天,第二次是 2011 年的冬天,第三次是 2013 年的夏天。这一次恰好是秋天,不光去了城区,也去了乡村。

　　当然,前几次没有什么感觉,这一次突然发现我心里满满的都是盐城……

　　三个多小时的高速,汽车行至盐城市射阳县境内,海的气息越来越近了,风依稀带着丝丝咸味。道路两旁绿树成荫,宛如萨克斯管吹出的一段长调,悠悠回荡。

　　没多久,车子驶入丹顶鹤保护区游客服务中心,众人换乘游览车向丹顶鹤的家奔去。开着开着,经过路边的几间平房时,观光车突然慢了下来,我们注意到门前竖着一个女孩的画像,徐秀娟的名字在阳光下熠熠生辉。据保护区工作人员介绍,她就是电影《一个真实的故事》的原型,当年徐秀娟就住在这里。

　　其实,在我的记忆中,射阳县、丹顶鹤、徐秀娟,这些熟悉的字眼是二十世纪八十年代末通过媒体知道的。事情发生在 1987 年

9月15日的夜晚，黑龙江省齐齐哈尔市的女大学生徐秀娟在射阳县丹顶鹤自然保护区工作时，为了寻找一只走失的丹顶鹤而牺牲于保护区的复堆河中，年仅二十二岁。

车子离开平房越来越远，徐秀娟的影子却在我脑海中不停地浮现。我在想，一个年轻姑娘为了一只丹顶鹤，竟然将自己的生命置之度外，确实令人感动；我在想，徐秀娟是一座丰碑，记录了一代人的善良、胸襟和执着；我在想，无私奉献的她永远是后人学习的楷模。

观光车继续前行，湿地、沼泽地杂草丛生，芦苇飘荡。陪同参观的盐城市老科协刘桂娟秘书长介绍："作为全国丹顶鹤重点保护区，不对其作任何开发建设，故为原生态面貌。"

走进鹤园，看着各种不同的鹤，谁能想象，这些小精灵能够每年定时飞越千山万水来到这里栖息，这不能不说是一个奇迹！

园区秋色已浓，秋风将大部分植物染成金色，仅剩的一点儿绿色点缀其中，很是显眼。无名湖波光粼粼，荡着微澜，偶尔听见鸟叫，看上去似乎有点儿荒芜、静谧，其实并非如此。看着，想着，猛然间不远处的湿地茅草丛中飞出一群雪白的天鹅直冲天空，另一边，一群鸟儿正在水边嬉戏。

众人沿着湿地踏上湖中栈桥，忽然发现桥面上尽是鸟粪，但这丝毫没有影响大家的心情。登上瞭望塔，整个园区尽收眼底。据介绍，每年到这里来越冬的水鸟达五十万只之多，其中丹顶鹤就有三千余只。

下午，参观药材之乡洋马镇的菊花基地。走进五颜六色的"菊海"，阵阵浓烈的菊香扑面而来。那一朵朵菊花，白的纯洁如雪，红的热情似火,黄的灿烂像金,粉的绚丽若霞。那一朵朵不同品种的菊花竞相开放,妖娆夺目,清香四溢。那一朵朵菊花仿佛对着我微笑,笑得灿烂无比。

射阳县洋马镇老科协的黄会长告诉我们,明天是"菊花节",我们先睹为快。

秋天的菊花本身就是一首诗、一幅画。能够在"菊花节"的时节里领略菊花的风采和诗意是一种美的享受,而且还有很多值得我们欣赏的、珍视的、留念的瞬间。

当地人讲,若干年前这里还是一片荒野滩涂,那赭黄色的滩涂上什么都没有。种植菊花只不过是近三十多年的事情,而大规模的发展是改革开放之后的事,特别是近几年来菊花种植面积已有数万亩的规模。据统计,每年仅"菊乡"的菊花产量就达一万多吨,其中菊花系列产品达十多种。

隔日上午,阳光已经洒满大地,大巴车载着我们穿梭于宽阔、整洁、干净的城市街道。尽管正是车流高峰期,却没有一点儿堵的迹象,一路畅通。之后,我曾问过盐城的同行,刘秘书长十分自豪地告诉我:"盐城发展很快,交通尤为突出。"是的,我注意到现在的城区与前几次来时大有不同,不仅增加了许多高楼,有了高架,添了绿色,而且东西南北中田字形高架桥更具气魄。

诚然,一个区域的发展不单单看鳞次栉比的高楼,还要看这个区域的交通建设、生活质量、居民收入、幸福指数等等。但是,在我心目中,盐城的高架桥就像一条悠长的缎带,紧紧披在城市的胸前,为盐城增添了一道亮丽的风景线。

难道不是吗? 它日日夜夜承载了四面八方的车流贯通;它春

夏秋冬记录风风雨雨中属于这座城市的喧闹与繁华;它在改革开放中,见证一个城市的发展与进步。

转眼间,车子停在一座别具一格的建筑前,其造型犹如丹顶鹤展翅飞翔。入馆后才得知它的全称:中国黄海湿地博物馆。据陪同的刘秘书长介绍,该馆是由火车站改建的,建筑面积一万六千平方米,融合了城市文化与城市记忆的新形象。主展区分为海陆天成、天际旅程、河海交响、湿地家园、全球使命中国担当五个主题。展馆科技突显、图文并茂、声像逼真、栩栩如生,值得一看。

出了湿地博物馆没几分钟车程,高大的花岗岩石碑告诉我们,新四军纪念馆到了。

穿过中心广场,李先念同志题写的"新四军重建军部纪念碑"很是耀眼。碑文仿佛将我带入那个年代,亲眼目睹革命先烈艰苦奋斗、英勇抗战的情景。

步入正馆,各式各样、生动形象的历史资料,深度还原了当时新四军战士的艰苦环境,体现了新四军战士舍小家为大家、英勇抗敌的革命精神。盐城——革命老区,在这片土地上,日本人的铁蹄踏过,国民党的军警皮靴响过,新四军战士的布鞋丈量过,重建的军部在这里闪亮过。

每到一处,女讲解员绘声绘色、声情并茂的叙述,使我们全面了解了新四军战士的光辉事迹,感受到新四军坚韧不拔、奋勇向前的战斗意志,感受到盐城这片热土和苏北人民抗战精神的伟大与可贵,感受到新四军战士留下的战斗足迹,更加激发后人的爱国情怀。

深秋的午后,太阳尽显温柔。大巴车沿着海岸线一路向南,摇摇晃晃将我带进梦乡。忽然间,嘈杂声让我惊醒,透过车窗,看到了几个醒目的大字——大丰麋鹿生态保护区。

下车等待办理入园手续的间隙,我和另外一位同行却是大饱了眼福——通过宽大的电子屏了解了保护区的概况。

大丰麋鹿保护区占地面积七万八千公顷,麋鹿数量达七千多头,创造了三项"世界之最",即世界面积最大的麋鹿保护区、世界最大的麋鹿野生种群和世界最大的麋鹿基因库。

游览车载着众人在保护区转悠,几次遭遇麋鹿的"打劫"。这些麋鹿根本没有想象中的胆小和拘谨,它们两眼盯着过往的观光车,时不时将头伸进车窗扫视着车上的游客。遗憾的是我们没有携带"专供"食品,只能以抚摸的形式表达歉意。

车子一路向前,只见不远处湿地小岛上,两头麋鹿忽然停住吃草,下水泅渡上岸向另一个地方移动。没多久又一个场景在我眼前掠过,鹿群在湿地中踏水奔跑……

两天时间在不知不觉中流逝,半夜醒来,我与秋雨照了一个面。淅淅沥沥、缠缠绵绵的雨声非但没能助眠,反倒让我很清醒。于是,躺在床上和手机"亲热"起来,玩累了就歇一会儿再玩,就这么反复折腾到凌晨五点来钟,依旧没有一点儿睡意,干脆起床拥抱大自然吧。

走出酒店,雨停了。清新的空气立刻入心入肺,迅速向全身蔓延,舒畅极了。心想要知现在,何必当初呢?可是,也不对。哪有这么早就外出遛弯的呢?自嘲有点儿搞笑。可是,谁承想漫步野外的林中小道,碰到的净是熟人。

东台黄海国家森林公园始建于1965年,面积一万六千亩,森林覆盖率百分之九十以上，是全国沿海地区最大的平原森林，堪称未被污染的一颗璀璨的绿宝石。

步入林区，小草上的露珠仍然闪着银光，傲然挺拔的松树静静地等待游客的检阅。林中小道曲径通幽，空气馨香袭人，湿地长廊的花草和灌木犹如森林里的飘带，将公园装扮得格外诱人。

登上高低相间、二米到四米的空中栈道，心里格外爽朗；尤其喜欢踩在桥上发出"咚咚咚"颇有节奏的声响，空灵感十足，禁不住要轻轻多踩几脚。栈桥，前视可一览湿地的风光，抬头目睹笔直、高耸的松林，远望树与天相接的胜境，令人心旷神怡。

也许是东台同行的热情感动了上苍，原本灰蒙蒙的天空突然明亮起来，而且露出了灿烂的笑脸。

我们一行人在东台市老科协冯会长等领导的陪同下参观了现代农业示范园、西瓜博物馆、民宿。据冯会长介绍，东台人凭着"三个一"——一个瓜、一缕秀发、一个菜篮子——吹响了全面实施乡村振兴战略的号角。如今，他们抓出成效，创出品牌，富了农民。

午后，微风轻拂，天空湛蓝，几朵白云相伴。秋阳似乎格外给力，毫无保留地覆盖了西溪古镇，真正是秋高气爽。

最后一站，我们观摩了近海街区、海春塔苑、草市街、汉潮街、犁木街和国家级非物质文化遗产董永七仙女文化园，了解了东台西溪的历史文化，体验了"非遗"传承，感受了大爱情怀。

三天时间让我这个匆匆过客意犹未尽。在我原有的印象里，盐城是江苏省"十三太保"中一个不起眼的苏北地级市，除了盐、丹顶鹤、麋鹿出名外，其他就没了。然而，几天来所到之处完全颠覆了我的想法。我惊讶于城市的发展速度,惊讶于苏北人的大手笔,惊讶于美丽宽阔的公路,惊讶于景色优美的环境,惊讶于成绩斐然的乡村振兴……

我开始迷恋起盐城,迷恋畅通无阻的交通,迷恋海边纯净的蓝天,迷恋湿地清新的空气,迷恋乡村"菊海"的清香,迷恋黄海森林的氧吧……

盐城之行,快乐之旅,令人迷恋其中。

绍兴行

  南方人对绍兴很少有不熟悉的,尤其是文学爱好者。绍兴的黄酒花雕很有名。当然,人更加有名,其中一个就是鲁迅。在我的记忆里,鲁迅和绍兴是同样的意义,以至于我恍惚觉得,鲁迅笔下的那两棵枣树也是种在绍兴老家的。让我对绍兴印象更加深刻的是因为另一个人。我在史书中也读到了绍兴。我从小就喜欢读史。尤其是宋史,我读到一个人在绍兴,这个人比鲁迅更加有名——南宋高宗皇帝赵构,他的年号就是"绍兴"。南宋的气候温婉,像极了江浙的民风,所谓"暖风熏得游人醉",大概就是这个样子。在中国历史上,以地名作为年号的不多,绍兴算一个,而且存在时间的长度也是罕见的:公元1131年至1162年,共三十二年。1131年,南宋赵构被金人所逼迫,逃至越州,终于可安稳下来,心情大好,甚至雄心勃勃期待"收拾旧河山",心中有了一句"绍祚中兴",故改元为"绍兴"。越州也就成了绍兴城。绍兴是南宋的福地,也是宋高宗赵构的福地。1162年宋高宗赵构禅位给皇太子宋孝宗赵眘。高宗赵构1187年驾崩,得到善终,时年八十一岁。也就是说,宋高宗赵构离开皇位后,还活了二十五年。这大概在历代帝王中也是绝无仅有的。

可见绍兴真是福地。

有人说浙江绍兴名声大噪是沾了鲁迅的光，此话有点儿以偏概全，大概是因为民族英雄岳飞的缘故，宋高宗赵构这个人，不提也罢。

其实，绍兴这座城市我来过多次。算上这一次，我应该是绍兴的"老朋友"了。

初冬的下午，"考斯特"一路狂奔，抵达绍兴市越城区老街的时候，已经是下午五点。

此刻的老街，人流如织。白墙黑瓦的建筑风格，层层叠叠的并不很高的楼台，迷宫似的老街小巷。两侧是林立的店铺，远远地看到黄酒、臭豆腐、奶茶的广告旗凌空晃荡。各种商品琳琅满目，既有玉石等宝物，又有零碎的小东西。当然，整个老街弥漫着一种"味"，这种味，虽然有点儿臭，但吃起来非常香，可谓老少皆宜。满街可见来来往往的游客，嘴里津津有味地嚼着，手里拿着臭豆腐一脸灿烂地边走边吃，格外惬意。眨眼之间，随行的沙大姐已经拿着热乎乎的臭豆腐分发给众人……

突然，不知谁叫了一声："乌篷船！"大家拥到桥栏，双眼定格在一幅江南水乡、小船悠悠、流水人家的自然美景上。手脚麻利的同伴早已对准镜头按下快门键。而我的手机也没歇着，同样没有错过这美好的瞬间。只见不算宽阔的河道里，载客小船穿梭繁忙。乌篷船的特点是小而狭长，载客一到两位。小船有时眨眼间穿桥而过，有时又像一头老牛，慢悠悠地晃荡。当小船靠近码头，船老大娴熟的调头技术让人佩服得五体投地……

逛着逛着,常州市作协副主席、赴绍兴采风团领队韩献忠冷不丁问我:"陆总,茴香豆的'茴'字怎么写?"我随口答道:"回味无穷的'回'呗。"韩献忠为了给我留点儿面子,只是淡淡地一笑,没有点破。其实我早就忘了几十年前读中学时,鲁迅先生的小说《孔乙己》里茴香豆就是这里有名的下酒菜了,而我回答韩献忠问话时竟将"回"字头上戴的"草帽"给弄丢了,真是惭愧。

　　也许韩献忠有意,也许无意,我们没走几步,一栋小楼——孔乙己酒家——映入眼帘。这时,我幡然醒悟。原来韩献忠问"茴"字的目的是因即将见到"孔乙己",先来一个"预考"。

　　孔乙己酒家的外部装饰和内部格局很特别,属于鲁迅笔下典型的鲁镇的咸亨风格。当然,最吸引游客眼球的是门前那个栩栩如生的"孔乙己"。这一介书生不分昼夜,不管刮风下雨,一年四季总是面带微笑地招揽着八方来客。还别说,孔乙己的"人缘"极好,一拨人刚走,另一拨人又争先恐后地上前与其亲密"合作"了。

　　此时此刻,我仿佛看到了二十世纪的绍兴鲁镇,我仿佛嗅到了那个穷困潦倒却又精神高蹈的孔乙己的气息。

　　此时此刻,我感觉这里的窄巷、这里的石板、这里的古桥、这里的小河,都沉淀着浓浓的历史印记。

　　此时此刻,我感觉徜徉在诗情画意的绍兴街市,望着小桥流水和熙熙攘攘的游人,踏着青石街道,处处都是一幅幅水墨丹青的美丽画卷。

　　走着走着,我们来到用餐的饭店——小绍兴饭店。进入包厢,导游小吴早已为我们点好一些可口菜肴。没过多久,八个冷碟上桌,一下子勾起我的食欲,可是,却不见有人动手、动筷。这下我就纳闷了，难道个个都想当文明食客？然而，这样想就大错特错了。不知谁喊了一声："服务员，我们要的酒呢？"我终于明白，原来是无酒不开席。

很快，服务员将酒杯和开好的绍兴黄酒一一放在餐桌上。这下包厢内气氛又高涨起来。十来个人面前无一例外地放着酒杯。我声称不喝酒，因为不习惯那种怪味，但是，奇了怪了，在场的人竟然不约而同一个腔调："到了绍兴，不喝绍兴黄酒，等于没来！"更有人介绍起绍兴黄酒有着中医养生保健之功效云云。就这样，经不住众人一阵阵的讨伐和劝说，我只能"投降"……

用餐结束，重走老街，依旧扰攘。

隔日上午，我们游览鲁迅故里。鲁迅故里分为鲁迅祖居、鲁迅故居、鲁迅纪念馆、百草园等。我想说的是，鲁迅故里能够吸引游客驻足和重视的，除了鲁迅故里这幅黑白相间的壁画，再就是三味书屋和百草园了。

也许因为是星期天，游客特别多。几条通道都很拥挤。好在我熟门熟路，只是眼睛留意三味书屋的时间稍稍长一些，也让我的心贴近鲁迅的灵魂。当然，也许有人会说三味书屋并没什么特别之处，说到底只不过是清末年间大户人家的私塾而已。是的，确实是一个普普通通的私塾，但是谁能想到，正是这三味书屋走出了一位影响整个华夏的文学巨匠——鲁迅，这，难道不值得骄傲、自豪和赞美吗？

不过，我也发现儿时的鲁迅尽管有寿老先生的严管，但非常顽皮，也非常"硬"。否则，书桌上就不会留下他刻下的"早"字了。

步入百草园，和煦的阳光带着初冬的温暖从叶间洒落，轻风夹着干燥的味道从我身边滑过。据导游介绍,不是很大的百草园,只有那棵大树(当时没听清)属于"原住民",其他的植物都是后来移植的。是的,我注意到只有那棵大树依旧坚守阵地,看家护院,注视着每一位游客。

百草园成就了鲁迅,使其度过了美好的少儿时代。于是,我沿着篱笆和泥巴墙努力地寻找着鲁迅少儿时代的身影,寻找着"中国脊梁"之精神,寻找着"横眉冷对千夫指,俯首甘为孺子牛"之足迹……

临近中午,来到绍兴市西南兰渚山下的兰亭。兰亭是东晋著名书法家王羲之的园林住所。相传越王勾践曾在此植兰,汉时设驿亭,故名兰亭。

虽是冬日,却并不寒冷。暖阳下我们进园踏着碎石曲径,呼吸着清新的空气,顿觉心旷神怡。走进兰亭碑亭,亭名由康熙皇帝御笔所书。虽因"文革"时期造成"兰"字缺尾、"亭"字缺头的遗憾,可两字还是那么熠熠生辉。

没走几步,相遇鹅池,几只白鹅嬉戏甚欢。我有点儿不解,"书圣"怎么与鹅相关?可是,我还真是孤陋寡闻,竟不知道王羲之喜欢养鹅……想着,看着,几只小精灵正伸着长颈不停地叫唤,仿佛畅谈着王羲之爱鹅、书鹅的故事呢!我的视线一下子又聚焦于写着"鹅池"两字的池碑,从中发现了端倪。粗一看两字混为一体,真假难辨,细一看才知是二人所为。其子王献之为父亲补写一字,造就了父子同书的千年佳话。

穿过静谧的竹林便是王右军祠,两边回廊镶嵌着各种版本的《兰亭序》的临摹石刻。最养眼的要数御碑亭,也被称为"祖孙亭"。

正面是康熙皇帝手书的《兰亭序》刻成碑文,其中十七个"之"字变化不一,可谓精妙绝伦;背面则是乾隆的诗文《兰亭即事》。碑亭的另一侧是"临池十八缸"以及"太字碑"。"太字碑"的来历是:王献之写完了三大缸清水,有点儿自满了。有一次王羲之看到儿子写的"大"字结构松散,于是"大"字变成"太"字。王夫人看了"太"字后对儿子说:"吾儿练了三缸水,唯有一点像羲之。"王献之听了大感惭愧,于是下决心认真练字,把三大缸水增设为十八缸水,勤学苦练。功夫不负有心人,最后成为大书法家。

不知不觉中早已过了饭点,风景怎么也看不尽,饭总还是要吃的。我们沿着兰渚山下的小溪信步走出景区,移步进入"农家山庄",慢慢享用着山里人的特色农家菜。

如果说在绍兴还有什么遗憾的话,那就是未能去沈园追思我的"家人"陆游。他不但是诗人、作家、学者,而且还是书法家。

"山阴道上行,如在镜中游。"走过了绍兴,我才想起王羲之的这句描写绍兴的诗句。说实话,这句诗比他的字要逊色一些。一个不善于写诗歌的书法家,也为绍兴留下了这样的诗句,说明他是真情流露,而不是附庸风雅。

时光如流水,浩浩汤汤。我站在绍兴,站在历史的这边,遥望绍兴的过往。绍兴真是"绍祚中兴",如今看来,不仅仅是"中兴",还是"长兴"。

绍兴行,不虚此行!

印象北大荒

谁承想和战友在祖国边陲吉林省集安市过完八一建军节的第二天,因台风"杜苏芮"的捣乱,没等车子驶入黑龙江省的地界,老天爷就开始发难,黄豆大的雨点伴随台风狠狠地砸向大地,砸在挡风玻璃上,害得车上的雨刮器没法偷懒,一个劲儿地摆动。然而,我还是带着积久的向往和莫名的冲动,开启了北大荒之行。

车子在风雨中疾驶,溅起无数个碎银般的水珠。一个小时过去了,三个小时、六个小时也被打发了。时间在悄无声息中流逝,天空渐渐地变得开朗起来,雨停了,风也轻了。此刻,道路两侧迎来一片一片白桦林、玉米地、水稻田……

透过车窗,隐隐约约看到远处广告牌上"北大荒××公司"的字样,我心里嘀咕着:难道这里就是闻名于世的北大荒?我带着疑问随口问道:"我们已经到北大荒了吗?"老战友周彦福立马回道:"对呀,这里就是北大荒!"我不免"啊"的一声……紧接着,坐在副驾驶座位上的老战友"快乐老杨"如数家珍谈起了北大荒的昨天和今天。听完之后,我心中便是满满的好奇与渴望,很想好好地了解和读懂一直心仪的北大荒。

一

夏夜本来就短,可是北大荒的夜更短。凌晨三点多钟东方就泛起了鱼肚白,四点不到,晨光穿透玻璃将房间照得雪亮,而窗外的大街上开始喧闹起来。于是,喜欢早起的我也想去凑凑热闹。可是,刚出宾馆大门,飕飕的凉风就迫不及待地给我来了个下马威,冻得我龇牙咧嘴,只好折返宾馆。后来一查,当地最低气温只有十五摄氏度。好在战友周彦福想得周到,没等打电话就及时为我带来了一件外套,让我顿感温暖无比。

早餐后,汽车载着我们向国家级湿地公园驶去。约莫四十分钟,"富锦国家湿地公园"的醒目标志近在眼前。我们在园区工作人员的带领下,坐着旅游观光车向公园的纵深进发。车子开动,一路上花团锦簇,树木葱茏,绿意盎然,各种风景扑面而来,让人心醉。车行不久,正前方几只野鸭子排着一字形队伍正悠哉悠哉地走起正步,那场景惊艳一车人,众人唏嘘不已。或许野鸭子有所察觉,也或许听到了旅游观光车的声音,几只小精灵眨眼间便钻进芦苇荡不见了踪影。就在这时,一池尽情怒放的荷花抢了风头。

踏上栈桥,视野一下子开阔起来。一阵凉风徐徐拂过,荡起浅浅波澜。芦叶萧萧,绿蒲婆娑,湿地茫茫,水草丰茂,野莲绽放。鸟类、水禽在小岛上嬉戏,不时地在水面上划出一道道弧线。这就是人类与自然基本和谐的平衡关系。

沿着蜿蜒伸展的栈道前行,一步一景。这可忙坏了被称为"记者"的战友李荣久,他不亦乐乎地用手机为我们留下各种变换的姿势,唯恐错过某个美丽的瞬间。

走着走着,我登上一座近五米高的栈桥,放眼远望,整个公园一览无余。这时,"记者"又充当起临时解说员,用手指着不同的方向介绍道:"那两只水鸟是一对鸳鸯,它们正在窃窃私语说着情话呢;而那很大的、白白的是天鹅;那几只喜欢潜水扎猛子的不是野鸭,而是……"

望着湿地公园,没想到北大荒的生态环境这么好,能够引来两栖、鸟类等二百七十种国家级保护动物,真的让人欣慰。此时此刻,我在想:这里的水面尽管没有大海那样浩瀚,但在北大荒不愧是一道亮丽的风景。我在想:一个地方丧失了生灵的烟火,没有好的生态环境,那么就少了最动人的色彩。我在想:这里充满诗情画意,有着令人神往的仙境,正是习近平总书记倡导的"绿水青山就是金山银山"的最高理念。

恰在这时,脆脆的儿童声和大人的喧哗声打断了我的沉思。朝下一看,几十名旅客就像一群小鸟,叽叽喳喳沉浸在幸福的浪漫之中。

二

第一次到富锦,感觉新鲜、惬意。晚饭后总想做点儿什么,于是下楼转悠,无意中走到一个正在吆喝卖西瓜的中年男子摊位旁。起先我向他问起西瓜的价格、品种、口感、收成,开始他有点儿拘谨,后来听说我是江苏人,曾在东北当过兵,是与富锦的战友一道到东北参加"八一"聚会的,中年男子立马来了精神,和我聊开了。他告诉我，他老家在山东，爷爷是当兵的，转业之后留在北大荒。如今这里可好啦。政府建了万亩水稻公园，非常壮观，全部实行机械化耕作。当然，农民收入也不错，生活很好。他们家是四代同堂，还有两辆汽车……

其实，北大荒这个名称在我的脑海中早就有了记忆。从我记事起就知道，国家在二十世纪中叶起就调集了一批又一批解放军现役军人、转业军官、退伍战士、城市知青到北大荒参加开垦拓荒的建设。他们几代人都把最宝贵的财富——青春——献给了北大荒。

听完中年男子的介绍，我对这位军人的后代多了几分敬仰和钦佩，当然，也使我对万亩水稻公园更加向往。心想其他地方可以不看不去，但万亩水稻公园非去不可！

下午如愿以偿地来到位于富锦市聚贤村三公里处的万亩水稻公园。上前一打听，除了买票（我们退伍军人免票），还要坐景区专配的电瓶车。这倒让我颇感意外，一个乡村水稻公园搞得风生水起、红红火火，成了4A级景区，还真不简单。

电瓶车缓缓而行，拉着我们向公园驿站驶去。坐在车上放眼远望，真可谓一望无垠，天地合一。下车走到田头，抚摸着稻叶，凝视着这片土地，这片万亩水稻，亲切之感油然而生。一阵风儿吹来，水稻随风摇摆，像绿色的海洋掀起一道道波浪。水稻发出"沙沙"的声响，仿佛迎接我这个远方的来客。此情此景，使我感到无比震撼。

诚然，最令人神往的莫过于登上三十九米高的瞭望台，感觉又是另一番天地。驻足瞭望，我看清了"新时代、新征程、新伟业"

"现代农业""中国梦"等几幅镶嵌在田野中的水稻图案,更加使生长中的水稻显得生机勃勃。驻足瞭望,我将眼前的万亩水稻良田读了许久许久。是的,我终于读懂了。它告诉我,这里见证了现代农业壮美的北国风光;它告诉我,这里能涤荡心中的尘埃和抛弃烦恼;它告诉我,这里"黑土绿谷,美好粮都"的真正含义;它告诉我,这里有着北大荒人宽广的胸怀;它还告诉我,"中国人的饭碗任何时候都要牢牢端在自己手中"的永恒真理。

三

两天后的早晨,窗外淅淅沥沥下起小雨。为了赶路,我们简单地填饱肚子便出发了。好在富锦城区的交通似乎中规中矩,较为顺畅,车子没有任何悬念就上了高速。路旁的庄稼、路牌被远远地甩在身后。

车厢内我们几个战友正在闲聊,忽然,随同的战友杨冬青指着窗外,好像发现新大陆似的说道:"彦福,奇怪!你们这里的高速公路好清闲,一个多小时过去,竟然只看到稀稀疏疏、为数不多的车子。"周彦福微笑地答道:"更奇怪的还在后面。"还在后面?我心里一直琢磨着这句话的深意。

聊着聊着,车子很快拐向服务区让我们解决内急,然而,却发现整个服务区除了我们一辆车外,再没有看到第二辆车的影子,而且超市、饭店只有牌子却不见人影,更没有商品。进入卫生间还发现门被挡了一半,只敞开另一半,倒是烧开水的茶水炉红绿灯在自动闪烁着……

重新坐回车上，老战友带着调侃的神色说道："明白了吧？这就是我要说的更奇怪的事情。"之后，经过了解，得知服务区的奇怪现象与人车流量、地理环境、经济发展、消费习惯等因素有关。一句话：赔钱的买卖谁愿意干呢！

十点多钟进入抚远城区，意外发现大街上不仅有点儿清冷，而且到处修路。好在抚远的战友冯殿明熟门熟路领着我们没走弯路就到了第一站：鱼博馆和江边公园。

鱼博馆在抚远口岸的旁边，是带着俄式风情的红砖建筑。整个场馆分上下两层，一楼为活鱼展示，二楼为标本展示。其中，一楼展馆设计独特、浪漫，呈圆弧形的江底栈道，让游客不仅看得清，而且有亲临水中之感。

江边公园紧邻黑龙江，与俄罗斯隔江相望。其江堤除了坚固，还格外整洁漂亮。江堤铺就平坦美观的栈道，据说这里是人们常来钓鱼的地方。可惜没带钓鱼工具，否则我真想试试。

当然，让我印象极深的还是"南有海南岛，北有黑瞎子岛"这句话。

不知不觉又到了用餐时间。在抚远，不能亏待"胃老大"，更不能放弃抚远那舌尖上的美味——鱼。听人说，到了抚远，不吃鱼或者说不吃生鱼等于白来抚远。于是，中午的享用必然是"鱼打滚"。餐桌上摆放着经过处理的鲜活生鱼，据说有二十来斤。另外，还有其他零星的煮鱼、炸鱼、小鱼，随心所欲，任意择食。而我这个平时连海水鱼都不碰的主儿，一下子要生吃淡水鱼还真有点儿不习惯。正当我犹犹豫豫时，当地几个战友已将鱼肉塞进嘴巴不停地咀嚼，吃得津津有味。一看这架势，我只能入乡随俗硬着头皮上。

就这么着，没多大工夫，大伙儿就将桌上的鱼消灭了。当然，老战友还悄悄地专为我加了一道菜品中的大众情人——土豆烧牛肉。

四

下午，我们在第一时间赶到东极广场。此刻，头顶上的太阳就像害羞的姑娘时隐时现。正当"记者"吆喝着照集体照时，爱开玩笑的老天爷又下起小雨。伟人毛泽东说过："与天斗其乐无穷。"于是，大伙儿在雨中寻找自己的快乐，留下雨中那美好时光。或许我们的执着和坚持感动了老天，没多久雨停了，太阳又冲着我们笑了。

东极广场是黑龙江与乌苏里江汇合的最佳观察点。此时，行走于江岸边，目睹着让人心旷神怡的宽阔江面，看着黑龙江和乌苏里江之水欢快地奔向远方，有一种别样的畅然。

可是，让人感到惊奇的不在于两江汇合，而是两江之水各有各的脾气和秉性。虽然肩并肩前行，但是清晰可见"你"是"你"，"我"是"我"，黑白分明。说实话，早就知道泾河之水与渭河之水之间的关系，才有了成语"泾渭分明"。想不到黑龙江之水与乌苏里江之水也是这样一副秉性。当然，它们的秉性又让我想到社会上存在的一种普遍现象：物以类聚，人以群分。试想水都是这样，更何况人呢？

来黑龙江，到抚远，上黑瞎子岛想做一件事情——看看中俄两国的边防哨所，再和中国东方第一哨的士兵合照留影。

黑瞎子岛位于两江交汇处，在祖国的最东端，也是我国最早见太阳的地方,号称"华夏东极",而且是"一岛两国"。

下午的游客不是很多,大巴车将我们带进原俄罗斯驻北代岛哨所(俄方称大乌苏里岛哨所)遗址。走进原兵营,各种设施已经锈迹斑斑,墙外墙体有的已经脱落。据遗址文字介绍:俄原哨所建于二十世纪七十年代中期,营区占地面积一万余平方米,建筑面积九百八十八平方米。2008年10月14日,黑瞎子岛部分领土划归我方,并于当天下午办完接收手续。

岛上老少皆宜的旅游项目大概是游野熊园。据说这里是中国最大的熊园,现有一百二十多只东北特色野熊,也叫黑瞎子。我想大概是因了这些野熊,这个岛才取名黑瞎子岛的吧。

上了熊园游览专车,突然发现游览车与众不同。除了座位纵向背对排列外,主办方出于安全考虑,将车前玻璃、轮胎以及车窗都加了钢丝网护栏,而且车身两侧专门留有四只安全小孔,供游客喂食东西,好与黑瞎子逗乐。

车子在熊园转悠,游客们看着黑熊自由自在地玩耍。它们有的趴在树上,有的趴在草丛里,有的闲逛,也有聪明的黑熊,一直待在道路边"守株待兔"。更可爱的是,有的黑熊为了获得更多的奖赏,还不时地举起前爪,摇头晃脑地向游客作揖,仿佛在说:"施主,行行好吧,给点儿吃的。"看着黑熊的憨态,许多游客扔下一些食品,可黑熊只顾眼前,其他的理也不理。这让我想起人们常说一句话:"熊瞎子掰苞米,掰一个扔一个!"尽管是个比喻,但在我们日常生活中,这样的人还真不少。

转眼,西斜的太阳已经挂在山顶,还有一件想做的事没有完成。然而,遗憾的是,游览车慢慢地开着,让我们在一定距离间对

"东方第一哨"过了一眼，而后重新返回游客集散中心。

至此，计划与"东方第一哨"的战士合影之事成了泡影，心中总有不甘。后来得知，当地有关部门出于某种原因暂缓对"东方第一哨"的开放。不过，相信不久的将来，我的愿望一定会实现。

五

夏天的北大荒，每一幅景象都美到心底。既有荷花怒放，又有绿色海洋，还有北大荒人的热情豪爽。尽管只有短短几天的北大荒之行，但感同身受。在北大荒，我不仅看到了现代农业的理念在黑土地里生根、开花，更看到了实现"中国梦"之希望。最令人感动的是，北大荒人无私奉献了青春、生命、爱情、热血、汗水和子孙……

写到这里，我想起鲁迅先生说过的一句话："唱戏凭嗓子，锄地凭膀子。"北大荒人就是凭着艰苦奋斗、勇于开拓，顾全大局的拼搏精神，使北大荒变成了"北大仓"。

告别北大荒，离开富锦这个小城是在雨中的早晨。

小城醒了，是被清亮的雨声和人、车的嘈杂声唤醒的。瞅着大街上来来往往的北大荒人，我的心中充满了崇敬和热爱。是的，我爱这片神奇的土地，我爱北大荒人。他们创造了举世瞩目的中国奇迹，创造了美轮美奂的北国风光，创造了最美的人间烟火。

北大荒之行不仅留下了我的欢乐，更留下我深深的眷恋……

瓦屋山下的"红园"

江南的秋天恰到好处地撩人心弦，似一幅幅不同寻常的油墨画，将秋天的自然美渲染到了极致。

"荷花静园"是一家生态农庄，而且是由金坛人在溧阳市这片土地上默默地打拼出来的……

这天上午，太阳已经爬得老高，车子在一片挨着一片的树林、竹林中穿梭。我静静地望着秋色，思索着"荷花静园"这葫芦里到底装的什么。

不久，车子钻出林区，天地豁然开朗。很快，"荷花静园"四个苍劲有力的大字悄声无息地盯着我不放。只是门楼似乎有点儿平常、普通，初看确实会被眼前的假象所迷惑。

果真如此，眨眼工夫，车子停在了黑瓦青砖、曲径通幽的徽派建筑门前。众人下车，一个脸膛黑里透红、穿着迷彩服的中年男子满脸堆笑，快步上前迎接我们一行人。没等我反应过来，带队的葛安荣老师已经说道："马总你好……"

马总声情并茂地介绍道："'荷花静园'地处瓦屋山下的官墩，占地二百五十多亩，园内青山绿水，竹林松涛，古石长廊……"

跟随马总在园内转悠，许多红色故事早已等候与我相约。山包、长廊、凉亭、桥、各种植物和花草一览无余。

沿着小径漫步，每到一处马总指点一下，并亲自当导游，向我们娓娓道来。

左边，是中国闪小说资料陈列馆、红色闪小说学堂，各种枪弹、小型武器、飞机、坦克、大炮等军事武器展览以及航空博物馆。

右边，是新四军竹箦桥会议旧址、江南抗日义勇军第二军指挥部旧址、江南抗日义勇军展厅、新四军军部第五兵站竹箦桥兵站、谢氏宗祠旧址。

1938年6月，陈毅根据党中央指示，率领新四军第一支队挺进苏南敌后，开展抗日游击战争。6月12日，新四军第一支队部分人员在溧阳竹箦桥谢氏宗祠召开了营以上干部会议。会上陈毅提出了抗日斗争的工作方针和尺度，坚持开展抗日游击战争。"竹箦桥"会议为茅山地区取得抗日战争的胜利奠定了基础……

我来到江南抗日义勇军展厅，回望着"荷花静园"的红色景点，看着一张张珍贵的照片、物件，抚摸着锈迹斑斑的武器，历史的影子被带到眼前，一幕幕炮火连天的战斗场景在脑海中浮现，也让我感受到了老一辈人坚定的意志和大无畏的革命精神。

走着走着，我伫立于北湖桥中，又登高望远，瓦屋山似乎触手可及，脚下湖水碧波荡漾，在秋阳的照射下发出耀眼的金光。而后，我以三百六十度的视角，将青山、绿水、田野、村庄、行人等尽收眼底。

我感慨万千，这"荷花静园"藏在溧阳市竹箦镇的官墩村，就像未经雕琢的玉石，不显山，不露水，静静地独处一隅。

"荷花静园"这个与荷花有缘的农庄不仅有农家风情,还有一个带"红"的科普文化教育基地。

"荷花静园"由一个普普通通的农庄变为诗一般的境地。

"荷花静园"是一个心怀忠诚的农民,用特有的方式表达对军营的热爱和崇拜。

也许你们不信,但我信,眼见为实。

园内除了山是山、水是水、景是景,还陈列了许许多多的不可多得的宝贝。

马总说夏天的北湖开满荷花,蔚为壮观,非常漂亮……是的,我没能一饱碧绿染满湖、夏风溢荷香的眼福,但是我知道荷花悄悄地在水底下冬眠,正在做春天的梦……

没多久,来到充满红色文化气息的会议室,室内摆着红色资料和书籍。触景生情,我想起了"二十大"的隆重画面;想起了催人奋进的"二十大"报告;想起了"二十大"的中心任务:以中国式现代化,全面推进中华民族伟大复兴;想起了报告中关于乡村振兴内容:加快建设农业强国,扎实推进乡村产业、人才、文化、生态、组织振兴;想起了有关学习党史和历史的内容:坚持理论武装同常态化长效化开展党史学习教育相结合,引导党员、干部不断学史明理、学史增信、学史崇德、学史力行,传承红色基因,赓续红色血脉。

我在想:"荷花静园"的红色基地有着一段浓缩的革命历史,一份精神的传承。

我在想:红色资源是鲜活的历史、生动的教材,凝结着党在百年奋斗历程中薪火相传的红色基因。

我在想：如果没有先烈们抛头颅、洒热血的革命精神，哪有现在的安居乐业，哪有中国梦的构想和实现。

我在想：今天"荷花静院"的红色教育，不正是中央所倡导和要求的吗？

我见过乡村的桃源庄园、田园庄园、诗意庄园和茶香庄园，这次又遇见了不同寻常的"红色庄园"。今天的遇见让我的心灵再次得到洗涤，今天的遇见让我不忘初心、牢记使命。

"荷花静院"装的是初心、信心、民心……

春日赶"海"

别以为只有海边的人家赶海，我们内陆人同样也赶海。

难道不是吗？

春天的上午，我坐在车上和老同学调侃道："人间四月芳菲尽，不负春光不负卿。今天带着你们赶海。"话音落下，大家个个面面相觑，不明就里，很快十几双眼睛不约而同地盯着我。一位同学马上问道："不是约好上山踏青吗，怎么又去赶海？"

没错，就是去赶海，但赶的是茅山的"花海"和"茶海"……

车子不经意间驶进山里。山道弯弯，路的两边开着许多不一样的花，有黄色的仙鹤草、白色的老鸦瓣、红或紫色的马兰花，还有不认识的……

这些花五颜六色，千姿百态，有的花瓣还顶着露珠在眼前闪着银光。微风拂过，它们各自扭动着全身像在跳舞，又像在晃着小脑袋向路人点头示意。

此刻，山野里雾气没有褪尽，我们穿梭在雾气之中，欣赏着每一处风景、每一朵花。这时，一位同学遗憾地说："可惜今天的天气不给力！"

说者无意,可老天也感觉这么好的春天如果没有一点儿阳光相伴,似乎不够完美也不够意思。过了一会儿,灰蒙蒙的天空,突然明亮起来,只不过太阳像害羞的姑娘时隐时现,仿佛和我们捉迷藏。

　　如果说路边的野花盛景是开胃菜,那么下一站才是重头戏。

　　没多久,上阮的樱花基地进入我们的视野。或许谁也没有想到,昨晚樱花也和春雨开起玩笑,仿佛在说:"你下春雨,我陪着下花雨。"这不,将樱花的花瓣下得满地都是,就像铺成一条条色彩斑斓的花道,踩在脚下有种于心不忍的感觉。好在樱花雨虽然下了一些,但许多花朵仍在枝头绽放,依然灿烂微笑着迎接我们。徜徉于樱花林中,悠悠漫步使我们不由自主地停下脚步,贴近花瓣闻着清香,端详着一簇簇欢笑的樱花,使人飘然若仙。

　　突然,一阵风起,许多粉红色的花瓣飞离枝头,犹如一只只美丽的蝴蝶在大自然的怀抱中舞蹈。

　　登上观景台远望,这片"海"依旧像打翻了颜料盒,白的、红的、粉的,五彩缤纷。此刻,风儿和它们打了一个照面,花儿时而相拥,时而低声吟唱,时而又窃窃私语……这千亩樱花、这景色、这花的海洋触动了众人的神经。徐同学感慨地说道:"这个'海'赶对了,登高望远让我心旷神怡,爽透了。回去之后,我一定要告诉家人,也来这里报到……"随着"咔嚓咔嚓"的声响,镜头留下了众人美好的瞬间。

　　一路前行,人们被春风簇拥着向心仪的茶海进发。很快,气势恢宏的茶海门楼近在咫尺。

　　接待我们的工作人员是个女的,非常年轻。她一边招呼着我们坐上旅游观光车,一边向我们介绍茶海的概况。

车子沿着蜿蜒的小道缓缓前行,路边的树木一字形列队等着我们,树上的小鸟欢声笑语迎接我们,青草也弓着小蛮腰加入了欢迎的队伍,就连渠道边的野芹菜也簇拥着与我们相见。

走近一大片竹林,竹叶的清甜夹带着泥土的芬芳扑面而来,我大口大口地吸,使劲地吸,这甜香钻进了我的心尖,顿时通了肺腑,通了心灵,感觉到从未有过的舒畅。此时,我的眼睛也没闲着,不时地扫视着竹林里那些十分可爱的竹笋。它们有的刚刚探出脑袋像个小娃娃笑眯眯地看着我们;有的好似亭亭玉立的少女显摆身姿;有的像尖锥披着淡绿的嫩衣……又是一阵轻风吹过,那竹叶淡淡的、沙沙的天籁立刻涌进我的耳朵。

这片竹林虽然称不上竹海,但也很壮观。望着这片竹林,让我想起竹林的过往,想起了这片土地与我的渊源。

若干年前一次偶然的机会,建设方邀我一起实地参与茶海的规划与设计。当时,山上灌木、杂草丛生,摇曳着一些零零星星的竹子。这里几棵,那里一簇,分布不规则。有的同志认为这些不成气候的竹子没有必要保留,应该全部被清理。然而,我提出了不同的看法。古人早就说过"宁可食无肉,不可居无竹"。竹子非但不能被清理,相反要增栽竹子数量,扩大规模。建设方非常赞成我的建议,果断地制定了"扩种竹子"方案。之后,成就了这片竹林。

如今,我钟情这片竹林。远看葱葱郁郁绿得像一块无瑕的翡翠,近看又像一道绿色的屏障。

如今,我钟情这片竹林。它一年四季将春天的嫩绿、夏天的深绿、秋天的墨绿和冬天的苍绿赐予我们。

如今，我钟情于竹林里的每一棵竹子，它那质朴的品质和积极向上的精神给人以无穷的力量与希望。

当然，我钟情竹林，还在于只要走进竹林，一切烦恼都会烟消云散，内心变得清澈透明。

观光车沿着渠道绕过小山岗，穿过宁静幽深的树林，一大片绿地映入眼帘。我告诉众人，这就是我们要赶的茶海。它绿得青翠欲滴，绿得似海，绿得令人咋舌。只见山坡上一块块茶田，一垄垄、一片片的茶树，一棵挨着一棵，一排连着一排，一片扯着一片，从我们的眼前如海浪般铺天盖地地闪过。我望着这满眼的绿色，感受着茶海的静谧、茶海的美。此时此刻，我们赶"海"的人都醉了，醉得一塌糊涂……

走出宁静幽深的茶海，越过"七彩茶园"（七种茶树），一个美丽的小水库又让我们停止了脚步。水库的山坡上依然是深绿色的茶树，水库的下游是一片绿油油的麦子。我抬头望着茶树，低头看着小麦，它们都沉默不语，是不是正等着我去说悄悄话呢？

匆忙的遇见

　　写下这个题目时，感觉有点儿冒昧，仅凭短短几天时间的遇见就能相识和了解内蒙古的乌兰察布？答案显然是否定的。但是，沿途所遇见的那一幕幕总是在我脑海里挥之不去。

　　飞机降落在机场已是正午，走出机舱，高原上的秋风漫过，瞬间拥抱了我们一行六人，感觉格外凉爽。

　　这就是中秋节前的内蒙古。

　　这就是中秋节前的呼和浩特白塔机场。

　　接机的王伟介绍说："九月下旬正是内蒙古秋叶、秋月、秋实的最佳时期。尤其在中国薯都——乌兰察布，你们可以看到满地圆滚滚、黄灿灿的土豆……"

　　若干年前的夏天我曾经去过内蒙古的通辽市，去过扎鲁特旗。在我的印象里，那里的草原实在大，实在爽，实在美。但是，乌兰察布的秋天又是怎样的呢？

　　车子出了呼和浩特城区一路向北，向乌兰察布的辖区驶去。我的两眼直勾勾地盯着窗外，视线一下子锁定不远处起伏的山峦，觉得景色陌生起来，便向王伟请教："王总，那是什么山？"

"大青山,阴山的支脉。"

"阴山……"我重复着。停顿片刻,想起北朝民歌《敕勒歌》:"敕勒川,阴山下,天似穹庐,笼盖四野。天苍苍,野茫茫,风吹草低见牛羊。"我又带着疑惑问道:"那山上怎么寸草不生?"

"不要急,等会儿就看到了。"王伟如是说。

聊着聊着,汽车在不经意间下了高速拐上国道。没多久,眼前赫然凸现高平原地区的特征——平缓的山丘,草场一片连着一片。也许王伟猜透了我们的心思,没等众人反应过来,发动机已经熄了火。

此刻,我明白了,这正是寻秋、知秋、看秋的好地方、好时机。

下车驻足,目睹路边的植物有的茎叶衰颓,容颜苍老,但是零星的野花还在坚持散发出最后的芬芳。

登上山丘,秋天的阳光化作细碎的金子洒满山间,红色、绿色、黄色的叶子交相辉映在一起,大地仿佛成了打翻的调色盘,让我享受了一场意想不到的视觉盛宴。我不是画家,否则我会亲手画出这美景。

登上山丘,躺在柔软的草地上,仰望苍穹,看到的就是蓝天白云。这蓝天的颜色真的与南方的蓝天大有不同。南方即使晴天,天空的蓝色总是淡淡的。内蒙古的晴空一碧如洗,蓝得彻底,蓝得痛快。

登上山丘,举目眺望,一个奇丽的景色在我眼前呈现了:左边山坡上,头羊正领着一群山羊享受着仅剩的一点儿绿色;右边山坡上三五成群的马儿在慢慢地移动,安闲而随意;对面山坡上一百多头壮牛排着队正向山下走去……

一路行一路看,一路看不够,一路都是好风景。我突然发现我爱上了内蒙古,爱上了乌兰察布的秋天。

　　商务车越过一道山梁,视野更加开阔,天空拉上了一层蔚蓝蔚蓝的幕布。云,一朵一朵写满天空。目光所及,一排排白色风车如长龙矩阵,穿青山而过,与白云相接。王伟告诉我们,最近几年,内蒙古的新能源风力发电发展很快,目前发电总量名列中国之首。

　　风是自由的,行走时总是独往独来,无边无尽。尽管风过无痕,却能点亮万家灯火。

　　于是,我将所有的遇见尽收眼底,装进脑海。

　　不知不觉,日光变得越来越温柔,最后将天际边装扮得五彩斑斓,慢慢地终于落下夜幕。

　　我们赶到下榻的目的地——塞北驿站,月亮已经充当信使。

　　晚宴接待是蒙古族的重头戏。他们用热情、豪爽、奔放的性格接待朋友。用"大块吃肉,大碗喝酒"的豪气感染你,影响你,鼓励你。

　　好在酒对我来说是陌生的,所有的喝酒、劝酒等手法到了我这里都偃旗息鼓没法施展。

　　也许因为旅途的劳累,感觉有点儿力不从心。于是,临近晚上十点时打了招呼,提前离开酒桌,回到房间匆忙洗漱后便倒头就睡。迷迷糊糊中耳朵里传来时断时续的歌声,既有天籁般的女声,也有粗犷、雄浑的男高音,有时还有点儿缠绵。就这样,在似梦非梦中,我才确认音乐声来自窗外的广场。起身撩开窗帘,只见星星布满天空,月亮的光将"塞北驿站"照得如同白昼。场地中央的柴火架子上冒着熊熊火焰,一群"夜猫子"随着音乐声的节拍在不停地扭动着……

我自叹不如地感慨道:"还是年轻好啊!"不过这一夜,我睡得特别沉,格外香。

后来得知,内蒙古的朋友为了欢迎远道而来的客人,专门举办了这场小型篝火晚会,并且燃放了焰火助兴。

翌日上午,我们匆匆向乌兰哈达火山群赶去。此前,我对这里的火山群一无所知,更确切地说,是闻所未闻。

途中,打开手机搜索查证:火山群位于察哈尔右翼后旗,分布八处,其中编号第五和第六两个火山口最具代表性。火山喷发时间距今一万年左右。

火山喷发出的熔岩流受地势的影响,流经河流、河谷、沼泽地形成新的地貌;经过多少年风雨的侵蚀和雕琢,成为今天天然的火山博物馆。

当我爬上六号火山口,望着火山堆点缀在茫茫的草原上,仿佛来到了另一个星球。这时,刚刚摆完各种姿势、留下美好回忆的年轻男女,穿着宇航服与我擦肩而过。站在一旁的赵鹤茂老师随口问:"你俩是一对新人?"

男孩一脸灿烂地回道:"是的,我俩马上结婚了。今天特地赶来体验一下穿越到太空当宇航员的感受,并拍几张照片留作纪念。"

有人说捡几块火山石带回家搓脚非常棒,但我没有这样做,也不能这样做。不知何故,踩在静卧火山口边的一块块鸡蛋大小的黑色火山石上,心里竟滋生出怜香惜玉的情愫。

午饭后按照王伟的安排,我们驱车向察哈尔右翼后旗的朱日格勒村驶去。

约莫一个来小时,车子在村口停下,透过车窗,发现村庄外散布着牛羊。那些小精灵似乎在寻找什么,一会儿在这里嗅嗅,一会儿到那里闻闻;见到路人不问男女,不管老少,总是在身边游来荡去和你亲近,毫不怯场。

步入村里,一座座蒙古包错落有致地散落在大地上。一位名叫巴音朝吉图的中年男子热情地招呼着我们走进蒙古包。蒙古包进门是一张长方形条桌,门的两侧分别立着两张老式木柜,铺着两张床,两张床的中间是一张小方桌。

此刻,巴音朝吉图的妻子已经将招待客人的东西——摆放在长桌上,有奶茶、西瓜、奶酪、奶饼等。好客的主人不时地催着我们享用。当然,我们没忘自己的任务——采访。

蒙古族汉子巴音朝吉图,身高一米八二左右,身着蒙古族服装,看上去很彪悍。他妻子身材适中,不胖不瘦,一身汉族打扮,满口轻柔、流利的普通话。起初采访时,巴音朝吉图有点儿拘谨,后来渐渐地也就放开了。巴音朝吉图告诉我们,现在蒙古人的生活过得很温馨、很惬意,收入也不错。他家有五个蒙古包,养了三百多只羊、一百多头牛,外加一千多亩草地,家里还有小汽车,女儿在呼市读书。每年纯收入二十万元左右。趁着主人添加奶茶的当儿,我打量起蒙古包的结构:高高的穹顶为圆塔形结构,玻璃采光,椽子围绕塔座呈伞形依次铺展开来,形成偌大的伞盖;四周是一圈网格状的围墙,地上铺着地毯,蒙古族风格的矮方桌坐墩,给人的感觉是淳朴、温馨、优雅、整洁、大气。当我问如何搭建蒙古包时，他侃侃而谈。他告诉我，只要将搭建材料准备好，两个小时就能搭建一个直径三到六米的蒙古包……

结束采访时太阳已经西斜，阳光将高原照得更加俊美。高原的路好像是一条流淌的河流，小车仿佛成了一叶小舟，在水中摇曳起伏。车窗外的景色迎面扑来又急速离去，我猛然回忆起这种美感。对，新疆的那那堤草原。

王伟开车时似乎变了一个人，车速比前两天快了许多，一路疾驰。还好，我们终于迎着色彩斑斓的晚霞踏上乌兰察布市的集宁城区之路。

导航指挥我们在城区穿行。街面上行人不是很多，车流平缓，城区街道宽大、整齐、有序，道路像被水洗过一般洁净。

到达酒店，我们安顿就绪准备外出时，雨在暮色降临时不期而至，淅淅沥沥地飘落起来。雨如丝，雾如缕。眼前的北国城市在雨雾中别有风味。

不知何时华灯初上，但雨还在下，下得那么执着，那么潇洒，那么缠绵，那么清洌，下得更有一种让人沉醉的感觉。

是的，秋雨给乌兰察布带来了诗情画意，给农牧民带来了喜悦和收获，也给大地带来了一曲动听欢乐的歌。

早晨漫步街头，鼻子很快向肺、向脑袋传递信息：这座城市的空气好清新，但已经有了冬的味道。

这次到乌兰察布还有一个特殊任务，即考察和参观内蒙古高原的牛肉生产与加工。闫晓萍总经理领着我们参观怡鑫食品有限公司从收购、处理、加工、封口、包装到销售等一系列生产过程。

跨入车间,空气里处处散发着浓浓的牛肉气味,还带着草原特有的、淡淡的清香。大家情不自禁地猛吸鼻子,尽情地享受这难得的"待遇"。

　　是啊,这种大自然原汁原味的香实在太好闻、太诱人了。

　　俗话说:民以食为天。"吃"是人类最基本的生存之道,牛肉又是人们最青睐的高蛋白食品。但愿江苏、内蒙古两家单位强强联手,共同打造老百姓放心的安全食品,开创产销结合、创出品牌、造福民众、双方共赢的新局面。

　　沉思归途,下午离开了乌兰察布。短暂的三天之行,不仅加深了我对乌兰察布的爱,也让我领悟了草原之都的深刻内涵。

　　夜晚,星空璀璨。当机舱的广播里传出乘务长甜美的声音"飞机即将起飞,请系好安全带,谢谢合作"时,我突然想起由赵振元作词、彭涛作曲、钟丽燕演唱的《草原之旅》。歌词的开头是:"急匆匆,驰行千里来见你,看看你……"

　　是的,我是匆匆来又匆匆回,想着歌词,我回眸、回眸、再回眸!忘不了牧马人、蒙古包在草原上演着秋天童话,忘不了一群群牛羊在蓝天白云下恬静而悠然,忘不了田野里农民拉着一筐筐、一车车土豆满载而归的喜悦,忘不了浪漫至极的风车阵,忘不了连绵千里的火山群,忘不了优雅的马头琴声,忘不了一碗碗美酒,忘不了香喷喷的牛羊肉,更忘不了原汁原味的奶茶……

　　乌兰察布的秋天总是写满内容。

　　秋天来乌兰察布,值!

水边岁月

　　我从记事起,就知道长荡湖东有个大坯山,现在称为大涪山。上学时常听大人告诫说:"如果不好好念书,将来送你去大坯山做苦力,搬石头……"于是,大坯山这个名字在我心中深深地扎下了根。

　　我只去过大涪山一次,而且只能说在山下近距离看了一次。那时,我还是个十一二岁的少年。家里造房请村上的男劳力到大涪山买石头,我随他们去的,只能坐在船上观望,高高的山顶,绿树葱郁,白云飘浮山顶,显得极其神秘。那朦胧的、神秘的想象总是一直在脑海中萦绕。其实,这几十年间有好多次机会可以前往,但世事难料,每每说了要去,可总是意外地遇到事情,一次次与其擦肩而过,仿佛要刻意给我留下思念与遐想……

　　岁月如梭,五十多年过去了,这一天终于如愿以偿。

　　深秋的下午,艳阳高照,天空云卷云舒。

　　我独自拾级而上,数完二百二十八个台阶,便到了山上。

　　素有"小普陀"之称的普门禅寺位于山顶,楼阁参差,殿堂近百,气势恢宏,壁陡经曲,景色迷人。远望,长荡湖水天一色,清波

202

激荡,令人心旷神怡;近看,大涪山与长荡湖似一对如胶似漆的恋人,山缠水,水绕山,长相拥不分离……

此时此刻,我真正理解了有山有水才是自然美的真谛。山因水而活,水因山而秀。山是阳,水是阴,两者相依相伴,形影相随,不可或缺,形成了美丽风景与吉祥宝地。

难道不是吗?

大涪山,听起来很大,其实不大,也不高;长荡湖看上去浩大,无边无际,其实水也不深。

这又何妨?

我想,大涪山有山的气势,长荡湖有水的姿容,湖光山色在我眼里是最美的风景。

我想,大涪山与长荡湖正好印证了《陋室铭》中的名句:"山不在高,有仙则名;水不在深,有龙则灵……"

下山沿着湖岸漫步,湖水清澈,湖风的湿气渐渐袭来,湖面上闪烁粼粼波光,细美的浪花律动秋天的心跳。岸边泛黄的植物仿佛告诉我,本想让绿色持续,可是秋风一吹,草儿变得枯萎,树叶不断飘落……

静谧的湖岸偶见行人,据说行走于湖岸边时常见到螃蟹上岸晒太阳。于是,我瞪大眼睛环视周围努力地寻觅,等待那一刻的出现。走着走着,耳边传来十分熟悉的唰唰声响,顺着声音寻去,发现前方不远处一只足有拳头大的螃蟹举着两只大螯,迎面朝我这边观察。此刻,我显得格外兴奋,立马屏住呼吸,停在原地一动不动地看着,生怕惊扰这位不速之客。时间在一秒一秒地闪过,眨眼之间精灵的螃蟹似乎发现了什么,突然双螯张开八爪移动,快速钻入湖水中逃之夭夭了⋯⋯

这时,大地悄悄地告诉我:"大闸蟹的收获季节到了,该去水街看看啦。"

水街是长荡湖管委会依托周围的水域环境,结合湖区风光,打造成了集餐饮、娱乐、休闲为一体的商业形态。

秋天,水街是金坛人气极旺的地方,也是最能吊起人们的味蕾,让人享受舌尖上美味的地方。

不知不觉中,格外醒目的"长荡湖水街"五个大字跃入眼帘。

踏上水街,举目四望,并排毗邻或错落有致大小不一的船舶,在长荡湖的怀抱里沉静地停泊着。各式各样吸引吃货的广告牌让人眼花缭乱,应接不暇⋯⋯

"自古说那西湖美,可知相邻还有一湖水。长湖藏在金坛里,叫人看一眼陶醉一百年。你看鱼虾追彩云,你看白鹭亲芦苇,谁在湖上走一走螃蟹拦路让你夸它肥⋯⋯"宋祖英甜美的歌声在天空中飘荡。

我已经记不清多少次在水街上行走了。因为我喜欢长荡湖,常看长荡湖,像老友聚会,隔三岔五来。虽然美不能复制,但可以重温那架在湖面上曲折蜿蜒的栈桥,重温那水街飘溢着的浓浓香味⋯⋯

栈桥二米多宽,在铁制的桥架上铺上木板,全长近两千米,向湖心延伸。这对潋滟湖光来说,既是造景,又增加了湖景的空间、层次和变化,还有亲临其境之美感。栈桥的许多隘口通往各个商户,中间还修建了栈桥平台及一些景点供游客观赏。如果说长荡湖是游客的情人,那么栈桥便是长荡湖的情书。

水街可以一边尝湖鲜,一边赏湖景,它是江南水乡独特的美食集中区。人们经过一天的奔波,在水街寻找美食带来的慰藉。

踏上栈桥发出有节奏的"咚咚咚"的声响,仿佛来了一支打击乐队。透过格栅板望着脚下的湖面,湖水吻着水草、亲着栈桥,成了一道美丽景色。

我沿着栈桥向湖心走去,充分感受和体验湖的宽阔与浩渺。头顶,云朵在蓝天飘浮,小鸟在空中飞翔,游船在芦苇荡中穿梭……

傍晚,凭栏远望,夕阳西下,天际边色彩斑斓,如梦如幻。此刻,听着湖浪撞击船舶的声音,吹着清凉的秋风,享受着锅碗瓢盆的交响曲,嗅着散发出的浓浓香味,感觉太好了。

这里,食客青睐的海鲜落幕了,取而代之是湖中的"八鲜"。以菜论剑,"八鲜"的主力军大闸蟹,又称为中华绒螯蟹。

说到大闸蟹,对于我这个在长荡湖边长大的农家子弟可谓印象极深。

二十世纪七十年代初,我母亲是当地较有名气的裁缝,平时常与长荡湖的渔民打交道,经常帮助这些渔民缝缝补补,大多分文不收。交往时间长了,淳朴的渔民朋友常常带点小鱼、小虾、螃蟹到我家。于是,我享受到近水楼台先得月的莫大好处。

记得有一年,快到春节的时候,一天上午,一位渔民老朋友送来十几只大小不一的螃蟹,顿时让我喜出望外,恨不得立刻将螃蟹煮熟干掉几只。中午吃饭时,我的眼睛贼溜溜地转个不停。母亲似乎猜到我的心思,便说:"蟹,晚上煮。但只能吃一只,其余的我熬成蟹黄油,以后烧青菜,下面条,吃咸粥,做成汤味道更香,更鲜美。"我听后将信将疑。

晚上,按照约定,我一边吃蟹一边看母亲怎么弄。只见她用剪刀、小镊子等小工具把蟹肉、蟹黄、蟹膏全部弄好放在一个干净的搪瓷盆里,而后又从碗柜里拎出用稻草扎好的一块猪板油,并让我负责烧火添草。经过一番忙碌,母亲将油渣清理干净,再将蟹肉、蟹黄、蟹膏倒入油锅熬制,很快香气四溢。母亲告诉我,蟹黄油熬制的时间、火候一定要把握好:时间短了香味不够,火势旺了油中带有焦味……不一会儿,母亲在先前准备好的两只可以密封的陶瓷罐中又放了少许食盐,只听到一阵嗤嗤声响,两罐蟹黄油制成了。

隔日早餐吃面条,母亲在我碗里放了一匙蟹黄油,随后调匀,瞬间香气扑鼻,味道无与伦比。从那以后,母亲自制的蟹黄油也成了北京哥哥探亲回家的必带品。

如今,随着人们的生活水平不断提高,烹饪技术越来越好,大闸蟹的各种吃法也呼之欲出。于是,大闸蟹点亮了大江南北的万家灯火……

不知何时,月光显得格外皎洁,天空中泛起一层薄薄的云雾。此时,水街上的霓虹灯不停地闪烁,装扮了长荡湖的秋夜,也醉了夜色下的游客。我也一头扎进亮如白昼的夜里,期待着与那山、那水和那味再次约会……

寻找红色路线的印痕

阳光照在一块巨石上,白亮、寂静,让我想起了成语"坚如磐石"。巨石无声,它的背后站立着一个英雄;巨石有形,刻录着警醒与提示,它是一个英雄的见证和标识。

于是,我们第一次走进英雄就义的地方。我们走近瞿秋白。

我的眼前情景再现——面对刽子手狰狞的面目和黑洞洞的枪口,他如巨石端坐,让子弹穿过胸膛。他没有跪下,男儿膝下有黄金,砍头只当风吹帽。

他如巨石,坚强、固定着一个革命者的姿态,树立起天地间的一座丰碑。那是革命意志、高贵品质的象征和化身。

他如巨石,盘膝而坐。青草地如毯、如席漫漫铺开。他说"此地甚好",是内心情感的澎湃,也是大义凛然的临终宣言!他已把生死置之度外,令敌人胆寒。

他如巨石,不管岁月如何变迁,始终留在人们的心间……

巨石依然。青草地溢出淡淡的清香。

青草地上的鲜血仿佛还在。阳光照在青草地上镀出耀眼的亮色,一点点、一圈圈,向草叶、草茎、草根延伸……

"此地甚好",瞿秋白的话语依然在耳边萦绕,那革命精神的光华和力量依然闪烁着不灭的光辉!

长汀,这座依偎在汀江旁的千年古城,青山环绕,一派绿意盎然的旖旎风光。这里,九十多年前是中央苏区之一;这里,无数革命先烈献出了宝贵生命;这里,是红军的故乡、是名副其实的革命老区;这里,又是党的早期领导人瞿秋白英勇就义的地方。

瞿秋白,1899 年 1 月 29 日生于江苏常州大运河畔的青果巷,1917 年考入北京俄文专修馆学习,1919 年参加五四运动……他是早期中国共产党主要领导人之一。1935 年 2 月 24 日转移途中在福建省长汀县濯田梅迳村被国民党军逮捕,6 月 18 日在长汀县罗汉岭被国民党军杀害,时年三十六岁。

一下车,一栋具有客家建筑风格的小楼映入眼帘,从左到右分别是纪念馆、就义地、纪念碑。抬头望去,整个纪念馆依山而建,山上苍松翠柏,绿荫如盖,一座高约十米的石碑耸立在一片静谧的山坡上,石碑上原国务院副总理陆定一题写的八个金色大字"瞿秋白烈士纪念碑"显得格外醒目。我们列队伫立在石碑前瞻仰,向革命先烈行礼。此刻,空气中弥漫着隐隐的忧伤。穿行在纪念碑周围,漫步于血洒的罗汉岭,注视着烈士安息的这片净土,猛然间一股滚烫的暖流涌上我的心头……

走进瞿秋白烈士事迹陈列室,绿色草坪中一尊一米高的汉白玉雕刻的瞿秋白半身塑像赫然在目。塑像两侧若干盆红色鲜花映衬着,身后背景墙为红色花岗岩。红色,象征革命,象征革命烈士血洒大地,染得江山一片红。我驻足在塑像前,发现瞿秋白依然尽显一份坚毅,铁骨铮铮。

瞿秋白从小接受维新思想,特别是在家庭日益衰败,变故频生,失去母亲的情况下,孑然一身跑到北京求学,尽管饱尝了生活的艰辛和磨难,但还是义无反顾地积极投身于五四运动。1920秋,他抱着"总想为大家辟一条光明的路"的想法,前往苏俄踏上了奋斗之路,接受了马克思主义和先进的社会主义、共产主义的思想洗礼,并且加入了中国共产党。1923年回国后,面临党中央复杂的路线斗争,他坚持不屈不挠地和反动黑暗势力作斗争,并成为我党的早期领导人之一。同时,瞿秋白又是一个追求进步、追求真理的新文化支持者。他和鲁迅并肩战斗,共同为真理而斗争,积极推动左翼文化沿着无产阶级革命路线向前发展。他生前翻译了许多文学作品,诸如《马克思主义文艺论文集》《海燕》《梦回》……因此,瞿秋白同志不仅是伟大的马克思主义者,卓越的无产阶级革命家、理论家、宣传家,更是中国文学事业的重要奠基者之一。

　　凝视着"瞿秋白同志就义处"鲜红的字体,触摸着鲜血染红的青草地,我感受历史、铭记历史。回想着讲解员的介绍,瞿秋白在赴刑场途中,一边走一边用俄语唱着《国际歌》,高呼着"中国共产党万岁""共产主义万岁"等口号……写到这里,我想起了《英雄赞歌》的歌词:"为什么战旗美如画,英雄的鲜血染红了它,为什么大地春常在,英雄的生命开鲜花。"习近平总书记说过:"一个有希望的民族,不能没有英雄。一个有前途的国家不能没有先锋。"瞿秋白壮阔的一生只有三十六岁,虽然短暂却精神永恒,虽然悲壮却人生璀璨。瞿秋白是我党的英雄,是我党的先锋。

　　我为我们国家有这样的英雄而自豪和骄傲。

我在想：英雄的血不会白流，历史不会忘记，祖国不会忘记，人民不会忘记。

我在想：长汀的草木为何如此青翠茂盛？因为血沃劲草肥，芳魂飘清香。

我在想：我们是幸运的人，如果没有革命先烈甘愿洒热血、抛头颅的英雄壮举，就没有我们现在的幸福生活。

我在想：如果没有革命先烈的奋斗精神，就没有现在的强大中国……

我感慨万千，我的心灵又一次为之震撼。瞿秋白，我热爱他，赞美他，崇敬他。

来到附近的瞿秋白被囚处，此处曾经是汀州试院，瞿秋白被关押在左边的两间不是很大的厢房内，门前有十几平方米的小天井。岁月沧桑，天井外的墙面有的已经剥落，而天井内当时陪伴他的石榴树，如今仍然枝繁叶茂，每到夏天石榴花开红似火，仿佛告诉众人共和国的颜色是红色的，仿佛是对革命先烈的深切缅怀，仿佛是共产党人忠于革命的一片丹心。

这里原是国民党军三十六师师部所在地，瞿秋白人生中最后的时光就在这里度过。他被关押期间，国民党中央高层曾先后派有关人员劝降，都遭到瞿秋白的严词拒绝。他坚定地回答："我情愿做一个不识时务的笨拙的人，不愿做个出卖灵魂的识时务者！"这就是一个共产党人的品格。

在被关押的四十一天里，瞿秋白勇于解剖自己，写下了两万多字的遗作《多余的话》。这部遗作为世人留下了最宝贵的精神财富，它真实展示了作者强烈的"自我谴责"和灵魂上的"自我剖析"，展示了作者这个有血、有肉、个性鲜明的真正共产党人的形象。毛泽东高度赞扬瞿秋白："他在革命困难的年月里坚持了英雄的立场，宁愿向刽子手的屠刀走去，不愿屈服。他的这种为人民工作的精神，这种临难不屈的意志和他在文字中保存下来的思想，将永远活着，不会死去。"

《多余的话》其实并不多余，正是这样一位笑对生死的共产党员，把自己的信念转化成壮烈的诗篇，不仅极大地鼓舞和激励世人，而且吸引着一代又一代中华儿女前往瞻仰和学习。继承先烈遗志，传承红色基因，同心同德，建设新中国。

青草地被鲜血浸润、染红，瞿秋白用自己的青春和热血为后人照亮了中国革命的前路，留下了红色的记忆。我从青草地出发，寻访瞿秋白走过的红色路线，我用目光触摸这条红色路线的曲折，寻找这条路线的印痕……

爱在平凡

这个世界，总有平凡的人做出不平凡的事。

这个世界，总有人奉献自己的爱，将世界变成美好的人间。

这个世界，总有人为了大家舍小家，不辞辛苦。

这个人就是常州市金坛区公安分局交通警察大队西城中队的陆旭东。

陆旭东，五官匀称、一张黝黑的脸庞（后天的职业所致），有点儿帅气，个子不是很高，但眼睛很有神。如果配上一副金丝眼镜，还真酷！

说到陆旭东，他在浙江武警部队服役了十六年，2006 年以营级干部的身份转业回到了金坛，脱下了军装，穿上了警服，成为一名普通的交通警察，开始了人生又一段征程。他豪情满怀地跨出了新的一步又一步……

其实，我记忆里那张熟悉的脸庞，经常在十字路口打着标准、优美的手势，不停地指挥着交通，却不知道他的名字。2013 年的一个偶然机会，我俩相遇了。他快人快语地介绍道：

"我叫陆旭东。很好记，就是旭日东升的旭东。"

或许都姓陆,或许特有缘,或许都有武警部队的经历,我俩的共同话题特别多,聊得非常开心。

　　那次相遇,他只告诉我,他先是在丹阳门岗亭执勤,后来又到虹桥区域执勤,却半点儿没有透露一个平凡的人做出了许多不平凡的事。

　　暑假期间,我打电话说要采访他,可他非常低调地说道:"我所做的一切,只是尽一个警察的责任,没啥好写的。"这就是我认识的陆旭东,一个普普通通的警察。

一

　　盯着车水马龙的街面,他神情是那样凝重,那样专注。

　　2006年下半年,陆旭东来到地处城区的虹桥区域。该路段属于城区的另一个商业中心,商铺林立,道路交错且狭窄,住户密集,人流量大。尤其是菜市场周围的路段一到早上,或者上下班高峰期,经常出现"肠梗阻",老百姓怨声载道,叫苦连天。怎么办?道路的先天不足,只能靠人去管理,去疏通。于是,陆旭东坚持每天早晨提前到岗,巡查辖区内的路段。

　　然而,闹市区人来人往,川流不息,畅通无堵谈何容易?这不,有的人图省事、图方便,或者根本不愿意越过路边的台阶将电动车、自行车停到指定位置,而是随意停放,使得本来就不宽的道路变得更挤了。加之,小商小贩的摊位无序摆放,不时地占道经营,后果可想而知,常常造成了人为的堵。为了疏通堵点,陆旭东尽心尽责,依据"一劝、二疏、三移"的工作方法,以理服人、以情动人、以爱感人,让更多的人自觉遵守交通规则。为了清除障碍,他亲力亲为,不其厌烦地将有碍交通的车子搬走。刚开始有的同事很不理解,认为交通警察干了城市协管员的工作,实在没有必要给自己找麻烦。但陆旭东并不这样想,他说:

"作为公安交警,必须坚持守路有责,勇于担当。只要能使道路畅通,方便老百姓出行,保一方平安,即使多做一点儿分外工作也没啥……"

早上,陆旭东在路段来回走动,碰到了熟悉的老面孔。那位老者依旧将车子随处停放,还硬气十足。陆旭东之前曾几次好言劝说,可老者爱搭不理,拍拍屁股走人,一不高兴还恶语相向。陆旭东也不计较,继续帮老者挪车。一天,陆旭东例行巡查,突然发现老者的电动车没有停稳,眼看就要砸在老者的脚上,说时迟,那时快,陆旭东一个箭步跨上去扶住车子,随后还是帮其将车子停到了指定的位置。

俗话说:人心换人心。从那以后,老者再也没有随心所欲,相反,路段好像又多了一个协管员,自愿做起劝导工作。

那些日子,路、堵车、车子、行人、商户、出行等一连串的问题一直在陆旭东的脑海里回放……

晚上,陆旭东拖着疲惫的身子回到家里彻夜难眠,反复思量着路段的事情,心里念叨:这天天帮助行人挪车也不是长久之计。虽然将路中车子挪开起到了一定的效果,但这种临时之举只能治标,却不能从根本上改变现状。

那么,如何根治堵的难题呢?陆旭东苦思冥想……

第二天上午,忙完高峰期,陆旭东便徘徊在堵点路段,分析原

214

因,寻找对策。经过细心观察和走访,症结的关键在于路边的台阶给过往行人的停车带来了诸多不便。

于是,陆旭东本着服务于民、方便于民的理念,及时向有关部门反映该路段的实际情况,并说出自己的建议,而且当场承诺改建修坡的任务由警察包揽。陆旭东的建议很快得到有关部门的肯定和支持。

几天之后,陆旭东带领一班人自己动手将路边的台阶全部修成坡道。这样一来,不但增加了公共停车面积,而且方便了商户和行人。临街的居民和商户连声叫好,路边的行人也称赞不已,都说人民警察又为老百姓办了一件实事、好事。

常言说:隔行如隔山。作为公安队伍的新人,只有勤奋好学,才能弥补工作中的不足。为了尽快掌握国家的法律、法规和处罚条款,提高自己的执法水平和处理能力,陆旭东给自己定了规矩,即使时间再紧,任务再重,每天必须"过滤"一遍处罚条例。为了便于熟记,他就用纸片将常用的条例摘录下来随身携带。同事说他是"纸片不离身,条例记心间"的高手。加上求知若渴,陆旭东很快适应了从军人到警察的角色转换。

二

2008 年 10 月,政府信箱接到一些学生家长的投诉,反映华罗庚实验学校门前秩序混乱不堪,拥堵、争道、碰擦的事件时有发生,学生心惊胆战,家长提心吊胆,呼吁有关部门管一管。市政府领导当即批示公安局务必采取有效措施,迅速扭转局面。交警大队的领导不敢怠慢，及时召集所在辖区中队的执勤人员进行座谈，研究对策。可是，该路段的执勤人员紧锁眉头，似乎"难"字布满脸颊，连连摇头表示很难解决。此刻，军人的骨气和血性使一个念头掠过陆旭东的脑际："我去！"

或许是巧合，或许是大队领导有意为之，两人的视线在空中不约而同地对视、交织。突然，大队领导洪亮的嗓音响起："陆旭东，华罗庚实验学校门前的平安'护学岗'就交给你了……"

隔日一大早，陆旭东已经身着荧光绿马甲，站在了华罗庚实验学校的路边，开始了"护学"执勤。

一年，两年……很多年过去了，一年四季无论刮风，还是下雨，陆旭东都挺直了腰杆立在学校路口"护学"。无论是烈日炎炎的夏天，还是寒风刺骨的冬天，总是有他的身影。

陆旭东告诉我，他转业之后依然保持军人退伍不褪色的作风，天天提前到达执勤岗位，始终以一个共产党员的初心践行守护平安的诺言。

为了用真情和爱心呵护学生，陆旭东主动上前开车门、背书包、牵小手、关车门、撑雨伞、进校门。这一系列的连贯动作看似很平常、简单，但效果很好。送小孩的车子明显减少了滞留时间，更利于道路畅通，深受家长赞誉。

一颗爱心时刻以替他人着想的善良，诠释着一个人的美德。

起初，许多人认为陆旭东只是做做样子，坚持不了多久。然而，陆旭东始终如一，一干就是十六年。为了让爱心延续，让雷锋精神永恒，陆旭东不仅自己以身作则，还以老带新，帮助新警员和辅警做好"传、帮、带"工作。虽然，陆旭东所带的徒弟和新人感觉压力大,但他们服气,称赞师父作风过硬。一是硬在陆旭东每天第一个到岗,最后一个下班;二是硬在陆旭东平凡坚守十六年,风雨无阻每一天;三是硬在陆旭东奉献爱心,胸中装着老百姓,装着学生。

有一天,一位刚入学才几个月的低年级学生,被家长送到学校门口准备返回。然而,这位学生不知什么原因,连哭带闹就是不肯进去,家长抱在身上连哄带骗、软硬兼施,结果是孩子的小手不停地在家长胸前挥舞和捶打,弄得家长焦头烂额。无奈之下,家长抱着小孩寻求"警察爸爸"的帮助。"警察爸爸"得知情况后,毫不犹豫地将小孩抱在怀里进行抚慰。谁知,小孩的抵触情绪很大,还偷偷地将尿故意尿在陆旭东身上。此刻,陆旭东仍然没有嫌弃,还是乐呵呵地变着法子去感化小孩。

大爱无言,润物无声。

陆旭东的耐心、爱心和善心,加上得当的处置方法,终于使小孩破涕为笑,心甘情愿地进了校门。陆旭东的行为使得家长大为感动,不停地道谢。

陆旭东平时言传身教,严格要求自己,始终坚持一个定律:到了下班时间,让其他人先走,自己留下来。有时为了疏通交通,晚上回家时月亮已经高挂。

渐渐地,陆旭东的"护学"经验得到家长和局领导的认可。2012 年,"陆旭东护学岗"正式挂牌成立。这是江苏省首批以个人名字命名的"护学岗"。同时,省公安厅将"陆旭东护学岗"的经验和做法在全省公安系统推广。

三

　　陆旭东是个平凡人，不是超人，更不是圣人。陆旭东有家庭，有生活，也有妻儿老小，但他的职业和工作不可能轻闲，每天必须站着执勤和来回奔跑，至于加班加点成了家常便饭。因此，回到家里已经精疲力竭。可是，那么一大堆家务怎么办？写到这里，我想起采访时，陆旭东说着说着眼眶里噙着一丝丝不易察觉的泪花。

　　想想也是，妻子在超市负责冷冻食品的销售工作，每天凌晨的补货是她的主要工作，早出晚归。两个年幼的双胞胎儿子视力又不好，儿子上学、全家人吃喝拉撒的琐事，每天因为工作带来不便和困难。儿子看病要钱，赡养老人也要钱，如此重的负担将这个家压得喘不过气来。但陆旭东并没有怨天尤人，而是敢于面对，勇于担当。

　　我带着不可思议的口气问陆旭东："当时如何对待这些困难和琐碎的烦心事？"

　　"军旅生涯给了我铁骨铮铮的勇气。我是一名警察，又是党员，为了国家，我的小家即使有点儿困难只是暂时的，等到孩子大一点儿就好了，就这么简单！"陆旭东回答。

　　他的回答，让我对陆旭东敬佩的情愫又多了几分。

　　接着他又告诉我，为了不耽误执勤，他每天提前一个小时将两个孩子送到学校。可是，学校规定不到入校时间，学生是不允许提前进教室的。好在学校领导听了陆旭东的解释，破天荒地同意两个学生先在门卫室待着，等时间到了再进教室。校长还亲自到门卫室嘱咐特事特办。两个儿子因为要赶早，嘴唇经常冻得发紫。

有时儿子问陆旭东,为何不让他们多睡一会儿。

陆旭东回答:"我是人民警察……"

我不解地又问:"为了工作,你顾不了儿子,顾不了家,妻子没有一点儿怨言?"

"这是我最为愧疚和自责的。我妻子温柔、贤惠,在平淡的生活中为我、为全家付出了很多,但她从没怨言。当我腿伤复发时,妻子帮我打水、洗脚、擦身子;当我胃不舒服时,妻子端来熬好的稀粥;当我在一天的忙碌后疲惫地回到家中,妻子温柔地递上一杯热茶;当我父母亲稍有不适时,妻子总是无微不至地照顾……"陆旭东深情地叙述着。

四

陆旭东长时间待在基层第一线,繁重的工作,使他经常不能按时按点用餐,常常忘了自己,甚至忘记家人。他的心里装得最多的是学生,是老百姓。由于忘我工作,他的身体过度透支,加上他的腿在部队受过伤,还缝了四十八针,导致胃病、关节炎、腿伤时常复发,走路一瘸一拐,疼痛难忍。但是,陆旭东从没叫过苦,从没请假休息过,他深知自己的使命和肩上的责任。

据不完全统计,陆旭东十六年来所创造的一组数字:

行走约四万公里;

劝阻各类交通违法行为四万三千余次;

护学二十三万人次;

吹坏哨子三十多个;

用掉护膝近三十副……

这十六年,他的坚守、执着、奉献是"护学"的真实写照。

这十六年,他钟爱他的职业,将爱给了社会,给了学校和学生。

这十六年,他在"护学"平凡的岗位上描绘着美的蓝图。

这十六年,他精心呵护着一批又一批的祖国花朵。

这十六年,他让学生平平安安生活在五彩缤纷的天地。

当然,这十六年,陆旭东可以忘记自己,但组织上没有忘记陆旭东这个献了爱心又舍家的"工作狂"。2016年,大队领导考虑到陆旭东的身体状况和家庭情况,就以命令的口气强行将他调至机关从事车辆秩序管理工作。按理陆旭东应该高兴才是,他却高兴不起来,感觉心里压了一块大石头,格外地难受。

晚上,他失眠了。

人们常说,日久生情。假如说时间有长度,那么陆旭东嵌入时光里的情感、时光里的爱一定有了厚度。

他在煎熬中度过了十来天。

第二天一上班,军人的血性再一次迸发:"家长需要我,学生需要我,不能等了!那里是我的根、我的魂!"猛然间,陆旭东推开大门,大踏步地向大队领导的办公室走去。

领导笑着问道:"找我什么事?"

"我想回到基层第一线,继续干老本行。"陆旭东如实回答。

"难道在秩序管理科不是工作?"

"是工作。但我丢不下那些学生,更不能当逃兵……"

磨了半天,领导并没有松口。

隔日,陆旭东又到领导办公室"拜访",还是无功而返。

同事、战友们得知情况后,也劝他说:"既然组织上照顾你,让你到办公室轻轻松松是好事。你就不要犯傻了!"

可是,陆旭东是贪图轻松的人吗?

他再次叩响领导办公室的门。

"我很爱护学工作,有一种割舍不掉的情感,如果离开了自己心爱的岗位,每天就像丢了魂似的。真的!"

他又说:"请领导放心,忙完'护学',再回到秩序科工作,两不耽误!"

领导又补了一句:"两头忙你不嫌苦,不嫌累?"

"苦也无悔,累也无悔。干得辛苦,但充实、开心。"

多么朴实的话语。领导被他的坦诚所打动,只能遂了他的心愿。

五

陆旭东重返"护学岗"的消息,仿佛长了翅膀,一下子传开了。许多家长、学生纷纷来看望他,热情地和"黑皮警察""警察爸爸"打招呼。家长、学生们你送来一只苹果,他送来几个小番茄,司机也悄悄地丢下小零食……

陆旭东感动了。

我接过话头,笑着说道:"老百姓最朴实,最真实。老百姓的心里有一杆秤,知道孰轻孰重。"

常言道:滴水之恩,当涌泉相报。当晚,陆旭东回到家里又一

221

次彻夜难眠,心想既然回归了,更要把"护学"工作做好,用行动来回报老百姓的恩情。

之后,陆旭东更加努力,更加繁忙,更加用心。

忙什么?忙"护学"志愿服务队建设,忙"护学"创新,忙"护学"提档升级……

也许有人会说,陆旭东能将"护学"干好,其他人照样也能干得很出色。

我的答案是:未必。

其实,"护学"的豪言壮语谁都会讲,可要真正做好就不是那么容易的事了,再坚持不懈地做下去就更难了。

陆旭东常说,"护学"不是单纯的执勤,既要有耐心、恒心、责任心,更要对学生有爱心。

一天执勤,校门口一位瘦小的妇女和一位老太太一起架着胖嘟嘟的小女孩艰难地前行。陆旭东见状,顾不得腿上的老伤,立马上前背起小女孩一口气爬上五楼教室。后来得知小女孩上体育课时不慎造成骨折,无法行走。父亲在外地工作,母亲身体又不适,只能和外婆一起架着女孩上学。

陆旭东一背就是半个多月。之后,小女孩恢复如初,陆旭东却旧伤复发,痛了好几个月。

我钦佩地看着他说道:"你腿上有旧伤,再背一个三四十公斤的人上楼,难道你没有想到会是什么后果?"

他当即答道:"顾不了那么多。我心想,我是人民警察,要让老百姓感觉这个社会处处有雷锋。即使我的腿有什么后果,也不后悔。"

是的,陆旭东是个极普通、极平凡的人,因为当了一名警察,人生才有了不平凡的精彩。在"护学"岗位上他用爱心、耐心、诚心、细心、责任心以及坚守去换家长的放心、学生的平安。他在老百姓的心里同样是英雄。

我又问陆旭东："实验学校门前的南环一路再一次重新改造,据说有你一份功劳?"

陆旭东十分谦虚地说道:"功劳谈不上,我只是尽了一个交通警察的责任。以前,华罗庚实验学校门前的南环一路有绿化带、花台、观景台,确实是一道美丽的风景线。"

顿了顿,他侃侃而谈:"随着城区汽车保有量的不断攀升,一到上下学,那里变成了另一道'风景'——人挤人、车堵车,喇叭声、嘈杂声高分贝地响着不和谐的音调,车速好比蜗牛行走……说实话,这条路的改造涉及好几个部门,仅靠我这个交通警察根本不可能解决。当时,我非常着急,便及时向分局主要领导作了汇报。好在局领导反应及时,十分重视,亲自挂帅,组织有关单位到现场办公,很快达成共识,并指派我负责此事。于是,在有关部门的支持下,我带领中队一班人从'护学'的高标准出发,围绕'护学零事故'做文章,优化'护学'方式,革除以前'护学'中的弊端,拆除绿化带、花台等,再将校门口斑马线旁用 T 形杆专门设置了'绿岛'(学生等待区),让学生下车后进入'绿岛',待人员聚集后统一过马路。那次整改既节省了来回奔跑的时间,又增加了四十多个车位,还提高了过往车辆的通行速度,可谓一举三得。"

古人说:"一人不成众,独木不成林。"陆旭东认为只有让更多的家长、更多的志愿者参与"护学",重视"护学",关心"护学",才能达到事半功倍的效果。随后他组建了由数百人参加的"陆旭东志愿服务队"。

陆旭东是个求真务实的人,他经常组织服务队采取形式多样的宣传教育活动,倡导文明出行。他一方面通过联合学校,在学生中开展"小小交警畅文明"的安全劝导活动,目的在于让孩子们从小树立起交通安全意识,培养他们的良好习惯;另一方面,通过学生的亲身体验,使他们在幼小的心灵里打下平安出行的烙印,增强对交通规则的认识;再一方面,进一步提高老百姓的交通安全意识,时刻绷紧安全出行这根弦。据说"小小交警畅文明"的安全劝导活动属全国首创。

为了扩大影响,区公安分局通过"陆旭东志愿服务队"这个平台,与华罗庚实验学校共同打造的"警、校、家"联合"护学"的志愿者服务体系,组建了公安交警、值班老师、校园安保的三位一体"护学队",积极参与上下学高峰时段的"护学岗"工作,确保学生上下学平安"零事故"。

六

人们常说:一分耕耘,就有一分收获。以下是近几年陆旭东获得的国家级荣誉(省、市、区级省略)。

2012 年 5 月,全国优秀人民警察;

2017 年 8 月,中国好人;

2019 年 11 月,全国最美基层民警;

2020 年 10 月,全国未成年人思想道德建设先进个人;

2020 年 12 月,全国"公安楷模";

2020 年 12 月,公安部二级英雄模范;

2021 年 11 月,全国道德模范提名奖;

2022 年 1 月,全国政法系统"双百新时代政法英模"。

我好奇地问他:"你已经功成名就,得到这么多荣誉,往后还想继续干吗?"

"我是党员,只要组织需要,我会一如既往地干下去,而且无怨无悔。"陆旭东毫不犹豫地说。

是的,陆旭东是个平凡人。他在众多荣誉面前,没有陶醉、炫耀、张扬,依然默默无闻地在"护学"岗位上奋力前行,续写为民服务、为学生服务的新篇章。

采访结束,我感慨万千地写下几句话:

我相信平凡人中也有最可爱的人,

我相信老百姓永远会记住有爱心的人,

我相信爱在平凡同样可以让他未来的岁月过得充实、闪亮,

我相信好人一生平安。

第五辑

人间百味

人间百味如歌，歌声抑扬顿挫，起起落落。

人间百味似歌，唱出酸甜苦辣，是非曲直。

慢生活

当我写下"慢生活"这三个字时，我的手底下仿佛也摇曳生风。我一直在想，人们的生活方式多种多样，为何称之为慢生活呢？

不过，叫慢生活也没错。

一个双休日的下午，孙子悄悄地告诉我："爷爷，爸爸今天要给我们一个惊喜。"我随口说了一句："惊喜？住在常州这么多年了，除了吃饭和玩，难道还有新的花样？"本想问个明白，后来一想，既然儿子没有告诉我，也就没必要再问，反正谜底总会揭晓。

四点多钟，儿子招呼着我们上车，我故意说了一句："我来开车！"儿子笑眯眯地摆摆手："你今天当甩手掌柜。"此刻，儿子的举动吊足我的好奇心。车子行驶在大街上，不一会儿转了几圈，终于泊进停车位。儿子带着我和老伴、孙子来到一个很气派的楼房前，我一眼就看到门楼上方"××大浴场"几个秀气的大字，便随口说道："不就是洗个澡嘛，还搞得这么神秘。"儿子立马答道："这不是单纯的洗澡，而是让你们享受享受慢生活的感觉。"我先是一愣，随即释然，并补了一句："客随主便，也让我见识见识怎么个慢生活！"

　　进入大厅，我们很快办了入场手续。孙子很体贴，让我坐一会儿，他先将奶奶送到女更衣处门口，并叮嘱奶奶在什么地方集合。然后，又回到我的身边忙这忙那。随后，儿子带着我们仨来到楼上的自助餐厅。嘿！好几百平方米的餐厅让我见识了什么叫人头攒动、人来人往，好不热闹。此时，没有空桌，只有一个字，"等"。我们四个人分工，视线从东南西北中不停地搜索着空餐桌。好在儿子眼尖，反应及时，很快要了正在打扫的"一平方米"领地。趁着服务员收拾餐桌的间隙，我临时充当了巡视员的角色。通过几个来回的扫描，发现用餐的人群中有祖孙三代，有三口之家，有成双成对的小青年，也有老夫老妻……我百思不得其解，怎么会有这么多人？一边巡视一边想：是冬天太冷的缘故，还是生活水平的提高，又或许是人们都想寻找慢生活？可是，这慢生活又在哪里呢？正当我想得入神的时候，孙子的喊声打断了我的思绪，我们两人一前一后来到找好的座位，开始了我们三代人"细嚼慢咽"的慢生活。

　　既来之，则慢之。整整四十分钟，美味佳肴将我们的胃老大侍候得舒舒服服。接着进入下一个程序——休息。步入男女共休大庭，得到同样的待遇——等。反正是慢生活，也没在意。整个大厅静悄悄的，大家有的喝茶，有的看书，有的戴着耳机摇头晃脑，有的睡觉……一会儿，机灵的孙子瞄到一对男女有要离开的迹象，迅速跑去占位。之后，如愿以偿，我和老伴有了安顿之处。这时，孙子与他爸爸到另一个区域"慢"去了。

　　仰面朝着天花板，心一时半会儿静不下来，无意间我又想起慢生活的话题。说实话，"慢生活"一词先前于我是陌生的，根本不认识它。直到几年前,当我读到著名作家余秋雨的《慢读秋雨——
找到生活的慢》一书时,才得知"慢"的真正含义。后来,从网络中
查到了德国著名文艺家卡尔·霍诺关于慢生活的解释。他说:"慢
生活不是磨蹭,更不是懒惰,放慢速度,也不是拖延时间,而是让
人们在生活中找到平衡。"

然而,慢生活说起来容易,做起来却是另一回事。尤其是我,
开车上路不管三七二十一总是求快,即使过斑马线也是如此。

去年的一天中午,我开车回家吃午饭,或许是因为饿了,当车
子行驶到一个路口时(该路口没有信号灯),一位老人正慢慢地过
斑马线,而我竟一脚油门"呜"的一声从老人的眼前驶过。

"礼让行人"就是让车子慢下来等待行人通过。可是,我眼里
没有慢的概念,更没有"礼让行人"的警示。这时我应遵守的规则
上哪里去了呢?我的心为何慢不下来呢?老人似乎习以为常,没有
计较。过后想了想,如果我不在车上,而是行人中的一员,最讨厌
的不就是不礼让行人的车辆吗?

无独有偶,隔日下雨的傍晚,我真的成了行人的一员。当我由
西向东行进在"礼让行人"的斑马线上,突然,一辆轿车"嗖"的一
声从我身后穿过,泥水溅到衣裤上,惊得我一身冷汗。此时,我心
中很是不悦。继续小心翼翼地前行,刚到中线,一辆商务车在眼前
一闪而过,没等我回过神来,紧接着又是一辆跑车飞驰而过,我的
心脏再次收缩。如果搁在以往,我肯定骂人。可是,那天我却没半
点儿勇气,也没资格责怪别人的素质、德性,因为我曾经也犯过同
样的错误。当然,监控的眼睛是雪亮的,也是公正的。过了两天,我
收到一张违章处罚通知书。

这就是"快"的后果与教训。

从那之后,每每开车遇到信号灯、过斑马线,我脑海里的"慢"字总是在不停地跳跃。

想着,想着,邻座老伴均匀的鼾声犹如优雅的催眠曲,慢慢地也将我带进无边无际的梦乡……

不知过了多久,"爷爷!爷爷!"孙子的童声将我唤醒,拿起手机一看,九点多了。

走!泡澡去!

六个多小时的慢生活在不知不觉中画上了句号。

车子行驶在低沉的夜色之中,城市少了喧嚣,慢了节奏,只有马路上的红绿灯在忠实地履行自己的职责。

车轮滚滚,街道清冷。不远处的人行道上,一对年轻男女正手挽着手慢慢地踱步……

"宝贝"成长记

"我要和爷爷亲热亲热!"这是孙子日常和我撒娇的常用语。说到孙子,不得不说到日常生活中经常听到的三个字:隔代亲。所谓隔代亲,即祖孙之间的亲情。

记得儿媳妇怀孕数月,总有人问我喜欢孙子还是孙女,我毫不犹豫地回答:"若是孙子,就把他看成'宝贝',若是孙女就把她当作'心肝'……"

十月怀胎,一晃而过。2012 年 9 月 10 日,这一天是个特别的日子——教师节;这一天,天气格外晴朗,初秋的风好像专门定制的,轻轻、舒爽、清凉;这一天,"宝贝"失去了耐心,终于哇哇吵着来到人世间。

过了两天,儿子乐滋滋地问我给"宝贝"起什么名字。我左思右想,并征求几个长辈的意见,最后敲定:"宝贝"的大名叫陆瀚云,小名叫天天。

"宝贝"的到来无疑为我们一家增添了欢乐。然而,一个月后,"宝贝"身上和脸部湿疹较为严重。尤其是脸上,湿疹的面积有鸽子蛋大小,"宝贝"难受至极,我们这些大人更是焦急万分,整天为小家伙操心,可谓倾家出动,去南京、跑上海治疗。同时,各处打听社会上的偏方为"宝贝"医治。经过东奔西跑,反复求医问药,总算没有失望。"宝贝"的小脸恢复如初,还是那样白皙、清秀、帅气。

转眼,"宝贝"已经三岁了,而我去常州的时间不是很多,但凡我去了常州,"宝贝"总是黏上我。先是我陪着他玩积木,"搭"房子、"造"大型拖车;玩厌倦了,他又拿起玩具枪,对准我高喊"不许动,举起手来",我也得配合着举高双手,否则他就会"哒哒哒"一阵扫射,让我"牺牲"。外出游玩时一会儿要我抱,一会儿又要我背,有时还得"骑马背",每次都被折腾得够呛。尽管这样,我还是乐此不疲。

"宝贝"是全家的独苗,除了父母经常浇灌和呵护外,奶奶同样功不可没。从他正常说话叫人开始,嘴巴总是甜甜的,简直比巧克力还甜。也正由于"甜"的缘故,他特别招人喜爱。

记得进幼儿园的时候,"宝贝"见人总是一脸微笑。在小区内行走,充满稚气的童声亲切可闻:"爷爷好!奶奶好!"这个舅舅、那个阿姨喊得格外顺溜。起初也有闹笑话的时候,不过都是将遇见的人叫年轻了,也没啥不妥。有句俗语:童言无忌。后来,渐渐地"宝贝"能够分清了,遇见明显的一头白发或者看上去年纪大一点儿的,就叫爷爷、奶奶,而比爸爸妈妈年纪大的或小的都喊舅舅或阿姨,这种叫法很大程度上减少了叫错的概率。

"宝贝"除了有家人的陪伴,玩具是必不可少伙伴。家中的各种玩具琳琅满目,品种、数量堪比一个玩具店。初起,"宝贝"的玩具玩到哪儿丢到哪儿,整个房子随处可见。后来,经过家人的多次教育及提醒,"宝贝"养成了玩具玩后随时整理好放在原处的习惯。

一晃,三年的幼儿园生活在不经意间结束了,"宝贝"该上小学了。随着年龄的增大,小不点儿变成了小朋友,变成了小学生。可是,肩上扛的东西却越来越多。面对社会上许多家长的"不能输在起跑线上"的观念,我们家还是没能躲过各种培训机构的诱惑。自小学开始,先后为"宝贝"报了游泳、书法、跆拳道、羽毛球、编程班、写字等等培训班。这无疑苦了孩子,累了家长。各种培训明显挤占了"宝贝"放学之后或者节假日的时间,从而剥夺了小朋友该玩却不能玩的权利,少了童趣。每次放学回来,看到"宝贝"刚刚卸掉沉重的书包(足有十多斤重),又背起另一个包包,赶往下一个"赛场",我只能一声叹息,却无可奈何。

　　这么多年,我和"宝贝"一直聚少离多,但是,"宝贝"见到我总是非常亲热。平时做作业时间长了或者做其他事久了,一句"我要和爷爷亲热亲热"成了利器,屡试不爽。而我见到"宝贝",更是心花怒放,格外愉悦,什么烦恼都被抛到九霄云外。这可能是通病。天下的爷爷奶奶,谁都想自己的"宝贝",谁都爱自己的"宝贝",谁都说自己的"宝贝"好。我也不能免俗。

　　上学之后,"宝贝"渐渐地懂得了很多东西,脾气也开始变大。有时候为了一点儿小事总是不依不饶。这个时候,奶奶对他要求很是严格,从不溺爱。老话说得好:没有规矩不成方圆。作为家长,小孩的早期教育相当重要,当小孩不听话闹腾得厉害时,大人决不能轻易妥协,而要讲清道理,同时订立规矩。好在,通过全家的配合与教育,"宝贝"慢慢地明白了一些道理。

　　当然,孩子的教育必须从小抓起。一次,记得是在上幼儿园期间(哪一年记不清了),我们带着"宝贝"参加家庭聚餐,看到服务员端上一道"宝贝"最喜欢吃的菜。于是,他眼睛两点一线盯着,小手摁着转台,搛菜的筷子已经两个来回,就差没有拉到自己面前。此刻,也许有的家长不以为然,但儿媳妇当场进行了制止,"宝贝"觉得很委屈,闷闷不乐。儿子悄悄地将"宝贝"领到旁边……过了一会儿,"宝贝"脸上已经多云转晴,高高兴兴又回到座位。事后,得知儿子给他讲了孔融让梨的故事。

为了培养"宝贝"的学习兴趣,从读幼儿园开始,儿子、儿媳妇和我有目的地、潜移默化地对其进行古诗词以及词语和成语的灌输。由于有了一定基础,"宝贝"很快适应了学校的学习和生活,较好地保持着学习劲头,因此每学期都能获得一份"品学兼优"的荣誉。

节假日里,"宝贝"的自由活动时间相对多一点儿,毫无疑问我成为他的"黄金搭档",一有空祖孙两人下棋成了常态。五子棋、飞行棋、登山棋、陆战棋、象棋等等,时不时就"杀"它几个来回。

有一天,我俩对弈五子棋,一不小心,我被"宝贝"抢了先机,结果败下阵来。我随口说了一句:"小兔崽子还行!""宝贝"马上回道:"爷爷太不文明了。照你的说法,爸爸是你的儿子,我是爸爸的儿子。我是小兔崽子,爸爸是大兔崽子,你是老兔崽子。我们都是兔崽子。"此刻,"宝贝"的话戗得我无话可说。后来一想,"宝贝"的话没错。于是,只得向他赔礼道歉。

我在常州时,几乎承包了接送"宝贝"的任务。有时为了节省时间,晚饭来不及回家,便提议我俩就在外面享受一碗牛肉面好了。"宝贝"立马应道:"好呀,但必须经过王领导批准。"我一时没反应过来,带着疑惑问道:"哪个王领导?""哈哈,就是我的奶奶,你的老婆。这你都不知道？"

"宝贝"越来越大,总是喜欢缠着我和他爸爸,尤其是对我还有一个"歪理邪说"——每当他要洗澡,就理直气壮地说道:"今天洗澡,你们三人(奶奶、父母)休息休息,只有爷爷有这个权利。"然后,又狡黠一笑补充道:"我这是给爷爷一个表现的机会,谁让他不经常来看我。"此话一出,让我哑口无言,只得乖乖地停下一切事务,听从"宝贝"的召唤。不过,我乐意,我开心,这也许就是天伦之乐吧。

俗语说:家长是小孩的第一任老师。家长在日常生活中的一些细节对小孩有着至关重要的影响。

一天傍晚,我回常州,在楼下正巧碰到他奶奶接"宝贝"放学回来。"宝贝"一见到我马上告状:"爷爷,你要好好批评批评奶奶!"我问:"奶奶怎么啦?"他一脸严肃地说道:"在大街上她为了省事,抄近路,竟然翻越铁栅栏,那样多危险!"我马上支持并表扬"宝贝"的做法,然后批评奶奶的行为。

我和老伴经常带着他出去游玩或散步,走到路口,时值红灯亮起,老伴见没有车子就要过马路,"宝贝"立马制止老伴:"奶奶,遵守交通规则,不要闯红灯。"

"宝贝"过了十周岁,变了许多。最大的变化是听话了,懂得道歉,懂得关心别人,孝敬长辈;同时有了自己的想法和主见。

国庆节老伴在家休假,告诉我一件让她感动的事情。大伏天的下午三点来钟,艳阳高照,热浪蒸得人喘不过气来,身体不动都会冒汗。老伴前往培训机构接"宝贝"回家,两人刚刚接近站台,老伴扯着嗓子喊着"等一等",但喊叫声还是被大街上的嘈杂声所覆盖,司机依旧开着公交车向前方驶去。如果等下一班公交车,还要很长一段时间,怎么办? 天气热,太阳晒,两人都已汗流浃背,"宝贝"还总是让老伴打着小伞。这时,"宝贝"毫不犹豫地说:"奶奶,我们走着回家。"老伴心疼"宝贝",要帮他背书包,"宝贝"马上闪身说道:"奶奶,您年纪大了,这么热的天来接我,太累了。没事的,我已经长大了,书包不用您背。"说完"宝贝"牵着奶奶的手向家走去……老伴讲完,眼里闪着泪花。之后,老伴说:"听了孙子的话,我好感动! 即使再苦再累也心甘情愿! "

老伴的叙述,我感同身受。于是,开始留心起来。果然没错,当我俩往返在大街上,汽车、电瓶车来来往往时,本应该是我提醒和关照他的安全,然而,他总是提醒"爷爷当心",有时碰到突发情况,他反应很快,及时拽着我的手臂一拉,躲过电瓶车的冲撞。

是的,"宝贝"今年才十一岁,他的变化,让我们感到十分欣慰。综观当今社会,哪个家庭不希望自己的下一代出人头地成为人才呢?其实人才这个词语是相对的。我认为孩子只要身体健康、思想健康、品质健康,足矣!

上苍赐给我家可爱的"宝贝"。但愿他今后面对繁重的学习任务,面对错综复杂的社会关系,面对人生道路的选择,面对大风大浪的考验,做到游刃有余,茁壮成长,这才是真谛。

当然,为了"宝贝"的健康成长,我甘愿付出一切!

心中一片湖

　　说起来有点儿惭愧,在长荡湖岸边土生土长的我,压根儿不知道长荡湖还有一个好听的大名——洮湖。也许有人不信,而我确实是个孤陋寡闻的人。查阅《辞海》得知,洮湖是位于江苏金坛和溧阳之间的一个淡水湖泊,又名长荡湖。北魏时期的水利专家、文学家郦道元称洮湖为"古五湖"之一。

　　上苍遗存,自然界有了生命的洮湖,金坛人的母亲湖;传承文化,如今诞生了精神的《洮湖》……

　　一天晚上,我到朋友家串门,无意中发现茶几上有一本还散发着油墨味的《洮湖》。随手打开,主编葛安荣的名字赫然在目。这时,我的眼球定格在卷首语上,朋友将飘着香气的茶水放在我身旁,我竟然浑然不知。朋友见我看得这么入神,就笑眯眯地指着冒着热气的茶水调侃道:"难道这么香的茶你就不动心?"我抱拳对他说道:"葛安荣的卷首语写得太好了。"这时朋友很大度地挥了挥手:"好了好了,待会儿你就把杂志带回家,慢慢品读吧!"

　　回家的路上,月亮躲得无影无踪,只有秋雨不紧不慢地飘着,街道两旁的路灯像刚睡醒似的,无精打采的灯光照着冷清的街面。突然一阵秋风扫过，雨点飞落在脸上，感觉凉飕飕的，我打了一个寒战，下意识地将杂志往胸前的衣服里塞了塞，担心《洮湖》被雨淋着。走着走着，总感觉回家的路比平时长。此刻，洮湖一个劲儿地在脑海中闪烁、跳跃。

跨进家门，我急切切地翻开《洮湖》，如饥似渴地享受那清香、甘甜、温情的文学味道。夜深人静，只有客厅里"嘀嗒嘀嗒"的挂钟在不知疲倦地转动，抬头一看，时针已过两点，而我仍然意犹未尽……

说来也巧，没过几天，金坛日报社总编沈成嵩老师亲自登门送来一本他新出版的散文集《洮湖波影》，书中每篇文章都弥漫着乡土气息，真实记录了沈老师与长荡湖的过往，读后让我受益匪浅，更加深了对洮湖的认识。与此同时，我也爱上了这个带着乡土气息、带着温情的杂志——《洮湖》。它不知不觉便走进我的生活，成了我的"闺密"，时常在我心中绽开幸福的花朵。

后来我便在《洮湖》的水中学起游泳，而且学得格外认真，使我的文学梦成了晚年的追求。再后来，不管何时，只要一拿到《洮湖》，免不了第一时间来一个最亲密的接触。

《洮湖》在我心中流淌。

久而久之，《洮湖》在我的脑海中始终挥之不去，而我也在《洮湖》的影响下渐渐融入文学这个大家庭。当然，金坛的文学氛围如此浓厚，创作如此旺盛，《洮湖》功不可没，它一点一滴地成长，从幼儿到少年再到青壮年，渐渐成为金坛文学圈内顶天立地的男子汉，成为全省二十家文学内刊、全国文学内刊联盟十九家理事单位之一，为金坛打造了一张耀眼的文化名片。

《洮湖》杂志走过了二十多年春秋，其中优秀作品不断诞生，从金坛走向江苏，走向全国。《洮湖》非常关注省、市、县（区）内的文学新人，金坛的很多作家都是从这片"水域"中成长起来的。《洮湖》生长着小说、散文、诗歌、评论等，其中呈现的文学作品，都是那么清新、鲜活、可爱、肥美。金坛正是因为有了《洮湖》，并且把《洮湖》当作苗圃和园地，甘当文学的摆渡人，才使金坛的文学爱好者打开走向外面的通道，迎来一个又一个创作春天。

　　我的老家在洮湖边上，回家常常伫立洮湖翠堤上，眺望烟波浩渺、水天一色的景象，感受着母亲湖的亲切和宽广。洮湖少有惊涛骇浪、喷珠溅玉，更多的时候水波不扬，一浪来一浪去，一浪去一浪来，静静地走动，说不清哪一朵浪花在哪里，它们融成了一个湖，湖就是每一朵浪花的大家庭……

　　民间传说，很早以前，洮湖曾经枯竭过，那是自然灾害形成的，并非人为的竭泽而渔。我默默祝福心中的洮湖年年碧波荡漾，越来越秀美……

老家的路

　　傍晚，我离开城区来到金坛区指前镇长荡湖畔的老家，径直朝长荡湖西路走去。也许有人疑惑不解，为何城区这么多公园和景点不去，反而往乡下跑？难道城区的公园不美、不好吗？其实答案很简单——我留恋老家的路。

　　是的。每当踏上老家的路——长荡湖西路（原来称环湖路），往事总是历历在目。记忆中，许多年前，老家的路是泥土路。在那个年代，既是圩堤，又是路，老百姓通俗称之为"大埂"。全长两千四百多米，路高约三米，路基呈梯形，上宽三米，下宽五米。它南到白石港，北至大浦港，因为没有架桥，走到尽头只能用四个字——此路不通。说白了就是一条"断头路"。那时，这条路上到处堆放着大小不一的杂草垛和秸秆，而且牛粪、羊粪随处可见。路的两侧根据季节，分别种植了黄豆、芝麻、蚕豆等农作物，其余都是柳树、杂草、灌木丛林。雨天一到，路面坑坑洼洼，一不小心就会栽个大跟头。因此，儿时我栽跟头的次数根本无法记清，为此也吃了不少苦头。但雨过天晴，我和玩伴似乎忘记了一切，照样利用水塘、土坑、庄稼、树木、丛林等地形、物件，捞鱼虾，摸螺蛳，捉知了，掏鸟窝，挖野菜,躲猫猫等。虽然每每弄得灰头土脸,满身泥巴,但我们玩得非常快乐,经常忘记了吃饭,忘记了回家。

其实,老家这条环湖路原来很平常,不起眼,但正是这个名不见经传的环湖路,让我的少儿时代多了许多跳跃的音符,在我的脑海中留下了充满童趣、快乐的时光。后来这条路成了我走上社会、接受人生教育的"第一课堂",成了我人生道路中无法抹去的记忆。

二十世纪七十年代中期的梅雨季节,老天爷已经连续下了三天中到大雨。凶猛的洪水从四面八方涌向长荡湖。洪水迅速越过了警戒线,长荡湖告急!环湖路告急!芦家村告急!这时雨还在不停地下,偏偏还刮起了六级东风,狂风掀起的巨浪一阵接着一阵,毫不留情地蚕食着路面,洪水凶猛地撞击着路基,发出"哗哗"的吼声,仿佛就要将路面撕开一个缺口⋯⋯情况十分危急,环湖路危在旦夕。这时,环湖路面上响起了急促、清脆、震耳的"咣咣咣"的敲锣声,而且锣声急促,一个接着一个,一声紧过一声。锣声就是命令(当地农村用敲锣的方式报告险情,锣声为抢险的紧急信号),很快紧靠湖边的几个生产队壮劳力迅速集合到了老环湖路的土堤上。而我这个刚刚从学校毕业的年轻小伙子,也随着人们来到现场,有幸经历了整个抢险的过程,亲眼目睹了"党员突击队"的风采,感受到老百姓临危不惧、勇于奉献的无私精神。特别是抢险中许多动人的场面,让我记忆犹新、历历在目。

记得当时,风大雨急,狂风夹带着雨点噼里啪啦打得人难以睁眼。突然,不远处传来一声惊叫:"不好!这里的路基坍塌了。"还没等人们反应过来,又是一阵巨浪扑来,把路面二米多长、路宽三分之一之多的泥土冲得无影无踪。情况非常紧急，一旦决口，后果不堪设想。这时，大队党支部书记当机立断："我们用身体挡住风浪，不让它冲打路基。"说完率先跳入水中。大家心领神会，不甘示弱，纷纷跳入水中，手拉手筑起了一道"人墙"，用身躯阻挡着风浪的肆虐。然而，人们还没站稳脚跟，瞬间一个巨浪袭来，打得老队长措手不及，一个趔趄跌入水中撞在树枝上，顿时手臂上划了一道深深的口子，鲜血直流。这时，同志们都劝他上岸去休息，但老队长只是嘿嘿一笑，说了一句"没事"，便一直坚持到最后。

一方有难，八方支援。不一会儿，全大队十几个生产队的壮劳力都相继加入了斗洪水战风浪的抢险队伍。当地老百姓得知抗洪现场缺少木板、毛竹等抗洪材料，毫不犹豫地从家里拿来了门板、木板、毛竹和树桩、草包、铁丝等抢险物资，有的还扛来了造房的木料。尽管老环湖路的险情不断，但是，得益于共产党员身先士卒的带头作用和基层干部的冲锋陷阵及老百姓的齐心协力，即使再大的风浪、再大的洪水，在人民大众面前都得乖乖屈服。经过一天一夜的苦战，终于保住了环湖路，保住了芦家村。

后来，老家的环湖路都由大队定期组织人力、物力对其进行加固和维修。他们在环湖路的外围栽种了大批芦苇作为第一道屏障，再后来又对路基、路面进行了加宽、加高、铺垫碎石子等硬化工程，而且在路外护坡又筑了石头驳堤。由于政府部门对湖区的道路、堤坝加大管控力度，环湖路这几年一直相安无事，至今没有发生过大的毁路、破圩事故。而我呢，每年总是隔三岔五回到老家，带着怀旧的念想到老环湖路上走一走。然而，一直以来，每一次踏上老环湖路，我总是有一种不安的感觉。假如突发五十年一遇的洪水外加台风的袭击,这环湖路能否经得起特大洪水的侵蚀和考验?我是土生土长的当地人,经常听老一辈讲,环湖路的基础及两边滩涂上的土壤属于沙土类型,老百姓俗称"小粉土",即土的颗粒细小,干旱时太阳一晒就成了粉末状,而到了水量充沛时,又经不起晃动。这种土质最大的缺点就是漏水严重,容易发生管涌,不能不说是一大隐患。

2015年金坛各级党委、政府一班人不忘初心、牢记使命,以大手笔、大实干的精神,凭着过硬的智慧和本领,为长荡湖的建设和发展描绘了一幅全新的交通蓝图。他们大刀阔斧,克服重重困难,想方设法造福于民。他们日复一日,寒来暑往,从晨曦走到日暮,从春华走到秋实……如今,包含八座桥梁、双向四车道、道路绿化、路灯亮化、路边花园、若干景点、健身广场等集旅游文化、生态发展于一体的长荡湖西路,展现在人们眼前。

白石港东桥是长荡湖西路的南北通道,桥下大运河的水缓缓流过,柔柔地涌入母亲湖的怀抱。我在桥面上驻足,欣赏着绚丽多彩的晚霞景色。只见天际边一会儿五颜六色的彩云在千变万化中彰显它的柔情,一会儿朵朵云霞又像百合色的团团棉花……此时,晚霞的美景让我赞叹不已,而我却无法拖住天际边慢慢下沉的残阳。

突然,一阵马达的轰鸣声由远及近,很快,一艘快艇从我眼皮底下飞驰而过。快艇溅起的水花犹如一朵朵洁白的水莲花,瞬间在我眼前闪过,不一会儿水面又恢复如初。恰巧一阵清风拂过,让我格外惬意。真是夕阳美如画,清风醉晚霞。

沿路南下,两旁深绿色的树木和五彩的花卉正在舞动身姿、吐着清香迎接金秋的到来。我在绿叶中游走，在芬芳中穿梭，吮吸着长荡湖湿润的空气和带有湖鲜的味道……忽然，一位六十多岁的老者拎着垂钓工具和我打招呼，我先是一愣，然后恍然大悟，便随口道："想不到您也是一个垂钓爱好者。"老者嘿嘿一笑说："消遣消遣！"这时，我鬼使神差地跟着老者来到路旁的湖岸边，他那娴熟老到的甩钩动作让我啧啧称赞。趁着等待鱼儿上钩的空闲，我俩攀谈起来。我问："这条路每天都是这么热闹吗？"老者答道："到这里休闲、散步、赏景、健身、跳舞，自娱自乐，成了老百姓的时尚潮流，成了老百姓的日常生活……"这时，一群鸟儿从不远处由西向湖中飞去，这天与水、晚霞与鸟儿的意境，不禁让我想起唐代诗人王勃《滕王阁序》中的词句："落霞与孤鹜齐飞，秋水共长天一色。"

接着老者又说："这条路还经常有溧阳等外地人专门开车来玩呢。"我半信半疑。

告别老者，我又漫步在长荡湖西路上，望着浩渺湖面那波光粼粼的美景，有种心旷神怡的感觉。这时，马路上的人越来越多，人们三三两两谈笑风生，快乐无比；一对对俊男靓女手牵手，感受着美好的时光；路边小广场上，伴随着舒缓抒情的音乐声，人们翩翩起舞，扭动着身姿……

夜幕降临，温柔的月光淡淡地洒向大地，透过长荡湖西路两旁的青枝绿叶，仿佛是谁在地上撒的碎银。此刻，马路上华灯初上，人流不断，还不时传来小商小贩的吆喝声，好一个热闹非凡的夜景。

老家的路真是今非昔比。

诚然,长荡湖西路只是金坛道路建设的一个缩影。它不是国道、省道,却时刻为金坛的母亲湖默默地守候着。这条路虽然不出名,却实实在在为老百姓谋福祉。

　　在我眼里,这条路是长荡湖跳动的脉搏。

　　在我眼里,这条路是乡村振兴输送养分的血脉。

　　在我眼里,这条路如诗、如歌、如画,是永不消逝的风景线。

　　在我眼里,这条路是光辉之路、致富之路、小康之路!

　　在我眼里,这条路是共产党指引的幸福之路,是一条金光大道。

　　金坛的路数不胜数。尤其是党的十八大以来,金坛"高、大、上"的道路越来越多,越来越好。但是,在我的心目中,让我流连忘返,有着记忆、有着情感、有着思念、有着追随的,注定是长荡湖西路。

　　写到这里, 我想起鲁迅先生的经典名言:"地上本没有路,走的人多了,也便成了路。"是的,路是人走出来的,是干出来的,也是闯出来的。今天重温鲁迅先生的经典名言,颇受启发。他不仅道出了我心灵深处对长荡湖西路的真实情感,而且更加激励人们开拓奋进,踏踏实实走好自己的路。

　　路在老百姓脚下,更在老百姓的心中。

"织"的背后是一个情字

　　一次老同学聚会，被称为大姐的蒋剑英突然抛出一个话题："大家都退休好几年了,待在家里在干啥？"

　　一石激起千层浪。很快,大家七嘴八舌,叽叽喳喳,"戏"就这样开场了。

　　甲说："每天我追着电视剧看！"

　　乙讲："我整天在忙女儿的'二宝'！"

　　丙笑眯眯地道："我外出旅游……"

　　这时,一贯矜持、说话较少的丁同学开口道："我最近在家织毛衣……"

　　此话一出,我感觉很意外,心想织毛衣这项手艺、这样的情景已经消失好多年了,便带着疑问说道："真的假的？"

　　"这还有假！当然是真的。"

　　接着她又说："儿子冬天上夜班很冷，我就为他织了毛衣、毛裤、袜子、手套。"

　　我又道："那可以买呀,干吗要费心织呢？"

　　"买的衣服和我亲手织的穿在身上的感觉能一样吗？"

或许是为了证明自己，她伸出略显糙厚的食指和中指，让大家看看织针和毛线留下的印记……

听完丁同学为了儿子忙于"织"的话题，我的思绪一下子被带回那个年代。记忆中，我们当地把毛线叫"头绳"。所谓"头绳"，其实是百分之七十的腈纶和百分之三十的羊毛混合而成，材质谈不上多好，穿在身上有点儿扎人。即使这样，能够穿上"头绳衣"也是一种身份的象征。

二十世纪七十年代中期，母亲从供销社买回十多支（每支五十克）苏州生产的"卫星"牌淡咖啡色"头绳"和几根竹针，说是要为我织一件"头绳衣"，当时我高兴了好多天。母亲让我配合着将十多支"头绳"绕成线团。之后，她的怀里总是有一只小篓装着线团，两只手和竹针、"头绳"亲密接触。"头绳"拥抱着针头，针头上裹着"头绳"，随着母亲的手指连续不断地运动着，线团在篓子里不停地翻滚……

母亲虽然裁缝手艺在当地小有名气，但对于编织手艺却不是十分精通，初期学着最普通的平针，而且还是现学现卖。为了织好我的衣服，她边织边学，织了拆，拆了再织，经历多次实践后终于掌握了收针和放针的技巧。

时间一天天过去，"头绳"在母亲手里穿插、挑拨、缠绵，每每重复着同样的动作，一片又一片地紧紧相拥，慢慢地变成衣服。

二十世纪八十年代中期，随着社会的发展和时代的进步，"头绳"摇身一变成了毛线。此刻，我也成家了。母亲"织"的接力棒交给了另一个女人——我的妻子。

相对而言，妻子的"织"比母亲顺畅多了。毛线不仅多了品牌、规格,而且种类、颜色更是丰富多彩,就连针也上了档次,改成轻质铝针,还着了色彩加以区分。那时,开司米、马海毛等绒线产品渐渐进入老百姓的视线。妻子为了将我的毛衣织出花样,织出艺术,织出水平,专门购买了编织毛衣的工具书,使她的"织"有了质的提高。可以这样评价:她的编织本领在我眼里用"炉火纯青"这四个字一点儿不为过。她翻着花样在毛衣上嵌入许多不一样的图案、花式。当年我的军绿色毛衣、深米色毛裤、灰色背心、手套都出自妻子之手。为了赶潮流,她还用棒针专门为我设计、编织了一件外套,让我出尽了风头。儿子出生后,她的编织能力更是有了用武之地。一年一织,一年一换,变着戏法将儿子从头到脚、里里外外,"织"成了一个开心娃娃。

二十世纪九十年代兴起了穿羊绒衫的热潮,羊绒衫一下成了时尚,流行程度夸张地说成了"大众情人"。由此,我认识了内蒙古的鄂尔多斯市,准确地说,我青睐"鄂尔多斯"品牌的羊绒衫。

后来,更多的毛衣成品铺天盖地,"买"变为老百姓的首选。于是,手织也逐渐淡出人们的视野。跨入新世纪,"织"的画面几乎淡出江湖。

如今,当我得知丁同学为了儿子还在忙于"织",用她的温婉和柔韧,用细腻和绵长,用劳累和温暖,实现一个母亲的心愿,我不由得高看她一眼。

我在想:母亲、妻子的每一针、每一环都是一道笔画、一个字母。

我在想:母亲、妻子们把所有心事都织了进去,融入最贴身的毛衣、毛裤之中。

我在想：母亲、妻子"织"的是一种温暖，其背后的情意是多么厚重。

　　我在想：母亲、妻子"织"的是爱，每时每刻都在感受着它的温暖、它的滚烫、它的炽热……

它们让我肃然起敬

一不留神,小区门外东侧的公园成了"满园尽是黄金甲"。

傍晚,我到公园散步,忽然发现葱绿中多了一大片金黄的花,神采奕奕,鲜艳夺目,一片连着一片开放在院内、路旁及空地。

几天前的早上我去散步,它们扭动着细细的腰身,挺着绿秆,披着碧叶,伸着脖子一个劲地张望,看见我仿佛遇见了老熟人,总是向我频频点头示意。

没想到仅仅几天时间,它们簇簇相拥、朵朵密集、挤着挨着,小脸张开,兴奋着,欣喜着,一茎茎的星黄织成一片黄锦,如此婀娜多姿,如此夺人魂魄。风过处,金黄色的花浪一浪接着一浪,它们笑得前仰后合,左右摇摆,欢天喜地。这一片金黄在院内的绿色衬托下显得非常惹眼,吸足了游人的眼球,令人惊叹不已,忍不住停下脚步,走进花丛里去轻轻抚过柔软的花朵,嗅一嗅它们的香气。

我曾经寻思,春天里我经常和它们相遇,它们给我的印象一直是随遇而安、与春无争,为什么现在绚丽绽放呢? 想着想着,突然醒悟,原来春天已经走了,它们将所有的心事都交给了夏天。

是的,夏天让它们灿烂无比。

说来有点儿自惭,虽然经常和它们照面,却叫不出来它们的名字。还是通过手机才得知:它们是金鸡菊,又叫金钱菊、小波斯菊。

查阅资料知晓:金鸡菊属一年生或二年生草本植物,株高一般五十厘米到六十厘米左右;叶片羽状分裂,裂片圆卵形至长圆形,头状花序单枝端,外层总苞片与内层相近,舌状花黄色,基部紫褐色;花瓣有四齿,因像鸡爪而得名金鸡菊。

金鸡菊原产北美洲南部。它们不管土地多么贫瘠,不管天气怎样变化,不管环境多么狭小,总是能够坚韧地生长。也就是人们常说的耐贫瘠、耐寒、耐旱。

徜徉在金黄色的花丛中,只见纤细的绿色花茎上,一朵朵金灿灿的黄花有的仰面大笑,有的浅笑,有的低头沉思。我大口大口地吮吸着它们的芬芳,恨不得将它们的芬芳全部吸到心里,然后慢慢进入血液,融入全身。

禁不住那诱人的清香,我蹲下身子,用鼻子紧贴着它们的花瓣,纯美、丝滑、幽淡的花香瞬间钻入身体,让我非常静心、清心、爽心、舒心。忘记了什么是忧愁,什么是烦恼,心情无比欢乐。

是的,花香是藏不住的,芬芳了自己,也愉悦了许多人。

正当我如痴如醉时,不承想惊动了身旁还在加班加点辛勤劳动的蜜蜂,冷不丁从我眼前闪过。好在蜜蜂舍不得放弃这美美大餐,嗡嗡地在我头顶上不停地盘旋了几个来回,又急匆匆地吻上了另一处的花瓣。

漫步于公园人工湖岸边,鲜亮夺目的金鸡菊花、白三叶花、蔷薇花、杜鹃花连同柔软的草坪和青葱的树木一道,描绘了一幅美丽油画。

走在院内的蜿蜒小道，抢眼的金鸡菊似乎接管了整个院落，绿树静静地站立，牛筋草默默地看着，各种野花只能沉默不语。

　　是的，夏天让它们出尽了风头。

　　其实，金鸡菊不仅仅是鲜亮夺目，更重要的是它展现出一种积极向上和奋发努力的精神。金鸡菊的花语为上进心和竞争心，象征着勤奋、不畏艰难和顽强的拼搏意志。

　　或许平时根本没有注意身边的花花草草，也不会在意植物的生长环境，可是，当我坐于健身步道一侧的大理石长凳小歇时，意外地发现步道边坚硬的地面和石块的夹缝中依然生长着一些金鸡菊，这让我感慨，更让我钦佩。夹缝中求生存，一般植物无法做到，而金鸡菊却能在恶劣的环境中争得一席之地，挺着细细的腰身，顶着风雨，缺土少肥艰难地扎下根去，顽强地生长。

　　望着风中摇曳的金鸡菊，我联想到自己人生道路中的一些经历和许多失败，是不是因为缺少金鸡菊那种自强不息、努力进取的品格？是不是缺少金鸡菊那种勤奋、顽强、始终如一的坚强意志？是不是缺少金鸡菊那种无所畏惧的奋斗气势？

　　我想，答案是肯定的。

　　金鸡菊告诉人们一个道理：漫长的人生路，要想做一个成功人士，必定要有克服困难的勇气和持之以恒的决心，要有奋发向上的追求和永远乐观的工作劲头，要有坚韧不拔的意志和顽强拼搏的精神……

　　是的，金鸡菊的夏天也让我理解了印度诗人泰戈尔"生如夏花"的真正含义。

　　金鸡菊让我肃然起敬。

方言也是一种乡愁

夜晚，一场大雨将我堵在家中，随手从书架上取出由葛安荣、杨银生主编的《杨贺巷》一书，翻阅之中浏览了书中的地方方言，颇有感触。

常言说：一方水土养一方人。我是土生土长的金坛人，习惯讲金坛方言。可是，金坛方言有点儿复杂。它不仅有本土方言，还夹杂着溧阳方言、丹阳方言、江北方言，而且本土方言又分金坛东门外以"得""头"为主要特征用语和本地平常用语。

从我记事起，一直都是用方言交流。上学后发现老师课下和我们一样都是满口纯正的方言，一到课堂上，老师又改讲国语（后来得知叫普通话）。当时，不明白怎么回事，只知道老师要求除了上课回答问题或读课文、背书时一律用普通话外，其他时间没有硬性规定，自由选择。那个年代听到某某讲得一口流利的普通话，就感觉了不起，是个有文化的人。于是，从读书起，为了做个有文化的人，我不断地努力学讲普通话，就这样经过长时间的摸索和积累，再加上经常听广播，我的普通话表达能力渐渐地提高了许多。虽然夹杂着"金坛普通话"的味道，发言不够标准，但是，在当时已经不错了。

时间在一天天流逝,我也从学校毕业走上社会。一年后,一张入伍通知书将我送到东北的部队。整个部队的官兵,尽管来自五湖四海,各有各的方言,但却是清一色会讲普通话。

有一天,我去金坛老乡的班里串门,他的副班长正和老乡唠得特别起劲,我俩根本听不懂。我也不知道副班长的老乡说了什么,只见副班长笑得十分灿烂。但我没敢笑,一个外人,没资格随随便便地加入别人那爽朗的笑谈里。接着副班长一会儿眉飞色舞,一会儿又一脸严肃。既然这样,我和老乡也用方言聊起来了。聊着聊着,副班长反过来又注视着我俩说话,并说道:"啥玩意儿,我一句没听懂。"我立马应道:"彼此彼此……"后来得知副班长是吉林延边人,他俩讲的是朝鲜语。

过了几天,几个老乡来看我,讲的全是家乡话。大家你一句我一句说得格外开心。此刻,待在屋里的班长不乐意了。他一本正经地说道:"以后在班里不能说方言,叽里哇啦像日语似的根本听不懂!"之后,我们约定俗成,除了老乡在一起讲方言外,若有其他人在场,大家只讲普通话。

东北是普通话的摇篮,而我在摇篮中又得到部队的熏陶,普通话的水平有了不小的进步。这也为我今后的工作打下了良好的基础。

二十世纪八十年代初,我从部队回到地方从事基层管理工作。在那个普通话并不十分"畅销"的年代,我的普通话也随之搁置起来,迎接我的依然是有着乡音的方言。记得有一次乡政府召开"抢收抢种"三级干部动员大会,会上,先是由党委副书记宣读了讲话稿,台下掌声稀稀拉拉。当主抓农业的副乡长拿过话筒将发言稿搁在一边,然后脱稿讲话,满口方言,听得台下参会人员连连点头,掌声雷动。我当时觉得好奇,便悄悄地问身边的人,他们告诉我,副乡长的讲话实在、耐听、接地气,特别是讲的方言,听起来带劲,一下子拉近了与老百姓的距离,并且人情味十足,大家爱听。我这才恍然大悟,明白了方言仿佛一条看不见的纽带,连着老百姓的心。

进入新世纪,随着时代的发展与进步,普通话的普及与推广引起有关部门的重视。于是,连续不断的红头文件下发到各级部门,要求全面实施讲好普通话。一段时期,有的地方将学讲普通话作为工作考核目标,达不到标准的公务人员必须参加培训。从此,各级机关工作人员和对外服务窗口率先以普通话接待老百姓。加之外来人员的增加,讲普通话的地方越来越多。尤其是近几年,全面提倡讲普通话之后,虽然本地的原住民依旧还是使用方言,但90后、00后大部分都是讲普通话。学校更是如此,方言几乎成了真空地带,学校内没有方言的概念。学生之间、学生与家长交流大都使用普通话。一些老人为了融入其中,也操着金坛普通话与孙辈互动。

我和老伴曾经尝试教孙辈学讲方言,但收效甚微。不过,孙辈能听懂我们的方言。有一年暑假,儿子下班回到家里,随口说了一句今天是儿媳妇的生日,老伴先是一愣,接着说道:"稍等一会儿吃晚饭,我来加几道菜。"说干就干,没多久,香喷喷的五菜一汤全部登场。老伴招呼着开饭。孙子见到饭桌上正冒着热气的菜肴,突然冒出一句金坛话:"呀呀(爷爷),今啊头(今天)迈迈(奶奶)刷刮的(干活、说话麻利的意思)！"尽管听起来有点儿别扭，但总算听到孙子讲金坛方言，我很是开心。

我想如果一个人在远离家乡的异地，忽然听到熟悉的乡音，心情会是何等的激动。记忆中有一年出差，坐在长春龙嘉堡机场的候机大厅，整个机场每到一处灌进耳朵的全是普通话。那天，我过了安检，便在座位上看书。看着看着，突然，传来熟悉的乡音："老头得(老头子)，佛要冲等(不要打瞌睡)麻散登几得(马上登机了)……"方言在空气中扩散，越听越觉得这不仅仅是两个人的对话，更是乡愁，是思念家乡的那种感觉。顺着声音寻去，两个和我年龄相仿的一男一女还在嘀咕，我有点儿小激动，走过去和他们搭讪，对方一听是老乡，显得格外热情。不用说，话匣子一下子就打开了……

写到这里，我想起唐代诗人贺知章的《回乡偶书》中"乡音无改鬓毛衰"的诗句，想象着贺知章回到家乡，说出一口流利的方言的情景……

其实，方言是一种独特的社会现象，更是一种地方文化，它不但蕴含着浓浓的乡愁和地方特色，而且充满了人间的烟火气。

由此，当我们提倡推广普通话的同时，是否也应该重视和留住方言呢？

塑造血肉丰满的乡村人物

——读《白羊儿》

　　读《白羊儿》,感觉这是一篇很接地气的乡村题材小说。《白羊儿》讲述菱湖中学篮球队三个台柱子打篮球的故事,以共青团这个农村最基层的青年组织为切入点,塑造了白羊儿、姜大勇、曹九斤等血肉丰满的人物形象。

　　一、作品的整体把握。我拜读过葛安荣的许多作品,大都是乡村题材。他作为一个生在农村长在农村的作家,胸腔里跳动的是农民的心,深深地眷恋着农村这片热土,他怀着对农村的一腔热血,用真情描写乡村的生活,描写乡村的人和事。为了写好《白羊儿》,葛安荣经常回到乡村,与父老乡亲交流,唠唠家长里短,一待就是大半天,甚至更长时间。葛安荣擅长写农村小说,但是,一个作家,如果心中没有热爱农村的情愫,如果心里不装着农民,也就写不出好的作品。

　　《白羊儿》就是一篇描写乡村生活的佳作。小说围绕白羊儿写,紧扣人物的命运写。以白羊儿喜欢打篮球为轴线,通过打篮球、修球场,再到举办邀请赛等等,引出了一连串的人和故事,从而塑造、表现了几个乡村年轻人以及一个个普通人物的真善美,生动描绘了那个年代的乡村风貌。小说扣住时代脉搏,以小见大,引人入胜,描述了改革开放前农村的贫穷与落后、物资匮乏与精神单调的现状,也表现了农村干部面临的困境与尴尬的无奈之举。尽管这样,乡村干部精神不倒,奋发图强,巧妙地运用"八仙过海,各显神通"的办法,解决了农村文化娱乐生活单调、落后的问题。小说从二十世纪七十年代写到新世纪,年代跨度大,最后的结尾似乎有点儿急,但过渡显得比较自然。

人物是小说的灵魂。作者写人物很见功力。小说借助乡村的体育事业,把白羊儿写得很细,许多细节的刻画,使这个人物呼之欲出,栩栩如生。我想,一个作家如果不熟悉乡村的生活,不熟悉乡村的一草一木,不熟悉乡村的人情世故,肯定写不出好的乡村作品。《白羊儿》真真实实写出了人与农村、人与土地、人与人的关系,写出了人物的命运,写出了许多生活细节。可以说,这篇小说的人与事物的发展让读者清晰可见,触手可及,回味无穷。

这篇小说上下呼应与衔接恰到好处,分寸拿捏十分到位。无论城市还是乡村,无论老者还是青年,都值得品味。我读过一些描写乡村题材的作品,但是能够围绕乡村体育事业展开的小说少之又少。

二、小说语言的艺术。作者的语言自成风格,读之嗅到浓浓的生活味道,又能品味到灵动的鲜活。在我看来,语言对小说本身、对读者都是至关重要的。作品的语言既代表了作家的思维,也反映了作家对乡村生活的熟悉。我欣赏葛安荣小说中的语言,他的小说给每位读者一种赏心悦目的感觉。比如,作品的开篇写道:"姜秀莲天生皮肤白,说话汤汤水水。天长日久,马脚山人丢了她的大名,把她的小名白羊儿叫得顺口了。""抬头透气间,见白羊儿走来,大勇把杂草揉成一个团团掷她:'看球!'白羊儿一闪身躲过。九斤笑着说:'进入三秒圈,鬼箭都射不到她。'"这些语音朴实、真实、干净,体现了作者鲜活独特的语言特色。

是的,好的语言越读越有劲。面对平庸的语言,读者经常会用跳跃的方式去读,也就是人们所说的那种一目十行。但读《白羊儿》,我一字一句细读、细品、细领会。作品中许多语言都是乡村生活中农民的口头禅、农民的家常话,或者讲是地地道道、原汁原味一听就懂的土话。文中写道:"马脚山的老话,橡子当不得中梁,草灰糊不上墙。"还有大队书记姜天华对白羊儿、姜大勇、曹九斤三人的一番话:"三个人很高兴,喜欢篮球的劲儿又被钓上来了。一个篮球般大的诱惑,气鼓得足足的。""你眼珠儿歪了,看人不是人,看鬼不是鬼,心思看歪了。"

当然,作品的语言是作家对世界、对社会、对生活的认知,也是对人类生存方式、生活经历的思索与解读。葛安荣的小说风格,个性化的文字,就是让读者感觉通俗易懂,人物鲜活且接地气。作品的语言真诚,没有一点儿虚情假意、矫揉造作的句式,而是那种彻彻底底、最基本最普通的对话。因此,《白羊儿》就是葛安荣小说特点和语言艺术的呈现。

三、对人物的把握显现分寸感。《白羊儿》的故事很简单——几个年轻人在学校篮球打得出色,从公社打到县里,又打到省里。从学校毕业后回到大队,在大队书记的吆喝下,他们从修建篮球场、做篮球架开始,以白羊儿"找"钱展开故事情节,将九斤的父亲拉进学雷锋的行列等等。

众所周知,那个年代,农村大队"穷"是不争的事实。白羊儿为了节省工钱,会同曹九斤上门请老木匠、九斤之父老曹做篮球架时,白羊儿用开玩笑的口吻说了一句:"曹伯伯,学雷锋了!"就是这句话,老曹没有半点儿犹豫便揽下做篮球架的活儿。之后,小说又巧妙地埋下伏笔。一是为了赚取球网钱,白羊儿和大队几个团干部去笔架山打松果;只剩一壶水时,曹九斤坚持让女生先喝的举动。二是笔架山巡山人追赶白羊儿他们几个打松果时写道:"笔架山5号球衣,印在胸前,枣红色仍然醒目,背脊上的'5'字样显得粗壮。"三是白羊儿他们几人将松果卖给人民饭店结账时,对方将钱款如数交给白羊儿,但白羊儿不肯收,而是坚持由马脚山大队会计来收,体现了白羊儿的公私分明。

　　这就是人物的主导性格。

　　《白羊儿》中情感的温暖和光亮不时出现,使人感动。身穿5号绒球衫的巡山员听了白羊儿打松果的原委后,非常理解白羊儿他们的做法,以至于后来马脚山举办篮球邀请赛时,姜大勇在比赛途中意外受伤,5号巡山员主动介绍并帮助姜大勇到表弟张医生那里治疗,还特意强调是祖传草药秘方,专治跌打损伤,灵呢!

　　姜大勇受伤之后,白羊儿心细如绣花地照料,一有空闲,就去帮他换膏药看伤情,帮他泡脚疗伤。白羊儿的做法引来了大家的闲言碎语……后来姜大勇去油田端上了金饭碗,而曹九斤的眼疾越来越严重。再后来,大队书记拿着油田招工表让白羊儿填好,这样就可以跳出农门,并出了个馊主意,让白羊儿和姜大勇结婚再盖章。但白羊儿放弃了。几个月后,人们做梦都没想到,明知曹九斤只有一只眼,白羊儿却与其结婚了。

《白羊儿》中乡村生活的场景描写触动了人们的神经,体现出作者出色的记忆力。看乡村是乡村,但现在的乡村不是过去的乡村。乡村变了,但是灵魂还在,还有记忆,还有乡愁。

　　诚然,乡村题材的小说要想产生良好的效果,除了题材的选择、人物塑造外,关键在于小说的可读性和感染力。《白羊儿》在这方面很是到位。小说反映了那个时代乡村所发生的一系列矛盾和冲突,反映了当时乡村利益格局中复杂的人际关系,使小说的思想内涵更加厚重。小说着力刻画农民对精神生活的情感和需求,刻画了几代人之间的恩恩怨怨、是是非非和对精神生活的追求。这样的描写大大增强了作品的情感深度,非常动人。

　　四、这篇小说还有一个特点,即没有简单地停留在以球写球上,而是将人性写到深刻处。深层次揭示老百姓每天不仅仅是吃喝拉撒,还必须要有精神生活去支撑。特别是当今社会的变革与发展,让老百姓对精神需求、娱乐生活的要求越来越高。读完这篇小说,让人感觉到真切的现实感。因此,小说给我们的启示是:乡村振兴必须注重乡村的文化建设和精神文明建设。

　　葛安荣是位有个性的作家,至今仍保持着原始的纸上手写,然后再去打印。也许有人会说,都什么年代了,还用这种原始的、累人的写作方式。其实对葛安荣而言,手写是一种感受,更是一种精神寄托。

　　葛安荣描写现代生活的小说,尤其是农村题材的小说,总是透出新时代新生活的气息。我读过葛安荣的许多小说,他写男女关系从来严谨苛刻,从不露骨,给情爱蒙上一层雾、一层纱,读者似看到又看不到,留下许多空白,写"色"却不"黄"。小说《白羊儿》

中白羊儿、姜大勇、曹九斤的关系只能由读者去猜想了……

葛安荣曾经多次在我面前提及,他是一个经常"胡思乱想"的人,用文学的说法就是喜欢虚构。虚构成就了葛安荣的小说,成就了他的文学之梦。

葛安荣的《白羊儿》是他表现农村生活的其中一篇,他说要写一个系列,写多个血肉饱满的农村人物,刻录乡愁,记忆永恒,为父老乡亲塑像,刻画旧时的、现在的,以及走向未来的新农民形象。

等待

　　医院门外 U 型的栅栏里人头攒动，现场的喇叭不停地重复着就医的程序。我在"老北京"哥哥的帮助下，经医务人员的严格查验后，终于进入门诊大厅。我好像逃脱了一个隘口，心里顿觉轻松了许多。

　　按照住院指南，穿过拥挤的人群来到二楼办理住院手续，我看见八个窗口都排着长溜溜的队伍。

　　四十分钟之后，终于轮到我了，我将有关手续资料及银行卡递给女收银员。然而一个小小的疏忽让我急出一身冷汗。原计划银行卡上存有四万，外加微信转一万就可以了。谁承想，当我使用微信转账时，被告知微信账号超出了年度核定的转账限额无法办理，而医院要求押金是五万元。这可怎么办？排在后面的人一再催促。就在我一筹莫展之际，收银员很温和地说："大叔不要急，你把资料先放在我这里，到旁边慢慢弄。只要将微信里的钱通过提现转到卡上就好了，然后再来办！"她的点拨让我茅塞顿开，赶忙打开手机操作一番，很快把钱转到了卡上，顺利办了住院手续。我暗暗责骂自己愚笨，怎么就没想到呢！

拿着住院手续找到 A 栋住院部，两名保安把守着大门。旁边一位女同志看了身份证和住院通知单后说等一会儿，有主治大夫来接。等了片刻，一位姓梁的大夫将我和另外一位六十来岁的女患者带到三楼的心脏内科病区。

　　病区大门紧闭，梁大夫将磁卡在把手处一晃，门缓缓打开，然后又将我俩交给两位工作人员。一位年长的女同志操着不太标准的普通话，分别对我俩的活动范围、家庭情况、社会关系等诸多问题一番刨根究底，然后一一登记在册，并在我手腕上套了带有二维码的塑料圈，告知我的床位是 22 号。年轻的女同志则领着我向指定的"一席之地"走去。可是，到了病房外面，却被告知前面的病人尚未离开，还需要在走廊里等待。

　　既来之则安之，等吧。过了一会儿，一位小护士让我去了治疗室，说是抽血检验。走进治疗室，我前面还有一位女患者。小护士在女患者手臂上拍打半天，扎了好几针总是找不到血管。她的小脸蛋涨得绯红，连声说对不起。好在女患者仍然面带微笑，根本没有责怪的意思："慢慢来，不要急，我的血管细……"望着女患者那慈祥的面孔，我的心弦被她的举动瞬间拨动。小护士又扎了一次，还是没找准。也许小护士感到过意不去，请来一位被称为杨姐的护士，只见杨姐伸手一拍、一摸、一掐，动作娴熟、麻利地将针头准确无误地扎进血管，暗红的血浆瞬间流进玻璃试管。为我抽血的是一位年长的护士，隐约只觉得被小虫咬了一下，立刻"一针见血"。

　　时间已是十一点四十分。我在走廊里足足等了近两个小时，把走廊上悬挂的有关制度、医学常识、心脏专业知识、手术后的注意事项等宣传资料看了一个遍。其中一条是：病区实行封闭管理，病人不得私自外出。所需生活用品及其他物件每天下午三点，可由家属将所需东西送到指定位置，交给专人接送……就在我反复学习的时候，耳边传来护士的喊声："22 号床——陆盛！"

终于进入病房。护士送来一套白地带蓝色条纹的病号服，并通知我明天下午三四点钟做手术。我穿好病号服，忽然觉得饥肠辘辘，这才想起昨晚到现在还空着肚子。于是，正要去问护士午饭什么时候送来，门外传来食堂工作人员送餐的吆喝声，我点了一份快餐，狼吞虎咽地填饱肚子。

午睡之后想拿毛巾擦把脸，可是翻遍所带行李就是找不到。住这么多天，没有毛巾肯定不行。于是，与医生商量让我出去买一条。然而，得到的答复是：不可以。

我除了在病区狭小的走廊上来回走动外，别无选择。

因此，书成了我的陪伴，成了消磨时间的工具。

第二天上午，病房里洒满冬日的阳光。为了赶着回家过元旦，大家纷纷忙着出院。一大早整个病区忙忙碌碌，没有消停。临近中午，我所在的楼层仅剩下几个病号。

我邻床的病人出院了，护士刚清理好床位，不承想护士、护工又送来一位中等个子、皮肤黝黑的老者。嘿，人家办出院讨个好兆头，他倒好……我真有点儿茫然不解。这时，护士已经打开蓝色登记簿开始采集病人信息。没等护士开口，老者洪亮的声音就在病房里回荡："米某某，农民，七十一岁，一儿一女，家住顺义……"后来得知，老者是住院部的"熟客"。

老者性格开朗、健谈，满脸堆笑。或许"同病相怜"，或许投缘，他的到来一下子活跃了病房里的气氛。他告诉我现在农村可好了,土地被流转,每年总收入好几万;住房宽敞,不愁吃,不愁穿;生活享受新鲜、原生态、没污染……老者侃侃而谈,如果不了解,怎么也想不到他是个农民!我们两人从改革开放后的成果,聊到新农村建设的变化,再到各自病情、家庭、子女教育等等,聊得不亦乐乎,有种相见恨晚的感觉。称呼也从最初的老陆、老米变成老弟、老哥。

聊着聊着,时间不经意间就溜走了。窗外太阳收起耀眼的光芒,渐渐地变成胭脂红又慢慢地西沉,不久夜幕拉开。

然而,我心怀忐忑。原先定好的手术时间已经过了两个多小时,难道……我急忙来到医生办公室询问,得到的答复是:"你不要急,快了!"

回到病房刚坐下,门口传来问话:"谁是陆盛?"我随口应答。接着医生核对了一下身份,问道:"买保险没有?"

我点点头。

医生又问:"手术由谁签字?"

我说:"我亲哥哥。"

医生的正常问话却让我细思极恐。常言道:不怕一万,就怕万一。保险条款里我清楚记得:手术意外导致伤残,甚至……难道意外情况会在我身上发生?我不敢再往下想。

这时,医生的一声"陆盛"唤醒了我,他手指着推车要我躺着去手术室。我问自己走着去行不行,医生说:"行啊!"此刻,头顶上的挂钟显示:下午六点十分。

我愁眉不展地跟着医生向手术室走去。

医生或许看出苗头,一边走一边问:"是不是怕了?"

我如实回道:"是的!不怕那是假的。"

"没事的,不要怕,像你这样的手术,王教授每年要做一千多例呢!"医生一路都是安慰的话语。

医生带着我七拐八拐,穿过道,乘电梯,几分钟后醒目的"手术区"字样赫然在目。接收的护士领着我向手术区里间走去。说实话,尽管医生的安慰让我增强了一点儿信心,但我心里依旧害怕,毕竟第一次做这样的心脏手术。手术区内满眼绿色,褥子、被子、地毯、手术包、手术服等等都是绿色。

我被送进17号手术室,进门扫视一下房间,里面一男三女(当时分不清谁是医生谁是护士,后来才得知)。男的整理物件,一位女同胞坐在电脑前,其他两位女同胞站在手术台两侧。身着绿装的高个儿女医生再次核对了我的名字后,用毋庸置疑的口吻吩咐道:"脱掉衣裤,坐上手术台。"

我觉得背后阵阵冷风吹来,正要扭头时,女医生似乎知道我想说什么,立马开口道:"马上你就感觉不冷了。"话音刚落,另外一位女同胞很麻利地在我后背贴了好多张暖宝。医生要我躺下,并立马将绿色专用布单盖在我身上,还在我的头部放了镂空的正方体遮脸架,又采用十字形叠法盖了两块绿色毛巾。

我问身边的女医生:"王教授何时到?"

"就在隔壁,马上来了。"女医生回答。

王教授,四十多岁、身高一米七五左右,小平头,瓜子脸。我对他的第一印象是:严谨、和善、沉稳、老练。

说曹操,曹操到。眨眼工夫,王教授和我对话。

"你叫什么名字？"王教授问道。

我答道："陆盛。"

"江苏来的？"王教授问。

"是的。"

王教授又说："老陆，不要怕，很快的！"

手术开始了。

我隐隐感觉身体中有样东西在蠕动，一会儿在左，一会儿在右，一会儿又在心房里抖动，搞得小心脏剧烈地跳动，仿佛就要从嘴里蹦出来……手术室里，医疗器械声、电脑键盘声、王教授念叨的医学术语和数字混合一片……

我听到了王教授的语声："老陆，手术很成功！"

我连声道谢。

医生、护士将我身上用胶带、纱布缠得严严实实。此刻，我无法动弹，像一根铁路枕木，被人移上手推平板车。王教授为我披了披被子，说了声"OK"，然后扬了扬手。站在旁边的两位护工心领神会，立马一前一后推着我离开手术室。这时，我发现房间的桌子上有几包还没有打开的快餐盒，而且多了好几个人，视线都聚焦在我身上。

昏暗的灯光下，推车的轮子噌噌地在地板上滚动着，我仰面看着变换的天花板，寻思着假如手术失败，假如……我觉得自己又活了一次……

回到病房，护士照例一番常规程序后，又分别在我两腿内侧刀口处加压了两个不大不小的沙袋，好似两座小山峰，感觉沉沉的。临走，护士给了吸管，反复叮嘱我："躺在床上至少八个小时不能随便动！有事按铃。"

八个小时保持一个姿势一动不动，还真有点儿难熬。

可是，为了健康，为了早日康复，再难也得等，也得熬。

此刻，窗外漆黑一片。楼层走廊里静悄悄的，只有挂钟的嘀嗒声。

病房里网络连不上，电视不能看。我躺在病床上干瞪眼，没有一点儿睡意，无奈地等待着时间慢慢流逝。有时感觉已经过去了半小时，可一看才十五分钟。唉！时间过得竟然犹如一个世纪那么漫长。

透过微弱的灯光，我两眼盯着天花板回忆着几天来的过往。想到了离家时亲人的焦急与担忧，想到了北京哥嫂一家子尽心尽情的安排，想到了亲朋好友的关爱与温暖，想到了住院前后的点点滴滴，想到了……

想着等着，夜渐渐地深了。

我睡一会儿，醒一会儿，睡了再醒，醒了再睡。迷迷糊糊中不知过了多久，突然，"吧嗒"一声，灯亮，门开。护士窸窸窣窣拿着医用小工具来到我的床前，轻声招呼道："22 床，天亮了，该为你松绑了。"当时我没反应过来，护士面带微笑撩开盖在我身上的被子，我才恍然大悟。

沙袋没了，绑带解了……我如释重负，顿感轻松。起初两腿有点儿酸麻感，稍微活动了几分钟，并没有大碍。

看着已经亮堂的天空，我打开窗户，呼吸着清新的空气，心情特别爽朗。

人啊，有健康真好！

"回家"的感觉真好

时光的碎影,挽起五月的臂膀,迎来绿意盎然、生机勃勃的季节——初夏。

2023 年 5 月 19 日上午,我有幸来到南京参加"欢迎回家——江苏省作协基层作家活动周"暨第六期基层骨干作家研修班。

下午,阳光明媚,清风拂面。大巴车载着全省各地市、各行业的三十五名带着满满的渴望、好奇与梦想的作家,向位于建邺区梦都大街 50 号的"家"——江苏省作协——驶去。

跨进"家"门,每个人的脸上写满了幸福和快乐,众人在"家人"的温情包围之中,径直来到会议室。突然,我的眼球牢牢地定格在电子屏上四个醒目的大字——欢迎回家。此时此刻一股热流涌上心头,让我感到从未有过的激动和震撼。

不一会儿,省作协党组书记郑焱那雄浑的男中音响起:"欢迎作家回家!"拉开了欢迎仪式的序幕。中国作协副主席、江苏省作协主席毕飞宇,他那番真实淳朴、超凡脱俗的即兴讲话,更使我们有一种"听君一席话,胜读十年书"的感受。他说:"作家协会这个家不是社会意义和伦理学意义上的家，也不是血缘意义上的家，它是一个围绕着文学创作的、交流的、交友的，具有审美意义的家。"是的，这个"家"不仅成就了我们的文学梦想，而且也是我们的灵魂港湾。

随后我们分成三组，分别从一楼到五楼，从各部门办公室到资料藏书室，从《雨花》的编辑老师到《钟山》的编辑老师，从《江苏作家》到《扬子江诗刊》，从作协领导到普通工作人员，每到一处都受到"家人"的热情接待和用心介绍，使我们处处感到家的温暖、温馨。尤其是与编辑老师的近距离接触和交流，使我们感到作协这个"大家"的诚意、情意、心意和暖意。

参观结束后，各组进行座谈、交流。来到会议室，我惊喜地发现"家人"不但为每个作家准备了一个纪念布袋，而且袋子里装了两本写着各人名字的名家签名。此刻，我又多了一份感慨，感谢"家人"的细致、周到，感谢"家人"的贴心服务，感慨"回家"真好。

座谈、交流会在省作协领导的主持下，每位作家各自畅谈了创作经历和遇到的困惑。在场的名家真知灼见，现场进行互动，面对面进行分析和解惑答疑。

隔日早晨，阳光穿过玻璃窗将我唤醒，洗漱完毕下楼散步，真切感受一下南京这个处处渗透着浓厚文学氛围的古城魅力。

早餐后我们迎着轻轻的微风，走进南京世界文学客厅和科举博物馆。世界文学客厅位于古城鸡笼山下东南角，面积约三千平方米。一千五百多年前，这里曾是中国历史上第一座文学馆所在地，目前还是南京文学空间网络建设中心和枢纽。南京也是联合国教科文组织认可的"世界文学之都"。科举博物馆坐落在南京夫子庙秦淮风光带核心区，它是中国科举制度、科举文化和科举文物收藏中心。它分为主馆、江南贡院南苑和明远楼遗址三大区域，其中江南贡院是中国古代最大的科举考场。通过参观和讲解员的娓娓道来，我们了解和聆听到绵延千年的科举历史。

"座谈交流""名家对话"和"世界文学之都""红色教育"采风活动结束之后，"家人"安排我们进入文学授课环节。第一课由南京大学文学院院长董晓教授解析俄罗斯文学的民族性和民族主义。他从几方面阐述了俄罗斯文学民族性的几大特点以及和民族主义的根本区别，使我们更多地了解了俄罗斯文学，从中感悟俄罗斯文学的独特之处。

5月22日下午，江苏省委党校马克思主义学院副院长、教授叶凌重点讲述了习近平总书记关于文化建设的重要论述，要求作家从政治站位出发，深刻理解中华民族博大精深、源远流长的含义，坚定文化自信，讲好中国故事，传播中国故事的内涵，鼓励作家不忘初心、牢记使命，创作更多、更强的优秀作品。

最后一天，省作协副主席、《雨花》杂志主编朱辉老师就现实生活到短篇小说做了专业辅导，并用自己的切身体会告诉我们：小说来源于生活，很多时候要善于关注和收集小说素材，抓住身边的人和事，讲好生活中的文学故事。他还说："一个好的作品是作家不断修改、不断打磨出来的……"

时间悄然而去，五天的"回家"生活结束了，但在"家"的一幕幕情景、一帧帧画面，深深地镶嵌在我的记忆中，永生难忘。

这次"回家"，深感自己离一个合格作家标准相差甚远。一个好的作家，只有时刻将党的二十大精神以及伟大的时代入脑、入心、入魂,融进文学作品之中,才能无愧于人民,无愧于心。

这次"回家",让我读懂了文学之魅力,意识到文学是以血肉丰满的人物形象和动人心弦的艺术意境,以审美、情感、精神、语言的力量打动、感染和影响人。正如毕飞宇主席所言,"相信文学的力量"。

这次"回家",促使我在今后的文学创作中必须更好地展现一个作家的文学责任和担当,更好地发扬一个作家的坚守和执着,不忘初心,讲好当地故事,宣传本土文化。

这次"回家",让我更进一步认识到,作家不仅是一种身份,而应该实实在在静下心来,放下身段,深入基层,深入生活,坚持以笔为犁,讴歌新时代,弘扬真、善、美。

这次"回家",让我真切地感受到"家"的关爱、"家"的真诚、"家"的温暖,使我不但写作水平得到提升,而且视野得到开拓;不但收获了许多知识,也收获了来自全省作家朋友的友谊。

这次"回家",我们记住了省作协党组书记郑焱的一句话:"任何时候回家,服务作家的决心不会变。"

这次"回家",感觉真的很好!

幸福来敲门

　　端午节上午,南京南站异常熙攘,一派繁忙。十点多钟,"复兴号"如约而至,载着我一路向北。

　　火车风驰电掣般直奔京城而去。或许是因为第一次以作家身份参加全国性的文学活动,心情格外爽朗。几个小时的车程,在不知不觉中被打发了,很快喇叭里传来列车员轻柔甜美的声音:"各位旅客,北京南站到了……"真是"春风得意马蹄疾,一日看尽长安花"。

　　出了检票口,到了网约车专门通道,没费周折,便钻进一辆本田雅阁。尽管车子很普通,但司机的服务没的说,感觉首都就是首都,网约车司机都如此礼貌周到。

　　车子在繁忙的城市道路中穿梭,也许是节假日的缘故,车速比想象中要快,不到一小时,车子便停在酒店一侧的小区门口。一下车好像进入了桑拿间。这北京城待客的热情实在太高了,不一会儿,我浑身冒汗。后来听"老北京"唠叨,当天的高温报告四十摄氏度,不比南方逊色——我在南方的家乡,现在大概才三十一摄氏度。今年五月,北京的气温真是比南方更南方。

　　进了酒店大堂,一股冷风扑面而来,感觉阵阵清凉。好在编辑部的同志提前为我办好"对号入住"登记手续,我拿了房卡径直来到房间。刚刚准备躺下休息,忽然肚子咕噜咕噜发出声音,这才想起,中午饭还没吃呢。俗话说"人是铁,饭是钢,一顿不吃饿得慌"。想想也是,早晨七点就已出门,将近九个小时没吃东西了。再看看时间,离晚饭还有两个多小时。于是,下楼向超市走去,买了一个面包,狼吞虎咽地将肚子安抚了一下……

晚饭后,和一起参加活动的几个文友在大街上闲逛。浙江的孔老师提议到天安门看夜景,福建的陈老师、河北的孙老师以及江苏老乡当场附和,一致赞同前往。而我曾经去过数次,便放弃了,一个人在运河文化公园漫无目的地遛了一圈。

回到房间打开空调、电视,接着烧了一壶开水。电视遥控从头摁到尾,又从尾回到当初,找不到心动的节目,只好放弃。拿出《散文选刊》杂志一番浏览,没多久眼皮便开始打架。书是看不成了,干脆洗漱、冲凉之后睡觉。谁承想,拧开淋浴开关,莲蓬头像个老人得了重病,无精打采,流水滴滴拉拉。今晚要想痛快淋漓地洗澡已经没指望了,只好作罢。之后才知道莲蓬头坏了。隔日,酒店便安装了一个新的莲蓬头。

第二天上午,来自全国各地的二十多位作家早早来到《散文选刊》编辑部会议室,虽然有点儿拥挤,但其乐融融。就在大家聊得正盛时,沉稳的敲门声响起,紧接着《散文选刊》副主编黄艳秋老师陪着一位饱经风霜的老人走进会议室,介绍道:

"这是梁晓声老师。"

"梁晓声老师,《人世间》的作者。"有人说。

"《今夜有暴风雪》也是他写的!"有人插话。

我定了定神，打量着这位受人尊敬、心中一直崇拜的文学偶像，迎上前去叫了一声："梁老师您好，我是江苏来的！"

　　"江苏好啊，鱼米之乡。"梁老师接话道。

　　就这样，我在梁老师的斜对面落座，近距离聆听他的讲课。

　　下午由被称为"中国短篇小说之王"的刘庆邦老师和华东师范大学文学博士、中国作协社联部主任李晓东老师授课，他们分别从各自的角度畅谈了文学的魅力和创作文学作品的亲身体会，告诫我们，散文写作态度要真诚，要深入基层，像蜜蜂一样辛勤采蜜……

　　吃过晚饭，我们又在黄艳秋老师的带领下，坐着游船一饱通州京杭大运河的美丽夜景。游船踩着节奏，踏浪而行，留下碎银般的浪花。运河之上，廊桥横卧，霓虹闪烁，蔚为壮观。此刻，在我心中，大运河已不是原来的大运河，而是一条载着历朝历代风雨，融入中华民族的血液，浸染着中华儿女心灵的长河，它将源源不断地流淌下去。

　　24日上午，北京市作协副主席、著名作家乔叶老师和《海外文摘》主编蒋建伟老师就文友提出的一些创作问题，面对面进行答疑解惑，为我们送上了一份美美的文学大餐，让大家受益匪浅。

　　下午，同行们在依依不舍中结束了这次相聚。

　　这次进京，我成为《散文选刊》的签约作家，聆听了专家对文学创作的真知灼见；这次进京，开阔了视野，增长了知识，收获了友情；这次进京，还遇见了文学大咖，实现了与心中偶像零距离接触的梦想。

　　这次进京，幸福敲了几次门，让我也感受到了中国的文学大气象，不虚此行！

有感于《玫瑰村》的文学魅力

认识葛安荣先生,是从 2005 年之后读他的小说开始的,直到一个偶然机会,我俩一见如故,大有相见恨晚的感觉。于是,他写的小说成了我平时打发时间的最爱。

《玫瑰村》是葛安荣先生十多年前的作品,该书描写了江南"花木王"六子不甘贫穷,追求完美,从种田汉子到成为远近闻名的花木经纪人的曲折故事。而因为这本书跌宕起伏的情节、精彩绝伦的描写,让我的"怪癖"越来越重,一发不可收,忘记了时间,忘记了吃饭……

《玫瑰村》以引子开篇。书中写到"玫瑰村又叫花木村。花木村是现在的外地人叫出来的,一来因为玫瑰村色香味俱全,很容易沾染桃色话题"。读者正是被书中"色、香、味"俱全的内容深深吸引,有了种"相读恨晚"的感觉。

《玫瑰村》主要描写农村、农民从商品经济向市场经济转折的阵痛以及那个年代的无奈,深刻揭示了农民个人欲望、行为动机、方式和目的,与农村变革间的内在联系,表现了作者的创新手法,从新的视角和高度去挖掘农村的生活气息、农民的心态和农民的性格。

《玫瑰村》从二十世纪写到新世纪,时间跨度长,但不冗长、拖沓,通过叙述六子从收购废品、说书到偷种植花木,再到成立经营公司,继而开发市场的艰难历程的几条主线,引出了许多动人的故事。众所周知,土地是农民的命根子,但随着改革开放和市场经济的发展,农民的商业元素、经营头脑在现实生活中已经凸显,农民的生活追求、农民的生活水平以及农民的思想认识都发生了翻天覆地的变化。以金坛区尧塘街道为例,目前尧塘的农村几乎是名副其实的花木村,像《玫瑰村》小说中六子这样的经纪人已经成为一个庞大的队伍,仅花木销售每年就达数亿元人民币,可以想象农民的市场意识已经有了质的提高。

当然,《玫瑰村》对人物的描写拿捏得很准,诸如六子、仇腊生、雅青、芝兰、许林、王胖子、七子、龚主任、杨远和等角色的内心刻画得非常到位。其中让人留下深刻印象的要数六子和仇腊生,给人一种入木三分的感觉。六子成为花木大王的经历动人而曲折,但同时他又是一个平凡的人物,过着平凡的生活。他为了实现发财梦,曾经换了多种职业;他为了能做成花木生意,不惜下血本;他待人接物又因人而异;他为了节省费用又精得出奇。例如:在雇用司机运送花木时,六子明明是老板,却佯装自己是给老板打工的伙计,把司机骗得一愣一愣的,真可谓十足的"骗子"。但我认为六子的招数只不过是精打细算罢了。其实六子也有另外一种"美":书中,尽管六子的"冤家对头"仇腊生说了不少难听的话,做了许多不该做的事,但是仍不计前嫌,依然以一个农民宽广的胸怀,主动把仇腊生接纳到自己的公司合伙经营,这种共同致富的感人故事,既体现了六子心胸宽广、善良待人的品格,又体现了六子不仅追求个人致富,还无私地带领大家共同奔小康的美德。书中另一个主要人物便是仇腊生。在引子开篇时,作者就把他与六子作对呈现在读者面前:"你六子弄花木,钱袋子鼓鼓的,口气也像个国务院副总理,话大了!"对于仇腊生的描写,作者将他的"坏"把握得很有分寸。其实仇腊生这样的人不仅农村有,城市也有,总之只要是有人的地方就有。他自己脑袋不开窍不说,还不许别人做,更看不得别人有钱,别人发财。从另一方面也可以看出仇腊生的"刁钻"。当花木村火烧雪松的事情发生后,他依仗自己痞子这个臭名,跑到乡政府竟要领导给个说法,并且用下三烂的办法威逼领导给他一个人补助,而且张口就是一千元,在那个年代当然只能揩公家的油了。

《玫瑰村》在六子与雅青、芝兰、陶雨露三个女人之间的情感纠葛方面写得恰到好处,既没有过分渲染六子的女人缘,也没有掩饰六子在感情方面的出轨行为,而是实实在在体现了一个农民的本性。特别是在描写六子与芝兰的感情上,作者把六子早前恋人因贫穷而错失姻缘写得很有深意,它记载了六子一段美好的青春时光,一份直接或间接的情感感受。

《玫瑰村》给我另一个感觉就是作品的完整性显得浓密结实,却又疏密相间、繁简有致,让人读后总是无法挑剔。作者跳出传统的东西,创新自己的小说特色,写出自己熟悉并挚爱的农村生活,开创了鲜明的本土风格。为了写好这本书,作者坚持十年深入尧塘农村,扎进花木村体验生活,确实令人可敬可佩。

虽然《玫瑰村》的时代背景已经成为过去,但却是一部很接地气的作品,它具有强大的文学魅力,给现代人回味、深思和启发。小说的每个情节都栩栩如生地再现了农村的现实生活,因而《玫瑰村》获得江苏省第七届"五个一工程"奖,同时还被江苏省锡剧团改编成大型现代戏公演。

结合当前党中央实施乡村振兴战略决策,《玫瑰村》具有重要的现实意义。习近平总书记曾经说过:"小康不小康,关键看老乡。"农民增收致富是"三农"工作的重中之重,特别是在当下大环境之下,实行可持续发展,进一步提高农民生活质量,保持农村社会和谐稳定显得尤为重要。因此,重温《玫瑰村》中所描写的那种"种田万万年,生意千千年,吃喝嫖赌一蓬烟"的过往,对深刻理解当今社会现象有着更深层次的现实意义。

好的作品来源于生活,好的作家更离不开生活。葛安荣先生就是这样一位来源于生活实践、扎根于基层,孜孜不倦地耕耘着的本土作家。在农村、在基层,他写出了许多唯美的农村文学作品。《玫瑰村》就是一本塑造新一代农民形象、讴歌农村经济发展的精品。

后记

　　读小学时喜欢上语文课,爱写作文。老师表扬我写的作文,我十分高兴。上中学后我迷恋课外书,最早阅读的第一本书是苏联作家尼古拉·奥斯特洛夫斯基的长篇小说《钢铁是怎样炼成的》。其中,有这样一段经典的话:"人最宝贵的东西是生命,生命属于人只有一次,人的一生应当这样度过:当他回首往事的时候,他不因虚度年华而悔恨,也不因碌碌无为而羞愧……"这部长篇小说给了我前行的力量。我常常被书中的人物感动,书中的人物刻画、情节推进以及语言呈现等内容,丰富了我的文学知识。

　　走出校门,踏上社会,丰富了人生阅历。我从事的职业也比一般人多。先是回到农村,第二年的下半年,进城当了"三班倒"的工人,一年之后又参军入伍,经历了四年多的军营生活,退伍后又入职地方供销社,再后来进入机关。自我总结一下,可谓工、农、商、学(在党校业余时间学了六年)、兵的几大行业我都亲身经历过。一种职业一种生活,一种生活一番新的感悟,看到的、遇到的、想到的东西丰富浑厚了。

于是，我就想把从童年、少年、青年、成年的一些生活往事用文字记录下来，就想对人生、对社会、对历史做一些思考，为子孙后代留下一点儿精神食粮，也留下一点儿对老一辈的念想。近几年来，我的多篇散文被各种报纸、杂志刊载，也有的在各类征文比赛中获奖，这让我萌发了出书的念头。

当我沉下心来整理《点亮鱼灯》这本散文集的时候，心里总在不断地感动和感慨。其实，我这里所讲的感动，是因为这本散文集得到了许多老师和文友的鼎力支持和帮助。我有个文学梦，我要用文学作品呈现情感和思想内涵；文学是我的追求和向往。当我拿到江苏省作家协会颁发的会员证时，心中充满了兴奋、快乐和感慨。

写作是一项累活，出书还要加一个"更"字。况且我也不是科班出身，那个年代中学里学的东西早就不够用了。怎么办？只有多看多读、虚心请教、勤奋动脑，才能不断提高自己的写作水平。阅读时我用心倾听，写作时我用真情诉说。有了出书的计划后，动力和压力无形中增加了。每个人都有自己的写作习惯和定势，我习惯用笔先写在稿纸上，然后再到电脑上敲成宋体。一是练练字，练练手劲，二是通过笔才能找到那种感觉。说来有点儿自嘲，我的每一篇文稿自己都认真地读过好多遍，改了一次又一次，有时半夜醒来拉亮电灯，把想到的好题目、好句子记录下来，即使寒冷的冬天也会起床写在备忘录里。这一来二去，势必影响到老伴的睡眠，弄得她经常失眠。时间长了，她便说我得了"作家病"，还调侃道："年龄这么大了，'老毛病'不能一犯再犯!"我听了只是一笑了之,依然我行我素,乐呵呵地爬着格子、敲着键盘。好在儿子陆昊及时教我用上了语音识别的先进软件,这样一来,我的成稿速度比以往快了许多。

我热爱散文,也喜欢写小说。小说写得不多,自我感觉写小说的功底略逊一筹,只能自娱自乐罢了。散文创作给我的生活增加了乐趣,成了我生活中的调剂品,成为一种精神动力,给予我温暖和光亮。我带着真情实感畅游在散文的天地里,同时注意提高写作技巧。特别是退休后以此为乐,写得多一些。

这部散文集分为"乡愁如画""青春回味""往事如风""异域采露""人间百味"五个部分,收录了近几年来发表在国家、省、市级刊物上的几十篇文章。这部散文集写亲人、老师、同学、朋友、战友、同事等,从不同角度、不同侧面展现了原有的生活过程、情感经历、人文思想以及人与人之间的心灵对话。

《点亮鱼灯》展现的不仅仅是鱼灯,我力求把传统意义的民间非遗同现代审美融合。鱼灯是一个物体,也是一个象征,它有着特定的精神意义。点亮鱼灯,延续传统文化,点亮精神之灯。点亮的是乡愁,是文学之光、生命之光。

本书出版得到了原金坛市副市长徐金福、紫金山文学奖得主葛安荣、常州唐王建设工程有限公司总经理冯卫华、江苏儒林建设工程有限公司董事长许延清、常州澳墨商贸有限公司董事长张冬明、青年作家李永兵的大力相助。值本书出版之际,在此表示衷心的感谢!